寧富天下

1

風 文創 1005

鶴鳴 著

風文創
1005

目錄

序文

鶴鳴

如果兩家人貧富差距巨大，並且還抱錯了孩子。那麼等到發現真相之後，十有八九兩個孩子會被換回去。若是另一種情況，富貴人家把兩個孩子都養在自家。然後，被富貴人家教養十幾年的假千金，八成能強壓那個被貧戶養大、無禮的真千金一頭。兩人還會形成鮮明的對比。

假千金會踩著真千金上位，獲得圓滿人生。而真千金卻由於各種自卑，在那個富貴階層飽受詬病，甚至無法得到血親的認可與尊重。只會被說，妳比那誰差太遠了。即使嘴裡不說，心裡也會無時無刻都拿兩個人做對比。看著真千金時，他們的眼神裡會帶著各種嫌棄，還會偏心地疼愛假千金。

每次看見這種題材，我都為真千金覺得憋屈。總覺得真千金回家認親簡直就是找罪受。作為一個普普通通的小村姑，真千金回府後，就算拚命努力學習，也未必能比得上已經是淑女的假千金。自然也達不到親生父母心中的標準。

如果不回家認親，難道真千金就無法改變自己的命運了嗎？

因為很喜歡寫那種女主勵志的題材，我就決定寫下這本小說。女主作為真千金決定不回親生父母家認親。就留在待她很好的養父母家裡繼續盡孝，並且還成功的幫養父母解決了難題。

而留在家鄉，並不意味著女主的人生從此變得黯淡無光，只能在鄉下隨便嫁給個普通農民，結婚生子，波瀾不驚地過完貧窮一生。女主的生活必須豐富多彩，目標更要放得長遠些。我就想，不如讓咱們的女主就做那個世代的女首富吧。

至於靠什麼發家呢？我剛好看見一篇文章，大意是說賣房不如養豬，很多房地產企業都開始轉行養豬了。於是，我就有了一個大膽想法，女主在那個架空的時代也可以開展自己的養豬大業呀！這樣一想，好像還挺有趣的。

在查資料的時候，我發現有些朝代是不待見豬肉的，蘇東坡的〈豬肉頌〉中也說：「黃州好豬肉，價賤等糞土。貴者不肯吃，貧者不解煮。」

這樣一來，女主能做的事情就更多了。

寫這本書的時候，我似乎也跟隨著女主在那個不知名的世界裡，不斷地變得充實起來。女主穿到那個世界，靠著堅強勇敢，擁有了波瀾壯闊的人生，也遇見了命中注定的那個人。

至於詳細故事，請讀者自行觀看，希望本書能帶來一些別樣的感動和欣喜。

在這裡，鶴鳴祝願所有的讀者在人生道路上能夠及時做出正確選擇。擁有一雙有力的翅膀，不畏艱辛，勇敢翱翔。

第一章

陳寧寧醒來時，正躺在一張雕著富貴葫蘆的紅木架子床上。她打量自己，身上穿著淡藍色的抹胸紗裙、蔥綠色褙子，整個人似乎都瘦小了許多。

一時間，陳寧寧愣住了。

她自幼便失去父母，由外婆撫養長大，到了十四歲那年，外婆逝去。陳寧寧便開始在社會上打拚。一路從無到有，身家過億，也算個成功人士。

可她卻患上了嚴重的睡眠障礙，頻頻失眠，最後實在沒辦法，便決定退休回老家，經營一間生態農莊。誰承想，路上出了車禍，再一睜眼，她就置身於這棟古香古色的大宅中，變成一位古風少女。

剛好這時，門「吱呀」一聲響了。

只見一個盤頭、戴著抹額的婦人緩緩走進來，手裡還端了個陶瓷小碗。

她瞧陳寧寧已醒，便柔聲說道：「寧寧，可算醒了，娘給妳弄了碗雞蛋羹，快趁熱先吃下吧。」

這婦人生得眉清目秀，三十左右的年紀，說起話來溫聲細氣的，骨子裡就帶著溫柔婉約。可惜此時她好像沒休息好，眼下一片青黑，滿臉都是倦容。但即便如此，她在看向陳寧寧時，眼神裡那股疼愛卻是騙不了人的。

自從外婆去世後，就沒人用這樣溫柔的眼神看過陳寧寧，對此她只覺得心頭發軟，然後這才意識到自己如今的身分。

眼前說話的人是陳夫人，也是原主的養母。

陳寧寧這是穿到了一本真假千金抱錯的小說裡，變成了同名的女配角。

原主因為幼時一段模糊的記憶，終其一生，都在拚命找回自己的身分，尋找真正的家人。只可惜，她千方百計回到鎮遠侯府認親，卻沒能被血脈親人所接受，甚至在假千金的挑唆下，成了侯府之恥，上京閨秀圈的笑柄。

最後，她反擊不成，被侯府送到偏遠莊子，又被莊上管事的傻兒子奸辱致死。

想到這荒謬的劇情，陳寧寧頓時有些反胃，自然也沒有食慾吃那碗雞蛋羹。

陳母見她沒來接碗，紅著雙眼焦急解釋道：「寧寧，妳莫要聽妳堂叔胡說，妳就是我親生女兒。」

收養陳寧寧的陳家也算當地富戶，耕讀世家，祖上也置下了不少田產。

到了陳父這一輩，有幸考中秀才，便把家中的田地租了出去。自己則是到城裡青山書苑，當了開蒙的教習先生。

陳父幾乎把全部精力，都用來培養孩子。

而陳家的大兒子陳寧遠也算爭氣，十五歲便考取了秀才。所有人都說，陳寧遠天賦異稟，他日必定金榜折桂。

可惜天有不測風雲。陳寧遠去參加鄉試，連考場都沒能進去，便被同窗陷害作弊。不只被罰遊街示眾，還被革除了「秀才」功名。

自此，陳寧遠就變得瘋瘋傻傻的。至於陳父，也莫名其妙地被青山書苑解聘。回家路上，又被地痞無賴打斷了腿。

接二連三的禍事，把陳家老底都給掏空了。

無奈之下，陳母聽了堂叔的慫恿，打算低價賤賣田產，好度過難關。

原主是個心有成算的姑娘，不願意看著母親被騙，便使了個手段，當眾揭發了堂叔的惡行。誰承想又遭堂叔反咬，說陳寧寧並非陳家親生女，而是抱養回來的小野種。原主身分在全村人面前曝光，一時悲憤交加，又被人推了一把，腦袋撞在柱子上，當場便昏死過去。

再醒來時，就變成了現在這個，原本準備回鄉下開農場的陳寧寧。

如今擺在她面前的，只剩下兩條路可走。

一是帶著那塊證明她出身的寶玉，回到侯府認親，打開宅鬥副本，鬥女主、鬥女主那些愛慕者、鬥未來皇帝六王爺。然後在京城貴圈，混成一品貴女，嫁個王爺世子，宅鬥一生。

另一條，便是絕了尋親的心，徹底融入陳家，幫助養母度過難關，一起好好過活。

陳寧寧上輩子獨自打拚多年，早已嘗遍人間冷暖，自然能看出陳母對她是發自內心的疼愛，也因此越發覺得陳家可貴。

再加上，她本就打算回鄉養老。如今雖說是穿到了古代鄉紳人家，但有了家人相伴，也算得償心願。就只差弄個農莊了。

想到這裡，陳寧寧連忙對陳母說道：「娘，田產還沒賣吧？堂叔黑心，騙得咱們好苦。若當真低價賣給他，給爹和哥哥治病的錢都不夠。咱們家往後的日子怎麼過？」

此時陳寧寧眼圈微紅，說起話卻又帶著一股令人信服的力量。

陳母見狀，立時滾下淚來，反握住陳寧寧的小手，哭訴道：「娘也知道寧寧都是為咱們家打算，可如今妳大哥病成那樣，妳爹又躺在床上，也沒錢請大夫。若不賣地，他倆可就都完了！」

陳寧寧又說道：「娘，我身上不是帶著一塊玉嗎？之前送到文家當定禮了。文秀才那人厚道，他也知道咱們家的艱難。不如讓他想辦法，先把那塊玉拿回來應急。」

既然不打算靠寶玉尋親，留它無用，倒不如先想辦法賣個好價錢。

只可惜陳母一聽她說要去賣玉，急得眼圈通紅，忙又勸道：「那塊玉怎麼能賣掉？那可是妳從小帶在身上的，將來還要靠它……」認親呢。

陳母想起堂兄當著全村的面，罵女兒是個小野種，頓時難過得一句話都說不出。

陳寧寧見狀，忙又說道：「賣了那塊玉總比賣地強。」

陳母一咬牙，終是說道：「可那玉對妳至關重要。」

陳寧寧搖頭道：「我只認陳家，您就是我娘，我爹還在隔壁屋裡躺著呢。我哥如今也病了，家裡急需用錢，賣了那塊玉，可解燃眉之急。這不是很好嗎？難不成，您不是把我當親閨女撫養長大的？這時候，反倒要和我生分了？」

陳母聽了這話，抱住陳寧寧胡亂打了兩下，又哭道：「妳這是在剜我的心，妳本來就是我親閨女，別聽妳堂叔滿嘴胡唚。」

陳寧寧反摟著她，輕聲說道：「既然如此，娘就答應了吧？事不宜遲，如今還得讓小弟幫我跑一趟文家。」

說著，她又朝著院中喊道：「小弟，在不在？」

此時，陳家老三寧信剛好就在外面聽動靜。一聽二姊喊他，便連忙跑進屋來。

陳寧寧對陳寧信吩咐道：「你趕緊跑趟文秀才家，悄悄喊他過來，記得別當著他老娘的面，就說我有要緊事同他商量。」

陳母又勸道：「這事咱們再商量商量，娘再想辦法借些錢來應急可好？那文婆子刁鑽得緊。自從妳哥出事後，她便話裡話外嫌棄咱們家晦氣，生怕連累她兒子的前程。若妳再取回那塊玉，豈不讓她又有藉口為難？」

到那時，文婆子若提出退婚，女兒將來怎麼辦？

陳寧寧微皺眉頭，又說道：「那玉本就是我的，自然由我自主。娘您就別想那麼多，往後家裡，凡事有我頂著。」

陳母聽了這話，越發哭得像個淚人。

她秉性溫順善良，向來以夫為綱，凡事都聽她丈夫的。如今丈夫和長子傷的傷病的病，她才勉強充作一家之主。卻不想如今小閨女說話做事雷厲風行，竟比她可靠得多。

一時，陳母心裡既欣慰，覺得這姑娘沒白疼；又覺得辛酸，姑娘小小年紀就得為家裡苦心謀劃。如今連證明她出身的玉都要賣了。若是一個不好，不僅耽誤了她的婚事，將來再想尋親也不易了。

陳寧寧這會兒沒空安慰她，回頭對小弟說道：「還不趕緊去？你如今大了，我指使不動你了，是不是？」

陳寧信這才如夢方醒，瞪著貓兒似的大眼看向他二姊，忽然發現，二姊好像變得不太一樣了。以往那雙無辜懦弱的小鹿眼，如今卻清凌凌的，像冷泉又像墨石。看他的時候，固執中透著幾分決絕，唯獨沒有半分猶豫。

陳寧信被她看得莫名心慌，一句話也說不出，點點頭，撒開腳丫子就跑了出去。

到了門外，又聽二姊在屋裡，溫聲細氣地安慰母親。

「娘，咱們先把那玉送到當鋪應應急。等兌了銀子，給爹爹、大哥治好病，再倒騰出銀子來，把那塊玉贖回來就是。說不定，到那會兒，文大娘也沒發現。」

這當然是騙人的。那種寶玉一旦出手，怕是再也回不來了。

陳母不是孩子，自然也知道，因而哭得越發傷心。「到底還是家裡虧待了妳，那文婆子回頭指不定怎麼鬧呢。」

陳寧寧便笑道：「這些年，您和爹一向嬌慣女兒，總怕我出嫁後，在婆家受委屈。因而在家裡，新衣服總先緊著我，好東西讓我先吃。家裡不曾虧待我半分。如今也到該我出力的時候了。至於文家，我都還沒嫁過去，哪裡輪得到他家說三道四？倒是娘您這幾日也沒休息好，人都憔悴了不少，先把這碗蛋羹吃了補補再說。不然我爹還沒好，您倒要熬不住了。豈不是又要花錢請大夫來看病？」

陳母本來還在垂淚，一聽這話，反而被陳寧寧氣笑了。「妳這小丫頭，腦袋都破了，還只顧著胡鬧。如今也只能弄這碗羹給妳，妳快快吃下，娘瞅著妳呢。」

陳寧寧大概是被母親餵了蛋羹，便沒再說話。

陳寧信站在院中，又偷聽了一會兒，不禁有些迷糊。這還是他那大門不出、二門不邁，整日關起門來繡花，一門心思想嫁給狀元郎，作官太太的二姊嗎？家中突遭巨變，二姊竟變得這般模樣？

只是不知怎麼的，這樣一個理直氣壯喊他跑腿的二姊，竟讓陳寧信感到踏實許多，倒像找到了主心骨，心裡安定下來，連忙去找文秀才。

要說文秀才，也算是個厚道人。他父親早逝，由寡母一手養大。前些年文家不算多富裕，文母拚命省吃儉用，也要供兒子念書。

陳父也是個惜才的，一早看出文秀才是個讀書的好材料，平日裡便沒少幫他。文秀才也算爭氣，和陳寧遠一同考中了秀才。因此也成了二牛村最有前途的青年才俊。

自此文母算是挺直了腰桿子。她認定自己兒子是文曲星轉世，將來定能中狀元，光宗耀祖。於是大著膽子，湊了十兩銀，便跑到陳家來提親。

文母為人魯莽，行事毫無章法。陳父頗有些看不上眼。可那文秀才到底是他一手栽培出來的弟子。為人本分，也懂得感恩，覺得他將來必定會善待自家閨女。因而，陳父還是答應了這門親事。

原主也是看好文秀才的前途，一心想當狀元夫人，才點頭答應。

本來兩家都約定好了，等原主過了十五歲就讓兩人成親。而陳父早早就準備了豐厚的嫁妝，就怕閨女嫁到文家受苦。

誰承想，短短一、兩年，陳家接連遭難，徹底落魄了。

文母目光短淺，還是個勢利眼。她生怕陳家連累自家，早已有悔婚之意。

原著中，原主不願意放棄這門婚事，便不斷與文母鬥智鬥勇。無奈之下，甚至引誘文秀才，行了逾矩之事。又威脅文母，若是不答應這門婚事，她便去官府告文秀才，毀他前程。

最終文母是答應了，卻也生了一肚子氣。

而陳父本就重病在身，可憐他一生清白，全被不孝女毀了個乾淨。最後還得拖著病體，去求文母應允。

文母當面便指桑罵槐，把陳父狠狠羞辱一通。陳父忍氣吞聲，答應把賣田的錢，都填在嫁妝裡。文母這才勉強同意讓二人完婚。

回家後，陳父越想越不痛快，最後竟被活活氣死。

可原主卻不願意為父親守喪，挺著大肚子，百日熱孝內，便嫁到了文家。

後來，她會受盡婆婆折磨，可以說全是報應。

如今陳寧寧穿越過來，便打定主意要儘快想辦法解除婚約。

就算文秀才相貌端正，秉性善良，又有幾分才氣。可他在原主被文母逼著幹活，累得流掉孩子的時候，卻不曾幫原主說半句好話。後來，文母罵原主是不會下蛋的母雞，日日折磨她。文秀才也只是躲在一旁悶不吭聲。

這人奉行百善孝為先，總說寡母獨自拉拔他不易，事事不敢違背母親。

陳寧寧覺得，與其嫁給這種愚孝媽寶男，在惡婆婆手下艱難度日，倒不如不嫁為好。

這時，文秀才收到信趕至陳家，陳寧寧便找藉口把陳母先打發出去。

她隨後耐下性子來，把陳家如今困難都同文秀才說了，同時也表明想要拿回那塊玉的意圖。

文秀才也覺得，陳家實在太難了，便當場答應回家就去和他母親商量，把那塊玉送還給陳家。天真的模樣就好像他回去一商量，他那摳門又蠻橫的老娘便會答應似的。

陳寧寧實在拿文秀才的木頭腦袋沒轍，便作勢大哭一場，委委屈屈地說：「自從我陳家出事後，文大娘便一直在外面放風聲，說我哥壞了讀書人的氣節，如今又被奪了秀才名號，只是白身。我們陳家也算犯了科，若當真有些自知之明，便該主動登門退婚才是，也省得妨礙你的前程。」

文秀才一見這小姑娘實在可憐，頭上還有傷，臉上全是淚，頓時愣在原地。

陳寧寧又繼續說道：「我十三歲就同你訂親，認定你是我相公。這些年，我們陳家待你如何，你心知肚明。如今你倒給我個準話，到底還要不要這門親事？若是不要，我立刻登門跟文大娘把話說清楚，省得她裡裡外外到處說我配不上你。」

文秀才又是可憐她，又有點羞恥，連忙解釋道：「這婚事早早定下，哪有違背的道理？我自然也認定了妳，又怎會悔婚？妳且放心，等回家後，我自會勸說我娘的。」

陳寧寧又淒聲說道：「我爹快病死了，我哥也急等著請大夫，我家已經沒米下鍋了。哪還能等你回去慢慢說大道理？我如今只要你快些把那塊玉拿回來，給我應急。你要是回去再跟你娘商量一二日，我爹、我哥都要被硬生生拖死了。」

文秀才見她這般哭，連忙從懷裡掏出二兩銀子，又開口說道：「這些銀子是我跟同窗借的，妳先拿去周旋應急。」

陳寧寧再也顧不得其他，顫顫巍巍站起來，抓著文秀才說道：「你到底明不明白？這些錢根本不夠。我不賣那塊玉，我娘就要賣田了，我堂叔擺明了要訛騙她。村裡事情鬧得這麼大，你難道不知？如今我只問一句，能不能把玉給我拿回來？若是不能，下午我就去你家找文大娘退親。只怕那時你娘又會說，讓我家賠那十兩銀子聘金。我家如今哪來的十兩銀子給她？文大娘肯定又會找藉口，把我的玉給扣下，抵了那十兩銀子。你這不是要活活逼死我們一家嗎？」

文秀才聽了這話，整個人呆若木雞。

只是想起他母親以往的行事，恐怕當真能做出這些事情來。再想想這些年，陳先生待他一向不薄，說是傾囊而授也不為過。

他家中貧寒，先生便把自己的藏書借給他拿回去抄。他去考秀才，囊中羞澀，路費不夠，大舅兄便處處暗中助他，又不讓他難堪。

如今未婚妻把話說到這地步，他若是還沒有作為，簡直枉為人。

想到這裡，文秀才一咬牙，又說道：「妳且先躺下歇著。我立刻回家把那玉拿回來，給妳應急。」

陳寧寧這才一臉虛弱地坐在床上，擦著眼淚說道：「我也知道我為難了你，只是我家如今的狀況，實在不能拖了。」

文秀才連聲說道：「妳放心，我曉得妳心裡苦。往後再有什麼事情，妳也別憋在心裡，不妨來找我商量。」

陳寧寧點了點頭，又喊來弟弟陳寧信。讓他送文秀才回家去，並直接在門外等著，把玉再帶回來。

陳寧信剛剛在外面，已經把他倆的話聽了個完全。此時再看二姊這副弱不禁風、淒慘可憐的模樣，彷彿像見了妖怪一般。沒想到二姊居然也學會作戲了，不只是唱作俱佳，還耍起了全武行。照這樣下去，以後她嫁到文家，恐怕也吃不了文婆子的虧。

這樣想著，陳寧信的心中就如同打爛了醬料鋪一般。他也不好再說什麼，便帶著文秀才出去了。

這時，陳母端茶進來，卻見陳寧寧已經下床，翻出半年前做的新衣服，正往身上套呢。

陳母見狀，連忙說道：「妳身子都沒好俐落，不好好休息，又換衣服做什麼？」

陳寧寧搖頭道：「文秀才一向怕他老娘，這事恐怕瞞不了多久。等小弟回來，我便直接帶著他進城去把那玉當了。省得文老娘再打過來，把玉又搶回去。」

陳母知道勸不住閨女，便連忙說道：「不如我跟寧信去賣玉，妳留在家中休息。」

陳寧寧搖頭說道：「您面軟也不會說道，寧信又還小，只怕當鋪不願意開個好價錢，還是我去吧。您就留在家裡，照顧爹和哥哥。」

說著，她便往頭上戴了一頂紗帽，擋住了臉。

陳寧寧在現代也是從自己開店開始磨練出來的。當初她不只要學廚藝，其他買菜進貨、選鋪租鋪，還要提防同行之間的各種算計，事事都是她自己來。一朝穿到古代，這些技能可不會丟下，就算只是要賣這塊玉，她也得拿到好價錢。不然，她這般謀劃，豈不是都白費了？

陳寧寧的態度實在堅決，很有一家之主的氣度。陳母奈何不了她，只得從懷裡拿出一小塊碎銀交到她手裡，輕聲說道：「那好歹租個車，路上買些藥，可千萬別鬧出事來。」

陳寧寧點頭答應。

陳母上前幫她換好衣服，拿出一雙看起來還算體面的鞋，親自給她換上了。

陳寧寧垂頭努力將布料梳理平整，見陳母面帶疑惑，對陳母解釋道：「想要賣個好價，還是穿得體面些好。」

陳母點了點頭，將她頭上的紗帽摘下，幫忙她收拾打扮一番。

這時，陳寧信回來了，陳寧寧便問道：「可拿回來了？」

陳寧信連忙上前，從懷裡掏出一塊手帕，打開來，給她看裡面包的玉。

陳寧寧也辨不出玉的好壞，乍一看，這倒像個半圓形，是個龍戲珠的款式，那珠上正好有個「寧」字。也難怪養父母給她取了「寧寧」這個名字。

陳寧寧看了龍形玉珮，並不覺得稀奇。只是下面墜的那顆玉珠子，卻讓她看得一愣。她記得外婆也曾有過這麼一顆珠子。當初說好要留給她的，小時候也沒少拿給她玩。可外婆去世後，珠子卻被舅舅家的大表姊拿走了。陳寧寧再想去要，舅舅也不肯認，非說那珠子就是外婆留給大表姊的。

此時，陳寧寧再看那顆玉珠，越看越像外婆的那顆。珠上刻著同樣的花紋，上面也帶著一個「寧」字，正好是她外婆的姓氏。

陳寧寧忍不住動了幾分心思，又對陳寧信說：「我不大方便在外頭走動，你先去村裡僱輛牛車來，我把這玉再收拾一下，也好留個念想。」

於是陳母又拿了一些銅錢給陳寧信，拉他出去又交代幾句話。大意就是姊姊如今還傷著，叫他路上小心點，好生照顧姊姊。

第二章

待母子倆出門，陳寧寧便拿起那塊玉珮來。

大概是小時候經常玩玉珠的緣故，她只是摸索片刻，便把那珠子連帶上面的絡子都摘了下來，收進懷裡。

不大會兒的工夫，陳寧信又回來了，進屋對陳寧寧說道：「姊，村東頭的馬二叔答應拉咱們進城去。」

陳寧寧點頭說道：「好，那咱們出發吧。」

陳母仍是不放心，又拿出一件厚實的衣服給陳寧寧披在肩上。

陳寧寧安撫道：「娘，不打緊的，等我和弟弟回來，咱家的事情便有著落了。」

陳母仍是一臉欲言又止。

陳寧寧便拍著她手，笑道：「您回屋裡好好陪著爹吧。」

陳母沒辦法，只得目送他們離開。

這時，東屋裡突然傳來一陣響動，陳寧遠跑出來，手裡還攥著一本書，直愣著眼，開口問道：「娘，寧信去哪兒了？他又不老實念書，什麼時候才能考取功名？」

只聽他說話，倒是十分正常。再看他那雙眼，卻是一片渾濁，如同失了魂。

看著這樣的大兒子，陳母又忍不住落下淚來，只能勉強解釋道：「你兄弟跟你妹子有事進城去了，等會兒就回來了。」

陳寧遠聽了這話，噔噔倒退兩步，把手裡的書往身後一丟，嚷嚷道：「那兩個小的去城裡做什麼？城裡處處陷阱，人心險惡，就算是同窗都會害死人。他們都是惡狼。不行，我要去把寧信和寧寧拉回來。」

說著，他便瘋跑出去，陳母想攔都攔不住。

看著大兒子遠去的背影，她又落下淚來，淒聲喊道：「遠兒，你快些好起來吧！不然咱們這一家可怎麼過活呀？」

只可惜無人應她，陳寧遠早不知道跑到哪裡去了。

家住二牛村東頭的馬二叔，也算是個精明的農民。農閒時，他便趕著牛車，常拉村裡人進城去，好歹賺個腳力錢。除此之外，他還喜歡同人聊天，城裡城外大事小情，他都瞭解個大概。

陳父雖說是秀才公，又在城裡當教書先生，也算是極其體面的。可陳父平日裡從不擺讀書人的酸架子，對村裡的孩子也都十分照顧。誰家孩子在讀書上面有天分，也願意讀書，陳父便會帶著他們去考青山書苑，就連村中那位啟蒙的老先生，也是當初陳父想辦法請回來的。

如今陳家落得這般下場，馬二叔多少也知道緣由，不免對他們家有些同情。因而把陳家姊弟送到城裡，他本是不想收錢的。可他這麼說，陳家姊弟卻十分堅持地把銅錢給了他。馬二叔推託不得，只得收了。

實際上，同他聊天時，陳寧寧早把這城裡的當鋪都打聽清楚了。老許家好幾代都是開當鋪的。老許掌櫃為人厚道。給的價錢公道，也喜歡讓人活當。因此普通人家難免有周轉不開的時候，就喜歡來找老許掌櫃幫忙。

陳寧寧思量許久，便選中了他家。

可惜到了當鋪，才知道那位老許掌櫃不在，現在反倒是年輕的小許掌櫃在當班。這小許掌櫃說話前面上帶著三分笑，看上去十分和氣。只可惜，這人生得高顴骨，窄印堂，薄面皮，唇下有珠。就算他滿面堆笑，笑意卻不達眼底，反倒是眼珠子滴溜亂轉，一看就滿肚子算計。

陳寧寧打量一下，便覺得這人不可靠。正想著託詞，要讓他把老許掌櫃請出來。

偏偏陳寧信這毛頭小子，在父兄倒下後便覺得自己是家中的頂梁柱了。姊姊在家裡出主意也就罷了，到底還是個弱女子。到了外面，還得靠他這個男子漢撐起場面來。

陳寧信於是中氣十足地對小許掌櫃說：「我們自是來當東西的。」

陳寧寧聽了這話，便斜了陳寧信一眼，警告他少多嘴。

可陳寧信卻覺得她在擔心，便回她一個安心的眼神。

陳寧寧立時便想揍他。這種不聽話的菜鳥員工，要是落在她手裡，幾天就能收拾好了。可這會兒，卻沒人給她幾天的工夫。

陳寧寧也沒辦法，只得悶聲說道：「家父認得老許掌櫃，也算熟人，不知可否請他出來見上一見？」

小許掌櫃一臉為難地說道：「這可不巧了，我爹病了，沒法下床。如今這鋪子全由我一人做主。姑娘若是放心，倒不如拿出東西來，我先掌掌眼。」

陳寧寧一聽這口氣，便知這小許掌櫃剛剛接手鋪子，正要做一筆好買賣，好在他爹面前露臉。這種狀況，自然會把他們姊弟當待宰肥羊看待。

陳寧寧不愛跟這種新手打交道，便想著不如換家可靠的鋪子。

偏偏這時陳寧信又裝模作樣地說：「既然老許掌櫃病了，姊姊不如拿了那塊玉，先給小許掌櫃掌掌眼。若是價格不妥，咱們再換別家也不遲。」

陳寧寧心中暗道，要是早知陳寧信這小玩意這般豬隊友，還不如她獨自來。

只是陳寧信說的也有幾分道理，料這許家當鋪挨著官道，往來行人客商眾多，他們也不敢做出那沒天日的事。

陳寧寧點了點頭，把那帕子從懷裡拿出來，又開口說道：「若是小許掌櫃看不上眼，不如過幾日，等老許掌櫃好了，我們再來也不遲。」

說著，她便打開那塊帕子，把玉給他看。

小許掌櫃到底還年輕，臉上也藏不住事。一看那塊玉珮，兩眼便有些發直。他又連忙從陳寧寧手中把玉拿過去，細細查看一番，這才裝模作樣地說道：「可惜了，玉是好玉，上面刻的『寧』字，卻不是吉祥字樣，怕是賣不出好價錢。十兩銀子，姑娘看如何？」

陳寧寧聽了這話，便徒手把玉奪回來，收好了，才又說道：「既賣不出好價錢，不如我們回家另想辦法就是。」

說著，她拉著陳寧信便要離開。

此時的陳寧信已經有些傻了。他原本想開口勸姊姊幾句。只是陳寧寧暗中使勁，把他掌心都快掐爛了，他再不長眼也明白意思，自然不敢再多言語。

小許掌櫃也沒料到，這小姑娘居然是這般反應。一般人家來當當，都是家裡窮得揭不開鍋，實在需要用錢。這種時候，當鋪開個低價，賣家再還價。兩邊一扯皮，把價格定下來，買賣也就成了。哪有像這樣直接便說不賣的？

小許掌櫃自幼跟著他父親，經手的好東西多了，自然看得出這塊玉千金難得。

若是他父親在，定然不敢開這麼低的價。只不過，如今許家生意已經被王家當鋪搶去了大半，他父親也被氣得病倒了。小許掌櫃便覺得，他父親那老套的做派不中用了。

如今小許掌櫃是打定主意要拿下這塊寶玉的，因而又對陳家姊弟說道：「不如這樣，姑娘我也不誆妳，這塊玉五十兩銀子，妳當不當？」

陳寧寧看了他一眼，淡淡說道：「我自小長在富貴人家，當日事情我也隱約記得一些。這塊玉分明是一位尊貴的長者所贈，說是千金難得也不為過。如今小許掌櫃只出五十兩，就想要了這塊玉？倒不如我們姊弟先去別家當鋪問問看再說。」

陳寧信見姊姊這般打機鋒，不敢再胡亂開口，只任由陳寧寧拉著他往外走。

剛走出兩步，卻聽小許掌櫃沈聲說道：「姑娘，買賣不是這樣做的，總要有個先來後到。罷了，這塊玉二百兩，死當。姑娘，妳看如何？」

陳寧信聽了這話，便嚇了一跳。

二百兩已經算是高價了。有了這些銀子，便可以解除家裡的燃眉之急。卻見陳寧寧搖頭說道：「還是太低了些，若是活當，我便應了。只是有一點，小許掌櫃可得把這玉給我留好了。等到我家周轉過來，還是要贖回去的。」

陳寧信聽了這話，差點跌倒。

小許掌櫃也是面色鐵青，再也笑不出來。只是，他還是咬牙答應了。

「既然如此，姑娘隨我進內堂寫當票吧。這玉還需得老師傅再鑒定一番才好。」他說這話時，不只聲音沈了幾分，眼角也染上了幾分陰狠。

陳寧寧頓時察覺不妙，也不回話，逕自拉著陳寧信便快步向門外走去。

這時，卻聽那小許掌櫃幽幽說道：「陳姑娘，妳這麼急著離開做什麼？當日，妳兄長陳寧遠多管閒事，害得王少爺差點犯了官司。王老爺記恨他，便設計他被奪了功名，又解了妳父親的職，找地痞打斷了他的腿，還讓大夫謀劃著騙光了妳家銀子。如今妳陳家得罪了王生平王大老爺，已然沒了生路。我不妨告訴你們，王老爺早把妳一家畫下來，在這潞城裡放下話，要活活治死妳陳家，一個都不許留。我們許家再怎麼說，也是潞城老字號，自然不願意與他家同流合污。只是，今日這玉妳賣也得賣，不賣也得賣，十兩銀子壓在我這裡死當，也算暫時解了妳一家困境。若不如此，妳姊弟二人一旦踏出我這鋪子，我便打發人去給王家遞信領了那賞金。我倒要看看，妳姊弟倆能不能活著離開這潞城？」

陳寧信到底年紀還小，聽了這話立時便慌了神。他實在沒想到，原來兄長被害，背後還有這麼一事。這王家也實在無法無天，害人都擺到了明面上。可恨這城裡許多人都知道此事，卻為虎作倀，給姓王的當了幫凶。

只是不知，堂叔是不是也知道了這些內情。這才誆騙他母親低價賣田？可恨，他兄長如今瘋了，父親也傷了，王家居然還不願意罷手，非要活活治死他們一家。

陳寧信氣得滿口銀牙都咬碎了，恨不得衝過去，撕爛了那姓許的臉。陳寧寧卻拉著他，飛快地向外面奔去。

不只陳寧信，就連小許掌櫃也沒想到，這陳家姑娘竟是這般做派。話都說到這份上，居然還是不願意屈服？只是面對如此境況，她一個弱小女子，又能如何？

小許掌櫃心下一狠，便對內堂夥計喊道：「來人，有人盜了咱們店裡的鎮店之玉，你們還不給我把他們拿下。」

陳寧信一聽這話，胸口就像被棉花堵住一般難受。陳寧寧卻跟沒聽見似的，只管拉著他便向人多的地方跑。

也算碰巧，當鋪緊鄰管道，此時正有一小隊兵丁進城來，行進速度不快。

這些兵各個昂首挺胸，儀表不凡。再看為首那兩員小將，其中一個，相貌英俊，銀鞍白馬，滿身英氣藏不住，乍看正是春風得意少年郎。另一個則是黑馬黑袍，身後揹著一把大刀，相貌實在讓人移不開眼。大概是年少的緣故，他長得有些雌雄難辨，貌如新月，面若春花，五官深邃，乍看下倒是有些西域美人的影子。特別是那雙眼眸，更像是黑寶石。冷不防看向他人，倒像是能蠱惑人心。

此人若是能微微一笑，定能引得姑娘們駐足圍觀。可偏偏，他神情冷漠，唇線始終綳得死緊，眉目間盡顯凌厲。似乎一旦有人敢招惹他，他下一刻便會摘下背後大刀，直取人性命。

正是因為這人氣場強大，一時間，老百姓也不敢湊上前來瞧熱鬧。

這時有人低低說道：「這便是常勝不敗的殷家軍，英國公向來治兵有道，就連家下兵士都跟別家不同。」

「多虧殷家軍駐紮在潞城，咱們才能這般安穩。」

另一邊，那些五大三粗的當鋪夥計已經衝上前來，要抓住陳家姊弟。

陳家姊弟歲數不大，身體也都瘦瘦弱弱，在這些人手裡，討不到什麼好。

陳寧寧想起上輩子十四歲就出來打工，一開始年齡不夠，只能在黑心工廠勉強找個生計。可那老闆根本不把工人當人看，給最低的工資，吃豬食一樣的飯菜，每天工作十幾個小時。這還不算狠，最可恨的是那東西對人身體有害，老闆卻不說。有的同事工作不到半年就得了白血病。

陳寧寧找了個機會，便從黑心工廠跑了出來，愣是把那事揭發出來，鬧得人盡皆知，一時成了社會焦點。老闆也鋃鐺入獄。

這都過去多少年了，陳寧寧也有了足夠體面的生活。誰承想，一朝穿書，她又回到了十四歲，一切又退回原點，又得受人欺凌。

如今陳寧寧算是明白了，原主其實不是故意變壞的。只是有些人隻手遮天，偏偏就是要他們死。既然如此，她便要把這天捅出個窟窿來，倒要看看最後死的是誰?!

陳寧寧一咬牙，甩開陳寧信的手，直接衝出人群，朝著最前面的馬便撞了過去，嘴裡還喊道：「天道不公，王生平在潞城當了土皇帝，聯合許家當鋪，害我一家五口性命。如今我陳寧寧當街一頭碰死，血濺三尺，要去閻王殿上討個公道！」

陳寧寧自然不是真想尋死，而是無奈之下，才出此下策。她賭的就是為首的兩名小將出身不凡，這受老百姓愛戴的殷家軍不會視人命如草芥。

只是等她衝到馬前，才驚覺那匹馬比她想像中高大得多。特別是馬前蹄高高抬起時，陳寧寧腦海中只剩下一片空白。

或許當真會被踩死，也說不定。

剎那間，陳寧寧又想起了她人生中這短短的二、三十年。一直以來，陳寧寧就是這樣胡碰亂撞的，她從來不會遲疑，也不會退縮。旁人若是退了，還有個家能幫他遮風擋雨，還有父母願意全力護他。可陳寧寧背後卻什麼也沒有，她退一步，便是懸崖峭壁。所以，被欺負也好，被打壓也好，被嫌棄也好，被忽視也好。何時何地，她都會咬著牙堅持下去。

穿書也是，不過換了個身分，她還是她，依舊得掙扎著活下去，並且會活得很好。

可惜，陳寧寧還是本能受到了驚嚇，兩膝一軟，便跌坐在地上。好在那匹馬還是被人及時制住，並沒傷到她。不過陳寧寧卻仍是一臉魂不守舍。

很快，那一黑一白兩位小將翻身下馬，走上前來。

四周行人議論紛紛。「這姑娘怎麼這般想不開？萬一真被馬踩了，可不是好玩的。」

「你沒聽說嗎？她就是得罪了王老爺的陳家姑娘。」

「只是此事又與許家當鋪有何關聯？」

此時的陳寧寧微微一咬櫻桃唇，便落下淚來，乍一看實在可憐又無辜。

陳寧信回過神來嚇壞了，也連忙從人群裡衝出來，上前抱住她，大哭道：「姊，妳可千萬別想不開，娘還在家裡等著咱們呢。」

四周的人又紛紛說道：「若非被逼慘了，這姑娘花一般的年齡，又豈會輕易尋死？」

「方才我看見五大三粗的當鋪夥計追捕他們姊弟來著。」

另一邊，追出來準備做戲的小許掌櫃也沒料到，事情竟會變成這般模樣。

他只聽說過當街攔轎喊冤的、上京告御狀的。卻沒見過不怕死，敢直接攔軍馬告狀的。早知道陳家姑娘這般魯莽，他倒寧願多出些銀子，把那塊寶玉買下了。只可惜事已至此，又驚動了殷家軍，這事怕是沒法私了了。

不過小許掌櫃心念一轉，他貪財且膽大包天。料定這事背後有個王家。王老爺一向手眼通天，還有位身居高位的老乾爹，自然能擺平陳家。若是他此時出手對付陳家，說不定到時王老爺還會記他一份功勞呢！

想到這裡，小許掌櫃便直接衝上前去，大聲喊冤。「求軍爺為小的做主。那塊玉分明是我們鋪子裡的鎮店之寶，被他姊弟二人偷了去。如今改了口徑，非說是他們的玉。哪有這樣的道理？」

陳寧信聽了這話，差點把鼻子氣歪，也顧不得其他，上前辯駁道：「你撒謊，分明是我們姊弟到你家當鋪當玉。你看上了那玉，又不肯給個合適的價錢。我們姊弟要離開，去別家當當。你又讓夥計攔著我們，試圖搶玉，還威脅我們。如今怎麼變成你家的玉了？」

小許掌櫃也不理他，乾脆跪下來，便給那兩位小軍爺作揖行禮，又說道：「求軍爺為小人做主，那玉當真是小人鋪子裡的。」

陳寧信待要繼續爭辯，卻聽白袍小將開口問道：「那玉現在何處？」

許掌櫃一指陳寧寧，回道：「還在那女子手中，不然小人也不會叫人拿她。」

白袍小將點了點頭，又說道：「把那塊玉拿來我看。」

如今事情已經鬧開，陳寧寧也不想繼續藏掖著，便把那塊玉拿了出來。

她一眼看出，這位白袍小將看似主導了這件事。可站在一旁，那位容貌出眾，氣勢不凡的黑袍小將，才是兩人之中的主事。這事若想妥善解決，少不得請動他才好。

只可惜那黑袍小將神色冷淡，站在一旁不言語，似乎對一切都不感興趣，也不想多管閒事。

不過那塊玉交上去後，黑袍小將卻先一步接下那玉，細細端詳一番，如同行家一般說道：「果然是塊好玉，材質和雕工都是頂尖的。只是不知誰才是它的主人？」

說罷，他便瞥了陳寧寧一眼。

陳寧寧半點不心虛，抬起頭，便與他對視。

黑袍小將見狀，微微挑了一下嘴角，似笑非笑。

一旁的白袍小將拿他沒轍，只得又問小許掌櫃。「你說這玉是你家當鋪裡的，可有憑證？」

小許掌櫃連忙說道：「有當票為證，這玉本就是客人前些日子當下的。」

說著，他還當真拿出一張當票來，交給了白袍小將驗看。

陳寧信氣得渾身亂顫，再也想不到這麼一會兒工夫，他竟能偽造出證據來。於是連忙說道：「當票必定是造假的。」

小許掌櫃滿臉不屑，又說道：「黃毛小兒，你這是把當鋪視作兒戲嗎？當票說造假就造假？我許家當鋪百年清譽，豈是你能誣衊的？」

陳寧信頓時沒了言語。

這時，又聽白袍小將問道：「你們姊弟可有實證證明玉是你們的？」

陳寧信說不出個證明，只得用力攥緊了拳頭。倒是陳寧寧上前反問道：「軍爺看我們姊弟這般模樣，可像是偷竊之人？我們身上也沒幾個錢，小許掌櫃居然會平白就把鎮店之寶拿出來，給我們細細觀看把玩，方便我們偷盜了？」

眾人忍不住打量她一番，這姑娘身條都沒長開，身段更是如拂柳一般。此時還受著傷，看著就可憐。再看她兄弟，滿打滿算也就十歲上下，同樣瘦瘦小小，細胳膊小短腿，實在不像是做大盜的。況且他們這穿著打扮，也不像有錢人。小許掌櫃得多想不開，才會隨便拿出鎮店之寶給他們看？

一時間，眾人自然有了評斷。

白袍小將也忍不住說道：「的確不像。」

小許掌櫃卻不幹了，連忙又說道：「盜匪也不會寫在臉上，人被逼到絕境，也會鋌而走險，軍爺莫要聽她妖言惑眾。」

陳寧寧垂頭苦笑道：「我哪來的妖言？若不是我父親被地痞打斷了腿，如今正躺在床上，等著請大夫救命。我娘被堂叔逼著要賤賣祖產。我也不會拿出這塊打小帶在身上的寶玉，要當了它應急。來之前，我也反覆打聽過。都說那老許掌櫃為人厚道，從不坑害窮苦人，可偏偏今日老許掌櫃不在，由小許掌櫃接待了我們，他竟是要從窮苦人身上下手。」

她抬起頭，雙目含淚道：「方才他威脅我們姊弟，這玉賣也得賣，不賣也得賣，只給十兩銀，逼我死當。還說，要怪就怪我那可憐的兄長，得罪了大人物。王老爺一早放下話來，逼瘋我哥，害了我爹還不算完。如今還要整死我們全家來出氣。我沒辦法，只得帶著我弟弟一路跑出來。可他們卻窮追不捨，非要搶我的玉。我和我弟弟哪裡有力氣逃出他們的魔爪？我也是走投無路，才衝撞了軍爺。」

說罷，她便垂下淚來。

第三章

陳寧寧本就生得極好，是個小美人胚子。如今雖說沒能長開，卻如同含苞待放的嬌花。她這麼嬌弱一哭，越發引發眾人的同情。

一時間，眾人越發信了她的話。有人小聲說道：「那王老爺在潞城一向說一不二，陳家得罪了王家，算是好不了了。這陳家姑娘實在可憐。」

小許掌櫃卻忍不住暗嘆，小丫頭當真是沒見過世面，不然怎會如此行事？得罪他許家也就罷了，居然還敢當眾揭發王老爺？這簡直是自尋死路。

小許掌櫃又連忙開口說道：「軍爺莫要聽她一面之詞。她家幾代農民，哪裡來的這種寶玉？」

陳寧寧看著他，反諷道：「你家也只不過是幾代開當鋪的，都沒出過潞城，又是哪裡來的這種寶玉？」

小許掌櫃冷哼一聲，又細細解釋道：「潞城往來客商眾多，難免有貴客手頭不便。到我們當鋪當了這玉，也不稀奇。妳若有證據便早些拿出來。若沒證據，便把我家的寶玉還回來？」

陳寧寧又指著那塊玉，問道：「那位貴客當玉的時候，可有其他物件搭配？」

小許掌櫃一時也不明白她到底是什麼意思，想了片刻，咬牙說道：「沒有，只有這塊玉。」

陳寧寧突然笑了。「不巧了，我這玉上卻帶著個小玩意。」說著，她便從懷裡拿出先前拆下的絡子。

小許掌櫃見狀，連忙說道：「妳不要以為隨便拿出個絡子，就可以騙走我的寶玉，這種絡子隨便找個繡娘就能打出來。」

黑袍小將卻抬頭看了那絡子一眼。他見這顏色花紋樣式，實在不是尋常人家能打的。分明是出自宮裡。還是十幾年前的老樣式。

陳寧寧又說道：「我之前便說了，這玉是我打小帶在身上的。如今迫不得已，要當了它換我一家活路，也沒想要再贖它回來。只是，我卻想留個小物件做個念想。也算趕巧了，這玉珮上配了顆珠子，珠子上同樣刻著一個字，正好是我的名字。」

說著，她便把那玉珠連帶著絡子，遞到黑袍小將面前，又說道：「軍爺可以看看，這珠子和這玉是不是一對的？」

不巧的是，剛剛陳寧寧跌了一跤，手掌都磕破了，還滲出了血。此時不小心碰到玉珠，便像針扎了似的疼。她下意識顫抖了一下，但也沒多在意。

黑袍小將接過絡子，低下頭看著玉珠上的「寧」字，以及上面的血絲，忍不住瞇起了雙目。

多年前，他曾見過一塊一模一樣的寶玉。那時，他和兄長正陪在大長公主身邊。突然有一快馬來報，說是「鎮遠侯夫人薨了」。

大長公主聽了這話，便把那塊玉狠狠摜在地上，嘴裡罵道：「好個鎮遠侯，抱個假女兒，欺瞞郡主不說，如今竟逼死她。」說著，身形顫了顫，便昏死過去。

一時間兵荒馬亂，又是請太醫，又是去稟告皇上。

他卻乘機撿起了那塊寶玉細瞧，好在玉並沒有碎，他也有機會看清那塊寶玉的全貌。同樣的半圓形龍戲珠，同樣的雕工，同樣的玉質，只差一個「寧」字。兩塊玉若是放在一起，正好能合成一個圓。而「寧」字，正好是寧國公主的封號。這組玉叫作「雙龍珮」，分明是當今送給大長公主的生辰禮物。

可笑，這潞城小小當鋪，居然只出十兩銀，而且說不賣也得賣？

再看那玉珮的真正主人，如今也該有十三、四的年紀。生得又弱又小，還受了傷，渾身狼狽，倒像是落進陷阱，拚死掙扎的小獸一般。通身上下，哪有半點世家貴女的氣派？

可偏偏她那雙眼眸，卻如手中的玉珮那般，明亮又溫潤。尤其是顧盼流轉間，不經意帶出的那種足以燃燒一切的眼神。這眼神十分熟悉，他好像在哪裡看過。

稍稍回憶，他便從記憶中找出這熟悉的來由。

大長公主和鎮遠侯府找了十幾年都沒找到的人，如今竟一頭撞在他的馬跟前。他倒要好好盤算，該如何利用好這枚棋子，幫襯兄長謀劃帝位才是。

與此同時，陳寧寧心中有些不安，忍不住抬眼看向黑袍小將。

兩人四目相對，卻見那人面上突然劃過了一絲難得的笑。

對這個笑，陳寧寧一時只覺得頭皮發麻，連忙收回自己的視線。

只聽那人突然下令。「來安，把這當鋪掌櫃拖到衙門去，讓知縣好好審他。」

話音剛落，有個黑臉親衛幾步上前，二話不說，拿住了小許掌櫃的肩膀。

小許掌櫃沒料到陳寧寧居然還有後手。他剛想喊冤脫罪，只覺得肩膀一疼，頓時便慘叫出來。「軍爺饒命，小的再也不敢了！小的……」

只可惜，還沒說完，他的嘴巴便被堵住了，人也被拖了下去。

陳寧信在一旁看著，不由愣住了。他也沒想到事情居然這麼快就解決了？

這時，士兵已經打發了圍觀人群。

陳寧信剛想開口對姊姊說些什麼。卻見那黑袍小軍爺往近前來，一臉和氣地對他姊姊說道：「陳姑娘，這玉妳可還賣嗎？」

一邊說著，他把那塊玉連帶絡子還給了陳寧寧。

陳寧寧先收好絡子，又用帕子包好了玉，這才開口說道：「若是真能賣出去，自然是好的。」

黑袍小將又說道：「那不如賣給我吧，我出一千兩銀如何？」

陳寧信一聽這價格，頓時傻眼。剛剛在當鋪裡，小許掌櫃二百兩銀都不願意給，還想白拿他們的玉。這位小軍爺一出手便是一千兩銀？莫非姊姊這塊玉，當真是個寶貝？

他連忙看向姊姊，只見他姊姊紅著眼圈說道：「用不著這麼多，五百兩足矣。我倒是也想把玉千兩賣給軍爺，只是恐怕這錢，我都帶不回家裡。」

如今事情鬧得這麼大，自然會驚動王家。當日陳父回家途中，都能被地痞打斷了腿。更何況是他們兩個半大孩子。身上再帶著一筆鉅款，指不定落得什麼下場呢。

黑袍小將也想到了這一層，他眉頭一挑，便說道：「不妨事，我安排下人手，送妳姊弟回家。如今我們殷家軍常駐在潞城。我倒要看看，這城裡到底還有沒有王法？」

他說這話時口氣極重，而且還帶著一股上位者的威嚴。

陳寧寧聞言便安下心來，又把那塊玉雙手奉上，嘴裡還說道：「既然如此，這塊玉便是軍爺的了。」

黑袍小將連忙接過那玉，一個眼色遞下去，便有一位親隨雙手捧上銀票。

陳寧寧連忙問道：「不知能否煩勞兌些現銀給我，我家裡還等著請大夫救急呢。」

那親隨連忙又說道：「姑娘且放心，小的這就去把事情辦妥。」

眼看這筆買賣算是談成了，也算皆大歡喜。這時，不遠處卻突然傳來了一陣吵鬧聲，街上的行人也被衝亂了。

陳寧信定睛一看，立時便認出了人群中那個熟悉的身影，忍不住喊了一聲。「大哥，怎麼會在此處？」

原來，陳寧遠擔心弟弟妹妹安危，便一路跟到潞城。只是他靠腳走的，到底沒能趕上牛車。一到這邊，便看見陳寧寧和陳寧遠被當鋪圍追堵截。陳寧寧無奈之下，衝到軍馬前，差點被踩死。

陳寧遠那日在考場上被同窗所害，受盡屈辱後，腦子便有些不正常了。他並不是真瘋，心底多少還保有幾分清明。只是這人乃天之驕子，從未受到如此挫折。一時間，便失去了面對生活的勇氣，才渾渾噩噩，瘋瘋癲癲，偶爾還會發臆症。

誰承想，今日弟弟妹妹的遭遇，與當日他的遭遇如出一轍。也都是因為王生平。這畫面使陳寧遠又經歷了一回折磨，整個人如同烈火油烹。

只是陳寧寧的行事，卻與他完全不同。陳寧遠是被整怕了，縮進殼子裡，根本沒法鼓起勇氣為自己討回公道，生怕自己又為家人惹來麻煩。陳寧寧卻寧願鬧個魚死網破，也要把陳家所受苦難，張揚得人盡皆知，為自己討回公道。

誰承想，最後她竟然成功了，反倒是當鋪掌櫃被拖走了。這是陳寧遠不曾想過，也不敢去想的。可陳寧寧卻做成了。

這麼一刺激，陳寧遠的腦子越發變成了一團漿糊。他一陣清明、一陣迷糊，最後竟又陷入癲狂之中。他隨手從肉攤上抽出一把殺豬刀，衝進人群，一邊揮砍，一邊亂喊道：「你們莫要欺人太甚，那塊玉本來就是我妹子的，休想搶她東西。」

陳寧信眼見著兄長發了瘋，就要傷人，也顧不得其他，連忙上前勸阻。「大哥，我和二姊已經沒事了。沒人欺負二姊，你先把那刀子放下，咱們好好說話。」

只可惜，陳寧遠根本聽不進他的話，瞪著那雙猩紅的眼，一邊揮刀亂砍，一邊哭道：「都是大哥無用，連累父親被免職，被無賴打斷腿；連累母親……如今還要連累寧寧被人坑騙。寧寧，妳且放心，今日這塊玉，大哥定會幫妳保下來。」

此時，他說話顛三倒四，滿臉鼻涕眼淚，看上去就如乞丐一般。唯獨那雙眸子，卻像受了傷的孩童一般赤誠又明亮。陳寧信一看從前風光霽月的兄長，如今竟變成這般模樣，一時也忍不住落下淚來。

路人見此光景，也都忍不住垂下頭。有認得陳寧遠的同窗，知道他才華出眾、人品貴重，如今落到這種地步，實在讓人忍不住憤憤不平。

偏偏這時陳寧遠又抓狂地問道：「當日我見紈袴子弟欺負無辜少女，救她一命，竟是錯了嗎？」一邊說著，一邊又揮動刀子，差點砍傷他自己。

陳寧信連忙上前，想要奪過殺豬刀。可他畢竟還只是個小孩子，身量不足，也沒力氣，哪裡是他兄長的對手？搶奪間，眼看那刀子便向陳寧信砍來。

眾人看得心驚肉跳，陳寧寧卻幾步衝上前。

也不知這小姑娘哪裡來的力氣，硬是把她兄弟甩了出去，手持一根木棒，就要硬擋下那把殺豬刀。可她右手本就劃了道口子，此時還在滲血。若再被殺豬刀砍中，怕是要留下殘疾了。

就在千鈞一髮之際，黑袍小將突然橫刀擋住了陳寧遠的殺豬刀。

這小將看著年齡不大，身形也算不上魁梧，卻使得一口新亭侯寶刀。此時更是氣勢驚人。正好用刀的刃口卡住了殺豬刀，嚴絲合縫，陳寧遠再想用力抽刀，卻動不得分毫。

黑袍小將挽了個刀花，向上一挑，那殺豬刀便飛了出去。又有親衛及時過去撿開。眾人這才鬆了口氣。

一場血光之災，總算拉下了帷幕。

倒是陳寧遠還在發瘋，居然還想撲過去搶刀。陳寧信再也看不下去，一個虎撲，使死死抱住兄長的大腿，口中喊道：「大哥，求求你了，不要再胡鬧了！」

只可惜陳寧遠已然失去理智，雙目早已沒了焦距，瞳孔一片渾濁。就連親人也認不出來，甚至還想伸腳去踹他兄弟。

陳寧寧實在忍不住，上前狠狠打了陳寧遠一巴掌。

陳寧遠臉上一疼，這才又重回幾分清明。

他從小就是遠近聞名的神童，哪曾被人這樣狠狠打過臉？一時間，他竟被打愣了。

陳寧寧卻瞪著那雙淚水浸過的眼眸，發狠地問道：「陳寧遠，你還要鬧到什麼地步？你可知爹娘還在家中等你呢？」

陳寧遠竟被妹妹的眼神給震懾住了，神智也開始慢慢回籠。

陳寧寧咬著唇，又說道：「你救了那姑娘，沒有錯！大丈夫頂天立地，就該如此。被同窗陷害，也不是你的錯，是那人丟了讀書人的風骨，做了雞鳴狗盜之事。至於父親被免職，被地痞打斷腿，更加與你無關。陳寧遠，若這世道不公，那便拚著一口氣，改變現狀。將來若能爭出個公平來，也算是你的本事。可你倒好，這樣裝瘋賣傻，又算什麼？難道父親這些年都白費心血教養你了？那些聖賢書，你都讀進狗肚子裡了？」

她說這話並非沒有依據。原著中陳寧遠受了太多打擊，全家都被害死後，他沒有了羈絆，瘋病反倒好了。自此陳寧遠開啟黑化模式，一路輔佐六王上位，成了朝廷股肱重臣。他貪得無厭，卻又狡詐機辯，深受帝王器重。最終在女主的兒子繼位後，才被抄了家，治了大罪。

此時，陳寧遠聽了妹妹的這番話，只覺得耳朵都快聾了。偏偏陳寧寧死死盯著他。她的眼神就像密密的針，一下下刺進了他脆弱的心底。

陳寧寧又繼續說道：「我只記得，我兄長從小悉心教導我和弟弟。就算遇見危險，他也會把我們護在身後，想方設法保全我們。我的兄長，才不是只會逃避的懦夫！」

她如今本就是個小姑娘，渾身是土，滿臉是淚。就連額頭上的白布巾子，也已經滲出血來，模樣十分狼狽，可她不甘心，非要死死盯著陳寧遠不放，讓他想逃都無處逃。在這樣強勢的注視下，陳寧遠很快便安靜下來。

「我……」

他待要開口說什麼，陳寧寧卻又說道：「大哥，我們兄妹一起回家去，可好？」

陳寧遠說不出話，半晌點了點頭，就像是一隻被馴服下來的野獸。

陳寧寧拉住了兄長的手臂，勸道：「娘肯定已經備好飯菜，咱們快些回去吧。」

「好。」

陳寧遠又點了點頭，便任由陳寧寧拉著他，往城外走去。與此同時，道路兩旁的行人不自覺地為這對兄妹讓出道來。而陳寧信抹去臉上的淚，也連忙跟了上去。

那黑袍小將見狀，又給親隨遞了個眼色。那人點了下頭，很快便消失在人群裡。

等到陳家三兄妹離開了潞城，之前陳寧寧見過的那位親兵剛好趕著馬車追了上來。後面還跟著一匹小毛驢，驢上坐著一位滿頭花白的老大夫。說是特意請來給陳父看病的，尤其擅長治療外傷，對臆症也算小有心得。

陳家兄妹自是感激一番。

親隨又拿出一包銀票和換來的碎銀，交到陳寧寧手中。

陳寧寧打開一看，目測絕對不只五百兩。光五十兩一張的官票就有一沓。更別說那些散碎銀子，她心中疑惑，直接問道：「不是說好五百兩嗎？這好像多給了？」

那親隨笑道：「我們爺說了，那塊寶玉本就價值連城，難得有幸落到他手中也算是緣分。這些銀子都是姑娘應得的，姑娘安心收下就是。至於其他事，姑娘大可放心，潞城還是講王法的。」

陳寧寧早猜到那位黑袍小軍爺出身不凡。只是再怎麼看，他都不像喜歡助人為樂的，也不知道他有什麼圖謀。不管怎麼說，若是他能解決王家，陳寧寧倒是樂見其成。因為只有如此，陳家才能安下心來，好好生活。

反正，如今也由不得陳寧寧多想，只聽那位親隨又解釋道，他本名叫作張來福，奉他家爺的命令，要一路護送他們兄妹到家。陳家兄妹自是又感謝一番。

就這樣，一路無話，很快到了二牛村。下車後，陳寧寧離老遠就看見自家門周邊圍著不少人，正探頭探腦地指指點點。

原來，是那文婆子到底發現玉不見了。逼問文秀才無果，便料定此事與陳寧寧有關，於是二話不說，打上門來。

文婆子早就嫌棄陳家落難，巴不得退了這門婚事。因而她故意站在院外，跟陳母爭吵，鬧得全村人盡皆知。

此時她正單手扠腰，左手指向陳母，扯著嗓大罵道：「就沒見過妳陳家這樣不成體統的，還讀書人呢。說好的婚事，給出去的定禮，自己又偷跑去婆家拿回來？一家子作奸犯科，如今又多了個賊。我文家本就艱難，可禁不起這種敗家媳婦，這門親事還是退了吧！」

文秀才一臉無措地站在一旁，他是很想上前把他老娘拉走。可他老娘幹慣了莊稼活，身上有把牛力氣。他一個文弱書生，根本拉不動。

文秀才沒辦法，只得開口勸道：「娘，您就別罵了，事情不是您想的這樣。那塊玉，是我自己拿來還給寧寧應急的。」

不提這話倒還好，一提這話，文婆子越發火大，又跳著腳罵道：「我看你是昏了心，陳家那死丫頭不過是仗著有幾分姿色，倒把你迷得找不著北了。她如今還沒進文家大門呢，就給你灌了迷魂湯，你事事聽她挑唆，專跟你娘作對。若是當真讓這攪家精進了門，你眼裡還有你老娘嗎？老天爺，我怎麼這般命苦，苦熬這麼多年，好不容易拉拔大的兒子。他不說同我一條心，非要娶個家賊。往後的日子，我要怎麼過？」

說著，她便胡亂哭了起來。其他人就像看笑話似的，在一旁指指點點。

陳母本就是個文弱女子，一向備受尊重，哪曾受過這樣的氣。一時間，氣得渾身顫抖。偏偏，文婆子左一句作奸犯科，右一句你們全家都是賊，罵她女兒，也罵他們陳家。

陳母聽了心如刀絞，眼圈一紅，羞憤得險些哭出來，可她卻強行忍下了淚意。

那文婆子推開她兒子，幾步上前，便要撕扯陳母，嘴裡還不乾不淨地罵道：「當初妳也沒說陳寧寧根本不是妳生的。誰知道她是哪裡蹦出來的小野種。這般不清不楚的身世，還想嫁到我文家？也不看看她配不配得上我兒？如今我做了這主，休了她完事。陳家的，妳快把那十兩銀子聘金還我。不然，我便告到村長那裡去。」

文秀才聽了這話，連忙拉住母親，又開口勸道：「娘，陳先生待我一向不薄，咱們可不能落井下石。」

文母卻強橫地說道：「我看你就是被小妖精迷了心竅。你且放心，娘往後再給你尋個品行好的姑娘。哪怕是個天仙，我兒也配的。」

文秀才又說道：「娘，您千萬莫要亂說，我只想娶陳家姑娘。」

就這樣，陳母一直擔心的事情，到底還是發生了。陳家如今早已大不如前，若這種時候寧寧再被退了親事，恐怕將來很難再找到如意的郎君了。想到這裡，她越發心疼起女兒來。

為了大局，她嚥下委屈，忍氣吞聲又低聲勸文婆子。「親家母，妳這是哪裡的話？那塊玉原本就是寧寧打小帶在身上的，怎麼能算是偷？當日咱們兩家說好的。玉不過暫時放在妳家，等兩孩子成親後，還交給寧寧保管。如今不過是提前拿回玉來，還是妳兒子親自給拿的。妳也未免太小題大做了。況且，當初訂親我陳家也給了妳文家不少禮。妳如今只死咬著那十兩銀不放，要讓我們一家退還，恐怕不妥當吧？」

細想起來，陳家這些年幫襯文秀才的，又何止十兩銀？偏偏文婆子這會兒嘴硬不肯認帳。可恨當初誰也沒想到，文秀才一表人才，可一到他老娘面前，竟是這般懦弱，半點男子擔當氣魄都無。這種男人，又如何能算是佳婿？

陳母此時只恨丈夫眼瞎，當初給寧寧定下這麼一門爛親事。只是事已至此，又能如何？

第四章

文婆子本就蠻橫不講理，聽了陳母這話，更是生氣，跳起腳來罵道：「虧妳家還是讀書人，難不成還要占我們孤兒寡母的便宜？妳嘴上一說，可有證據？我們那十兩銀子可是當著媒人的面給的。如今妳若是不還，就休怪我不客氣。」

說著，她便想上前去推陳母，甚至還想動手打人。陳母本就生得瘦弱，再加上這些時日耗損得厲害。這要是打起來，她恐怕也討不著好。

此時，剛找回幾分神智的陳寧遠，眼見著母親受到這樣的侮辱，那雙眼睛瞬間通紅，表情也變得猙獰起來。眼看他就要衝上去咬人，卻被陳寧寧拉了下來。

陳寧寧把那包袱砸到他懷裡，沈聲說道：「看好了咱們的包，別被人拿走了。」

陳寧遠之前就怕了妹妹。此時，兩人四目相對，陳寧寧整個人就像是隻炸了毛的貓，渾身上下都在顫抖。最後，反倒是陳寧遠敗下陣來。

陳寧寧又回頭對弟弟寧信說道：「看好咱們大哥，實在不行，你就抱住他的腿，不要讓他亂來。」

「可是……」陳寧信也正一肚子火氣，正想去撕了文婆子。可他同樣也被姊姊的眼神給壓了下來。長到這麼大，他從沒見陳寧寧這般生氣過。

陳寧寧不再理會他們，幾步上前，抬手便抓了文婆子的麻穴。這還是她年少時學會的防身本領，都是一些投機取巧的招式，但應付起文婆子，卻已經足夠了。

文婆子只覺得胳膊一疼，半身都麻木了，她立時嚎喪道：「陳寧寧，妳個死丫頭，還不趕緊放開我。妳還把我當婆婆嗎？這般無禮，我定要叫我兒休了妳。」

陳寧寧不理她，用力一推，便把文婆子推倒在地。

文婆子又哭嚎道：「慶兒，你看看你挑的這好媳婦，都還沒進門，就敢對你娘動手了。她這是大不孝，怎麼配嫁給秀才為妻？」

文秀才見母親被打了，也落下淚來，橫眉豎目地對陳寧寧說道：「再怎麼說，妳也不該跟母親動手。」

陳寧寧此時就像被逼進死路的小動物，顫著手指，指著文秀才問道：「照你這麼說，我娘辛辛苦苦拉拔我長這麼大。我還得站在一旁，睜眼看著她被人欺負？她是造了什麼孽，養出我這麼個挨雷劈的女兒來？」

文秀才一聽她這話，頓時呆住了。

陳母見閨女這般維護她，眼淚像斷了線的珠子般落下，她忙上前握住女兒的小手，連聲說道：「寧寧，娘沒事的。妳還是不要插手此事。」

陳寧寧搖了搖頭，死死把她護在身後，又繼續與文秀才對峙。

文秀才只覺得陳寧寧那雙眸子就像著了火，竟是說不出的美麗，他不禁心生動搖，連忙解釋道：「我並不是這意思，只是母親之間的事情，咱們作小輩的實在不好插手。」

陳寧寧冷笑道：「你一個大秀才的確不好插手。你就站在你娘身邊，當個應聲蟲就是了。反正她說什麼都是對的。如今她打上門來，百般羞辱我爹娘，嘴下一點不積德，也是對的。」

「不，我不是這個意思！」文秀才還想辯解，卻被陳寧寧硬生生打斷。

「你娘沒錯，你也沒錯，都是我陳寧寧的錯。之前，我也曾想過，你娘再怎麼蠻橫不講理，到底是我婆婆。等將來嫁到你文家，我把她當成親娘伺候。就算她心裡揣著一塊冷石頭，我也會把她暖過來。可我萬萬沒想到，我自己犯賤，甘願去你家當奴才，這還沒完。居然還要連累我爹娘受如此大辱。陳家犯了什麼十惡不赦的大錯？要被人這樣羞辱？說白了，不過是積善之家，看我孤苦伶仃，把我當親生女兒養大罷了。明明是行善事，怎麼就成了你娘口中的造大孽了？」

文秀才連忙又解釋。「我娘並不是這個意思。她是個粗人，沒念過書，不會說話。寧寧，妳別同她一般見識。等將來咱們成婚，慢慢勸導她就是了。」

陳寧寧冷冷地看向文秀才，直看得他心虛得別開了眼。

她才冷笑道：「粗人就能隨便侮辱別人？粗人犯了罪，縣官就不審她了？我長兄今年一十八歲，自幼熟讀聖賢書，行事光明磊落。見過他的人，哪個不誇他皦皦君子？兄長出門在外，看見弱女子遭惡霸欺凌，難道不該出手相助？明明是君子義士所為，何錯之有？可恨得罪了王家小人，在考場使人陷害他。我兄長已經很慘了，你娘卻到處亂說，說我兄長作奸犯科活該被拔了功名。我兄長為人如何，別人不知，你文秀才也不知道嗎？可你卻從未勸誡你娘半句，也不曾為我兄長正名，你又算什麼我哥的知己好友？」

這已經是陳寧寧第二次說陳寧遠沒做錯事了。看著妹妹那雙因憤怒而灼燒起來的美目，陳寧遠只覺得像火焰一般。他這才意識到，原來妹妹當真不覺得他做錯，也不覺得被他牽連了。甚至還從來不曾怨恨過他。

她覺得，他只是做了君子該做的事。

陳寧遠的心弦此時已經繃到了極限，他手裡緊緊抓著那個包袱，差點把布摳出一個破洞來。若不是知道這包袱有千金重，裡面有他一家老小的救命錢。陳寧遠早就甩手丟了包袱，抄起一件趁手兵器，衝上前去打人了。

這些日子，同窗背叛他、陷害他，還嘲笑他是個不知變通的書呆子，活該落得如此下場。其他人也覺得他有錯，不該強出頭，更不該得罪王老爺。還說君子不立於危牆之下，他一人之禍，卻害人害己，禍害全家。

陳寧遠內心備受煎熬，惶惶不可終日。這才病入膏肓，越來越瘋。今日他妹妹卻一再站在他這邊，為他正名。她一口咬定家中的禍事，與陳寧遠不相關。

妹妹本就生得十分瘦弱，此時身形都沒長開，再加上那張微微胖的包子臉。看上去分明是個瘦弱、年幼的女子。可她從未逃避，反而擔起長姊的責任來，百般周旋，保護父母，維護陳家。這本該是陳家長子應做的事情，如今妹妹卻替他全做了。可他又在做什麼？只顧裝瘋賣傻。

一時間，陳寧遠百感交集。他用力握緊拳頭，任由指甲戳破掌心，摳得血肉淋漓。

昨日種種，譬如昨日死；今日種種，譬如今日生。害他、辱他之人，他將牢記於心底。此時他唯一能做的，就是盡力保全家人，再也不要他們受氣。

就像妹妹之前所說，既然覺得世道不公，那便撥亂反正，掙出頭頂一片晴天來。

可惜經歷了這麼多事，陳寧遠已然放棄了君子做派。他看透了世間皆是凶徒惡狼，那些畜生平白無故就要啃噬他人血肉。身處惡獸叢林中，若想要好好存活下去，保全家人，少不得他先變成惡獸，而且還要成為最凶的那一頭。

只是不知被父親一手教養出來，同父親一樣風骨的妹妹，若知道他選擇這麼一條路，會不會對他感到失望？

失望也罷，即便如此，他也要守住家中這最後一片淨土。

陳寧遠緩緩垂下頭，他眼底一片清明，眼神卻寒冷刺骨。

文家分明是欺他陳家無人，才敢如此囂張放肆。文婆子羞辱他父母，欺他妹妹年少，而文秀才卻視若無睹。

陳寧遠打定主意，要想辦法狠狠整治他們一番。

陳寧寧說罷，冷冷地看著文秀才。

文秀才半晌才回神，連忙說道：「不錯，陳兄所作所為，光明正大。是我母親糊塗。寧寧，我跟妳道歉。」

陳寧寧冷哼道：「你認錯倒是很快。方才你娘罵我全家都是賊，你怎麼不當著街坊的面解釋清楚？那塊玉本來就是我陳寧寧的，當初是你娘貪圖，非要拿去作定禮。如今你拿了玉還給原主。怎麼原主就成了賊？就算有賊，也是你娘心生惡念，想把我的東西據為己有，她這才是生了賊心吧？」

這話就十分嚴重了，而且已然把兩家完全分開。偏偏文秀才百口莫辯。

陳寧寧又繼續說道：「你娘一心想讓你當狀元，想盡辦法維持你的體面，生怕別人連累你。只是你可曾告訴過她，她這般胡亂行事，才是帶累了你的名聲。做官最講究官聲，就算你將來考上狀元，名聲毀了，也不可能有大好前程。古話有云，修身、齊家，才能治國平天下。文秀才你連你娘都看不好，怎麼為官作宰？」

陳寧寧句句有理，文秀才聽了這話，如同被狠狠揍了一拳似的。如今他才明白，眼前女子句句帶淚，分明是為他著想。

文婆子聽了這話，卻聽出陳寧寧是在挑撥他們母子的關係。文婆子一時氣不過，也不賴在地上裝死耍賴了，連忙爬起來上前罵道：「妳這小娘養的小雜種，敢詛咒我兒子當不了官？看我不撕爛了妳的嘴！」說著，她便衝上前，想要打人。

這會兒，陳母早被他們氣瘋了。見文婆子要打她的女兒，一回身，便撿起了一塊磚頭拿在手裡，罵道：「妳兒子才是狗娘養的狗東西！我看妳這婆子敢動我姑娘一根手指試試？」

文婆子一下子被陳母那母狼一般凶狠眼神震住了，頓時不敢上前鬧了。

陳寧寧少不得又安撫母親一番，又對文婆子說道：「我如今也不想再同妳胡攪蠻纏。妳不是早就想要退婚嗎？我答應就是。今日當著街坊四鄰的面，也算有個見證。只是，有些事，我卻要同妳兒子說個清楚明白。」

文婆子一聽她答應退婚，又高興起來。也顧不得其他，站在兒子身旁，就準備幫腔。

文秀才一臉慌亂，忙又說道：「不退親！寧寧，咱們可是父母之命、媒妁之言，我們一早就訂親了，怎能說退就退呢？」更何況，他愛極了寧寧的嬌媚容貌，喜歡她平日裡的溫婉大方，如今更加喜愛她身上的風骨。

在文秀才看來，恐怕只有陳寧寧才能做得起他的秀才娘子。若是錯過了，恐怕他今生再難遇見這般鮮活又可愛的女子了。

可陳寧寧卻搖頭說道：「我爹是你蒙師，對你有授業之恩。我兄長視你為知己好友，對你也算有情有義。往日你家裡周轉不及，學費不繼，也是我爹、我哥悄悄墊上，從不讓你難堪。現下我家最艱難的時候，你不維護，還放任你娘打上門來胡鬧，絲毫沒有顧忌過我爹的顏面和清譽。如今看來，你文秀才是非不分，沒有男子擔當，並非我的良人。你娘既然要退親，不如隨了她的心願，把親事退了。往日我家對你的恩情，就此不提也罷。」

她還沒說完，便聽文婆子又嚷嚷道：「哪裡來的恩情？妳說妳爹幫我兒出學費，可有證據？小小丫頭，紅口白牙亂說話，無非是想吞了我們那十兩聘金。告訴妳，沒門，那十兩，你們不退也得退。」

陳寧寧懶得看她，直接拿了一袋碎銀子遞給母親，又說道：「娘，把十兩給她吧。省得她撒潑胡鬧，丟人現眼。正好鄉親們都在場，也算是證人。她若以後再來，咱們就去告她。」

陳母聽了這話，早已哭得不成樣子，拉著寧寧的手，又問道：「寧寧，妳可想好了？今日若是退了這門親，往後妳要如何自處？」

陳寧寧卻說：「您和爹辛辛苦苦養我長這麼大。我陳寧寧不說好好回報，還要連累你們受委屈，實在罪該萬死。如今我立下誓言，寧願絞了頭髮，去廟裡當姑子，也不嫁他文家，讓您和爹繼續受文婆子的氣。」

陳母聞言心如刀絞，卻也只能摟住女兒，又哭了一場。「閨女，到底委屈妳了。」

文婆子看著那鼓鼓囊囊一袋子銀子，又動了幾分心。她心道：莫不是陳寧寧這死丫頭當真把玉賣了，看著怎麼也有五十兩。

文婆子是摳門慣了的人，眼皮子又淺，心思都放在三瓜兩棗上面。此時見到好處，竟又動了心思，想著不如再從陳家詐些銀子來花。

可惜陳家如今就是無底洞。再加上陳寧寧這死丫頭凶起來，就跟看門狗似的，這般護著陳家，恐怕不會白便宜別人。再看看她那兒子，滿臉失魂落魄，口中還念叨著。「不能退婚，怎麼能隨便退婚呢？寧寧妳且放心，往後我會幫襯妳家的。」

她兒子這麼沒出息，可見是被陳寧寧那死丫頭拿捏住了。今兒是讓他偷拿家裡的玉，明兒也能讓他拿其他東西救濟陳家。長此以往，如何得了？

猶豫片刻，文婆子便狠心說道：「既然說好要退親，先把錢還來，一文錢也不能少。」

此時，陳母恨毒了文婆子，心想著女兒不嫁過去也好。於是再沒了顧忌，二話不說，從袋子裡摸出十兩銀錠子丟給文婆子。又說道：「如今聘金還妳了，當日我家給妳家的糖、雞蛋、糧食、布料，我姑娘一年四季給妳母子做的衣裳，也該還了吧？」

文婆子還想胡攪蠻纏，訕笑道：「吃進肚裡的東西，早就化成了糞；穿在身上的衣服，早就變作破布，又如何還妳？」

陳母待要開口反駁，左鄰右舍先聽不下去了。其中就有個上了年紀的老寡婦，姓馬，在村裡最有名望，也最受人敬重。

年輕時，馬寡婦也是個爆脾氣，差點拿柴刀砍死村中無賴，也是個豁得出去的主。她如今再看陳寧寧，雖說不是老陳家親生的，卻孝順，明事理，有情有義。為了不讓娘家受委屈，甚至不惜壞了自己的婚事。這般性情，倒是得了馬寡婦的青眼。

再加上，馬寡婦實在厭煩文婆子這般欺負人的醜態，便扯著嗓子說道：「吃了人家的東西，給吐出來；穿了人家的衣裳，就把皮扒下來；用了人家的東西，這會兒妳說還不上，那就乾脆全用銀子抵。說好的，退了婚事，跟人家討錢時，妳撒潑打滾，能耐大了，可勁欺負人家男人爬不起來。這會兒人家跟妳討東西，妳還想存心耍賴不成？真當咱們二牛村都是瞎子、糊塗蟲了？文寡婦，我勸妳做事別太過，給妳兒子留一二分顏面吧。虧妳還是秀才娘，妳再不給他積點德，小心妳兒十幾二十年也考不上舉人。都是妳作孽作的。」

這話實在太狠，句句都往文婆子軟肋上戳。一時間，她也惱了，便想回嗆馬寡婦幾句。可站在一旁的曲媒婆卻開口說道：「當日，陳家給妳送訂禮，咱們可都是親眼看見了，大包小包沒少拿。咱們都是見證人。就沒見過文婆子妳這麼亂來的。親家一出事，妳就不要人家姑娘了，還到處找事，抹黑人家。如今還想貪下人家的定禮，有沒有臉啊？以後還想不想讓妳兒子在村裡做人了？沒了名聲，就算考了秀才也白搭。」

這也正合了陳寧寧方才說的話。

這時，其他人也紛紛站出來，指責起文婆子來，還說這事若是鬧到村長那裡，大家都給陳家做證去。

一時間文婆子百口莫辯，待要狠下心腸，直接走人。文秀才卻從口袋裡翻出二兩銀子，恭恭敬敬交到陳母手中，又說道：「師母且放心，欠下那些禮、我的學費、趕考時陳兄幫襯我的，我都會一一還上。」

說著，他又對陳母深鞠了一躬，又看了陳寧寧一眼，便轉身離去。

曾經，他一心想著母親青春守寡，含辛茹苦把他養大成人，實在太過不易，便發誓要好好孝順母親。卻不想，他對母親百依百順，卻也對母親的過錯視而不見，甚至是縱容了她。這才使得母親膽子越來越大，越發為所欲為。

直到今日聽了陳寧寧的那一番話，文秀才如遭棒喝，這才察覺到他做錯了，而且錯得離譜。若由母親再這樣胡鬧下去，不只會毀了他的親事，毀了他的人生，也會傷及無辜的人。想到這些，文秀才心中越發痛苦難忍。

偏偏文婆子還在後面喊道：「慶兒，你欠他家什麼了？何必對他們這樣低三下四的。」

文秀才突然停住了腳步，回頭深深看向他母親。「陳先生給了我前程，教我念書。娘，做人不能這般刻薄寡恩。倘若世上之人都是只看眼前，用人朝前，不用人朝後。若將來我們一家落魄之時，有誰還會伸出援手？」

文婆子一時說不出話來，只能任由她兒子把她拉走。

這時陳寧寧又突然開口說道：「文秀才，記得把庚帖和婚書還回來。」

文秀才又回頭看向她，一臉欲言又止，終究在那姑娘淡泊如水的注視下，緩緩點了點頭，只是他眼圈卻紅了。

陳寧寧得到他的準話，想起正事，便連忙對母親說道：「娘，我們請來大夫了，趕快回去給爹看看。」

陳母卻拉著她手，哭道：「妳這是糟了什麼罪？頭上的傷都沒好，怎麼手又傷了。要是留下傷疤，又該如何是好？」

陳寧寧也顧不得其他，一邊帶著母親往院子裡走去，一邊安撫道：「等會讓大夫幫我也看看，拿些傷藥塗一塗就是了。這位大夫醫術好得很，咱們也算是沾了貴人的光，如今就要轉運了。」

這時，陳寧信連忙請了那位老大夫進院來。

他本來也想請一路護送他們的張來福，一起進院中喝茶休息，張來福卻客氣地說道：

「既然幾位安然到家，張某的任務也算完成了，此次就不登門打攪了。我們爺還等著我回去覆命呢。」

沒辦法，陳寧信只得客客氣氣地送他離開。

送完人，陳寧信這才想起兄長。一回頭，就被塞了個包袱。想到這包袱裡面的銀票，他頓時便是一慌，又把包袱攥得更緊些，忍不住問道：「大哥，你又要去哪裡？等會兒大夫也要幫你看病的。」

陳寧遠卻只留下一句。「我出去溜達一圈，一會兒就回來。」說著，便離開了。

陳寧信被他的眼神嚇了一跳，就好像兄長已然恢復神智似的。再要喊他回來，陳寧遠已經沒了蹤影。陳寧信沒辦法，只得把老大夫先請進屋裡。

也算趕巧了，這老大夫姓劉，其實是軍醫，尤其擅長外傷。他仔細查看了陳父傷勢，才連連感嘆道：「好在看得及時，再晚上兩日，怕是華佗在世，也救不下他這條腿了。」

第五章

陳家人聽了這話，都有些心慌。

陳寧寧連忙問道：「先生這麼說來，我父親的傷如今還有救？」

大夫實在喜歡陳寧寧的品性，便點頭，細細解釋道：「要恢復如常，也不是不可能，只是麻煩得很。這骨頭也需要重新接上，還需要定時換藥。傷筋動骨一百天，何況他這腿被人惡意打斷，恐怕還要調養更久，也要注意飲食補養。往後，還得長期用藥包泡腳。」

他說的這些，陳寧寧都一一答應，又說道：「不妨礙，我父親要用的藥包，您開方子就是了。」

陳母之前經歷了太多次無良大夫給陳寧遠看病，這時便有些後怕。生怕這老大夫也獅子大開口，一時便忍不住死死盯著他看，眼中滿是擔憂焦慮。好在那老大夫也是個豪爽性子，只對陳寧寧說道：「倒是妳這傷，想要去疤，還要多些花銷。妳爹這傷，雖然麻煩，用的都是一些尋常草藥。只是若想他老了，腿腳上不受罪，少不得你們平常多費心調養了。」

陳寧寧連忙說道：「先緊著我爹吧，我這邊倒沒什麼要緊。」

大夫見這姑娘雖然是養女，卻這麼仁義孝順，又高看了陳寧寧一眼。再加上，他也是受人所託，便在治療陳父的時候，把看家本領都拿出來了。

陳父雖然也遭了些罪，可到底把腿接好了。

大夫又給陳寧寧看了傷勢，忍不住直搖頭。「小小姑娘這麼多災多難的，妳可別光對家人上心，也對自己上心些吧，往後的日子還長著呢。」說著，從藥箱裡拿出了上好的祛疤傷藥給了她，又囑咐她小心護理。

陳母在一旁聽了這話，眼圈一紅，連忙說道：「大夫放心，我以後定會看緊了她，再不叫她受傷了。」

老大夫聽了，才朝陳母點了點頭。

父女兩個都治過了，眼看著就差陳寧遠一人了。剛好這時，陳寧遠也回來了，陳寧寧又請大夫給哥哥看病。

等老大夫細細給陳寧遠診視一番，心中卻不禁有些疑惑。初見時，他也仔細觀察過陳寧遠，那會兒，病狀還很明顯。怎麼這會兒病就好了？

尤其陳寧遠的眼眸一派清明，轉瞬間精光四射，看著還有些怕人。

老大夫剛要開口仔細詢問陳寧遠的病情，卻見陳寧遠抓耳撓腮地說道：「我這毛病還是老樣子，一時清明一時糊塗，少不得請大夫給我開些平心靜氣的藥來。」

老大夫聽了這話，一時便愣住了。同時，他也再次確定，這陳家長子恐怕是在裝瘋賣傻。又想起那些關於王老爺的傳聞，他多少也有些明白陳寧遠的處境了。

陳寧遠要是瘋了，他家人還能稍好些，王老爺也會放鬆警惕。若是陳寧遠突然好轉，恐怕王老爺還要加倍殘害他們一家。

想到這裡，老大夫搖了搖頭，看破卻不說破，就按照陳寧遠的要求，給他開了些平心靜氣的湯藥。想起他的眼神隱含戾氣，還特別囑咐陳寧寧，平日多燉些冰糖梨湯給陳寧遠喝，對他大有好處。

陳寧寧自然也答應了。

等都看完了病，陳寧寧又客客氣氣把老大夫送出院外來，又約定改日再來給陳父、陳寧遠複診換藥。陳寧寧除了診金，又送上一錠銀子，說是讓劉大夫在路上喝碗茶。

老大夫卻拒絕了，又搖頭說道：「老朽平日並不會出診，今日也是受人所託，才來妳家看病的。姑娘且放心，這事老朽定會竭盡全力，只是這茶錢就免了吧。」

說著，他便翻身上了小毛驢，揮著皮鞭，搖搖晃晃地離開了。

陳寧寧帶著陳寧信回到院裡，陳寧信忍不住嘆道：「姊，妳如今變得精明了，還知道給大夫送茶錢呢，還不少給。」

陳寧寧停下腳步，回頭瞟了他一眼，又說道：「我要是再不精明些，咱們這一家子豈不是要被人生吞活剝，連點骨頭渣子都不剩了？」

陳寧信揉了揉鼻子，連忙又說道：「我又沒說精明不好，這樣才不會吃虧呢。我如今也想像姊姊這般精明才好。」

想起今天弟弟的豬隊友行徑，她冷冷道：「那你要學的，可還多著呢。」

陳寧寧很快便邁步進入裡間。陳母正捧著那包袱發呆，見陳寧寧走進來，便壓低聲音問道：「寧寧，這麼多銀票都是妳那塊玉當來的？」

陳寧寧剛想安撫她幾句，陳寧信卻在一旁說道：「哪是當玉得來的錢，分明是我姊拿她那條小命換下來的錢。您不知道，今日那當鋪掌櫃有多欺負人。我姊被逼急了，便一頭往軍馬前撞去。虧得那小軍爺急忙拉住馬，不然，她怕是回不來見您了。」

陳寧寧見他又多嘴，頓時氣不打一處來，伸手狠狠敲了陳寧信好幾下，罵道：「就你話多！還說得這般浮誇。若是把娘氣出個好歹來，看我捶不捶你？」

陳母瞪圓了淚眼，罵道：「還捶妳兄弟？仔細我先捶妳吧。事到如今，妳還想瞞著我不成？怪不得妳手又傷了，衣袖也破了口子。原來妳是不想要這條小命了？妳個死丫頭，簡直氣死我。」說罷，她便又痛哭起來。

陳寧寧被哭得沒辦法，少不得把城裡發生的事，避重就輕地說個大概。又再三保證，那匹馬跑得並不快，她是看準了才敢往前衝，沒有要尋死。

陳母一邊哭著罵王家、許家，一邊又替自己姑娘委屈難過，同時也暗恨自己沒用，還要女兒這般冒險。

「妳怎麼也不想想，若妳當真出了什麼事，叫我和妳爹怎麼活？」陳母狠狠問道。

陳寧寧想盡方法，軟話說了一大車，撒嬌賣癡也都沒用，仍是止不住母親的眼淚。最後實在沒招了，她只有賭咒發誓，往後再不進城胡鬧。

陳母這才止住淚水，又對陳寧信說道：「這些本就是你姊換來的銀子，理當由她收著。文家心黑，如今退了你姊的親事，你姊將來怕是艱難了。你這做人兄弟的，將來務必想辦法多賺錢，把那塊玉贖回來給你姊。」

沒想到一把火往自己身上燒，陳寧信對著淚眼模糊的母親，只能連連點頭，最後也賭咒發誓，若是姊姊將來找不到婆家，他會供養姊姊一輩子，還叫他的子女也都孝順姊姊。

陳母這才止住了眼淚。

可憐陳寧信今年不過十歲，卻早早就背上了養家餬口、給姊姊養老的重擔。一時間，他那小小的脊背都被生活壓彎下去。

偏生背著母親，陳寧寧卻在偷笑他。雖然她笑得很好看，胖狐狸似的，帶著幾分說不出的和氣。只是那雙明亮的眼卻滴溜亂轉。

陳寧信怎麼看，姊姊都是故意氣他，報復他剛剛對母親胡亂說話。一時間，他氣也不是、惱也不是，愣是拿這狐狸姊姊沒轍。

這時，陳寧寧又對母親說：「剛剛劉大夫留下了食補的方子，我都記下了。不如讓寧信買回來，咱們趕緊燉上。等爹醒了，就能喝了。」

陳母也覺得有理，又拿出一些銅錢給陳寧信，便去廚房準備了。

陳寧寧回頭對陳寧信說：「你如今也年歲不小了，該是動動腦子的時候了。別什麼事都往外說，遇事先想想得失。切莫把咱們家的事情洩漏給外人聽。你哪裡看得出，誰又被王生平收買了，正等著害咱們呢？」

這是擺明了敲打他。陳寧信也沒辦法，只得嘆了口氣，繼續聽狐狸姊姊的教誨。

可恨的是，姊姊的話題越說越歪，不只是教他怎麼同人說話往來，也教他貨比三家。這不是商賈之道嗎？

陳寧信忍不住反駁。「我是讀書人，將來也是要考科舉的。」

陳寧寧卻說：「你就算中了舉人，難道不用吃喝花銷？這會兒你不通俗物，腦袋不知變通，也不會與人往來，將來指不定要吃多大虧呢。」

陳寧信又沒了言語，只得繼續受姊姊擺布。

偏偏姊姊在母親面前，就跟隻小兔那般溫順；轉頭一面對他，就成了狡猾胖狐狸，笑咪咪地，總想欺負他。

一時間，小小的陳寧信好生苦惱。

隔壁屋裡的陳寧遠聽著妹妹教訓弟弟，心中忍不住感嘆。他不就缺了變通，和與人交往的本領嗎？這才落得如此下場。經此一事，妹妹變精明了，還懂得教導小弟了，這也算件好事。

又聽著隔壁間，小弟快被妹妹欺負哭了。偏偏妹妹一邊欺負他，一邊又把母親煮來的雞蛋拿給他吃，嘴裡還邊說道：「你如今可是咱們家頂梁柱，姊姊將來全靠你了。你可要多吃些，快快長高點，不然怎麼頂門立戶呀？」

陳寧信糯糯說道：「妳自己也吃吧，娘看見了，回頭又要罵我。」

「那你還不趕緊消滅證據？就說我吃了。放心，咱娘不知道的。」

陳寧遠聽著弟弟妹妹吵鬧，一時也忍不住揚起了嘴角。他那雙冰冷深沈的眼，也染上了幾分溫度。

張來福回去後便把二牛村發生的事情，原原本本告訴了他主子。

那位主子卸了鎧甲，也是渾身黑。他坐在桌前，一邊把玩著那塊玉珮，一邊冷酷地抿起了薄唇，又說道：「到底不是親生的。她對那一家人倒是死心塌地。又為哥哥出頭，又為養母出頭，連自己婚事都不要了。我倒要看看，等回頭，那一家人聯手算計她的銀子時，她又要如何自處？」

一旁的來安突然問道：「主子，王生平那事，咱們還查不查？」

他主子頭也沒抬，摸著那塊玉，又說道：「自然要查，曹大人藉著五皇兄的勢，這些年猖狂得很。就差自封國舅了。如今好不容易他收了這麼大一個兒子，咱們順藤摸瓜，定能找出不少有趣的東西。」

這時張來福又說道：「還有件事，要跟主子彙報。」

「說。」

「剛剛小的回來時，陳寧遠也追了上來，說是爺今日大恩，他陳寧遠記下了，他日定會回報。還說，那塊玉到底是他妹子的，請爺先收著，改日他必定要贖回去。」

只見他主子聽了這話，雙目微微瞇起，又問道：「他又不瘋了？」

正好這時，劉軍醫也回來了，彙報了陳家人的病狀。「主子，陳寧遠突然就好了，只是他怕打草驚蛇，才繼續裝瘋。我便開了些養生湯藥給他。」

「陳寧遠倒是個聰明人，她這一家當真是有趣得緊。」

自從老大夫過來看了之後，陳父的傷果然好了許多。雖然才一日，還不能下床，卻也恢復了幾分清明。而陳寧遠也沒再犯病。一家人總算安穩下來。

到了晚上，陳寧寧便拿出那顆玉珠放在枕邊。她本就患有嚴重的失眠症，本以為穿越而來的第一夜也會睡不著。無奈白天發生了太多事，時刻都在掙命，陳寧寧實在太過疲累，頭一沾枕就睡著了。

在夢裡，晃晃悠悠，她居然回到了小時候和外婆居住的山林小院子。

陳寧寧迫不及待地推開了那扇翠竹門。走進院中，滿眼都是蔬菜瓜果，陣陣清香撲鼻而來。

院子正當中是一口清泉，外婆用翠竹做了竹池，用竹管做了水管，引清泉上來。不僅灌溉了整個園子裡的花草果蔬，也給小院子憑添了幾分雅致。

陳寧寧連忙走上前，在竹池裡捧了一口泉水飲下。頓時，滿口冷冽甘甜。原本乾澀的喉嚨，瞬間便濕潤起來。

那股清爽舒暢，很快湧進胃裡，又隨著血脈轉遍全身。

陳寧寧突然想起年少時，外婆給她講的神仙泉的故事。

「大山深處有一眼神仙泉，有緣人才能看得見。用那泉水澆灌莊稼，種植蔬菜，結出的果子，不只甘甜多汁。人吃了蔬果，對身體也大有益處，甚至還能益壽延年。」

她便忍不住開口問道：「那要是用泉水養豬、養羊、養兔子呢？」

外婆又說道：「養出的動物也都肥碩健壯，可避開一些疫症。而且肉質細嫩鮮美，又有嚼勁，好吃得不得了。」

陳寧寧又繼續問：「那若是人喝了那泉水呢？」

外婆卻沒直接告訴她，只是深深地看了她一眼。過了許久，才說道：「會走大運的。」

陳寧寧只記得，那時外婆正坐在一旁收拾小蔥。正好太陽落下山來，外婆的身上染上了一層金粉，就連那雙眸子也變成了漂亮的琥珀色。

在年幼的陳寧寧看來，外婆是美麗而又優雅的，一點都不像鄉下老太太。也看不出實際年齡。外婆很愛乾淨，也喜歡給陳寧寧洗頭、洗手。在炎熱的夏日，還會讓她在竹池裡泡小腳。

現在想來，她那位吝嗇、懼內又市儈的舅舅，實在不像是外婆的孩子。

後來，外婆是在睡夢中離世的，她的臉安詳又從容。年少的陳寧寧那時還不能理解死亡的含義。

那一天，她喊了外婆許久，後來便忍不住躺在外婆身邊，閉上眼睡了。只覺得滿鼻子都是外婆身上那股淡淡的香氣。

再後來，陳寧寧離開了那小院子，又去了大城市，身邊再也沒有家人。

日子一久，很多事情她都記不清了。唯獨那個院子、那口泉，以及外婆身上那股淡淡的香氣，始終印在她的記憶深處，揮之不去。

這些年，陳寧寧心心念念，想著要回家，如今終於又回到了這個院子裡。

她隨手摘了一顆番茄，在竹池沖洗乾淨。咬了一口，只覺得滿口汁水，倒也不酸，反而清甜甘美。一邊吃著番茄，她走到老樹下，坐在外婆的竹搖椅上。學著外婆的樣子，自在地搖呀搖。

忽然，一陣山間小風吹過，吹得她每個毛孔都舒展開來。

陳寧寧半眯著雙眼，看著枝葉間散落下來的夕陽餘暉，只覺得心裡自在又平靜。

她知道，自己終於還是回來了。

第二日清晨，陳寧寧在雞鳴聲中醒來，看著身下那張古色古香的架子床。這才明白，原來她回到老家只是一場夢。

陳寧寧心中微微有些失望。可再怎麼說，日子總要照常過。她搖搖頭，剛要起床收拾，卻發現枕邊居然有兩顆又大又圓的番茄。

陳家可沒有這種果子，這個時代就算有番茄，恐怕也不是那麼常見。莫非回到老家，並不只是她在作夢？

陳寧寧顧不得其他，連忙在屋裡翻找起來，試圖找到那扇能夠回到外婆家的大門。只可惜，鬧得滿身是汗卻一無所獲。

陳寧寧最後累得坐在床上，卻在枕頭下面，翻出了那顆「寧」字玉珠。這珠子恐怕是唯一一個能跟現代有所關聯的東西了。

昨晚臨睡前，陳寧寧沒有仔細留神看，隨手便放在枕下。此時細瞧，卻發現珠子上鏤的那個「寧」字，已經變成了血紅色，倒像是瑪瑙。也不知道是不是昨日沾了她的血的緣故。

陳寧寧忍不住輕輕撫摸著那個「寧」字，默念道：「莫不是這珠子把我帶回家了？若是可以，請再讓我回去。」剛說完，陳寧寧只覺得眼前一黑。

再睜眼時，她便又置身於外婆的小院中了。她伸手摸著那竹池，感受著泉水的清涼，幾乎落下淚來。這恐怕才是外婆想留給她的東西。只可惜，那時候卻被大表姊拿走了。

或許，冥冥之中，外婆一直都在守護著陳寧寧。所以，在陳寧寧出車禍，生命垂危的時候，才會用這種方式送她回到老家。

陳寧寧在院子裡轉了一圈，又進到屋裡，果然一切都跟記憶中一樣。

一開始，她還抱著幾分僥倖，想著通過玉珠，能回到現代也說不定。可推開院門，才發現她根本走不出去。她所擁有的，只是外婆的這個小院子。

陳寧寧也發現，只要在心中默念，她便能自由進出這個院子，並且可以把院子裡的東西帶出去，也能把外面的東西帶進來。

由於大清早實在太倉促。陳寧寧也怕陳家人過來喊她，她只得匆匆離開了小院，又回到自己房中。把那顆珠子從絡子上卸下來，找一條結實的繩，將珠子掛在脖子上貼身帶著。而餘下的那個絡子，則掛在牆上。

等一切都弄好，天已經大亮。陳寧寧連忙穿戴好了，收拾起床。走出房門，進了院子，她後知後覺地發現陳家的院子格局很像外婆家。只差那眼泉，和一院子的蔬菜水果了。

陳寧寧恍惚地走進廚房裡，陳母早已經起來，張羅一家人的早飯了。

一見陳寧寧也來了，她便轉過身說道：「妳還傷著呢，這麼早起床做什麼？再回去睡會兒，飯好了，娘再喊妳過來吃。」

看著陳母溫柔又明媚的眉眼，一時間，陳寧寧又想起了外婆。她總覺得她們的眼神都是那般相似，帶著一種說不出的關心和疼愛。

陳寧寧出門在外十多年，始終緊繃的那根心弦，在這一瞬間突然斷開了。

她眼圈一紅，差點哭出來。或許她在冥冥中被送到這裡，便是以這種方式回家了。

陳母看著她閨女一臉委屈，要哭不哭的，連忙又上前問道：「怎麼了，哪裡又疼了？」

陳寧寧卻一頭撲進她懷裡，緊緊抱住了她的腰。「只是作了一個可怕的夢，妳突然就不要我了，就留下我一個人在那裡。任我怎麼喊、怎麼找，都找不到妳了。」

陳母只得不斷撫摸小閨女的脊背，溫聲安慰道：「夢都是假的。這傻姑娘，娘就在這兒，一直陪著妳，哪裡都不去。」

陳寧寧又悶聲說道：「這可是妳說的，不要騙我。」

「好。」陳母再次應下來。

陳家其實原本也是有丫頭、婆子幫忙的。陳母這些年養尊處優，從來不用操持家務。直到長子和丈夫相繼出事。丫鬟、婆子走的走散的散，少不得陳母把家事都接下來，努力支撐起這個家。

別的事就罷了，只可惜她做的飯，味道著實有些古怪。原本陳寧寧還以為是古代雞蛋羹和現代的做法有區別，味道才會那麼特別。

直到昨晚，給陳父做湯時，陳寧寧親眼看見陳母處理食材，這才發覺味道怪，絕對是廚藝的問題。於是她攔下陳母，攬下了做飯的活計，又喊來弟弟幫忙生火。

雖說有些用不慣這些廚具，總歸也沒出什麼大錯。

等到飯菜端上桌，陳寧信一邊拚命往肚裡塞，一邊誇讚道：「想不到我姊竟有這麼好的廚藝。早知如此，早該讓她下廚的。」

陳寧遠雖然沒有說話，卻接連吃了好幾碗飯。

陳母看著長子，一臉欣慰地說道：「能吃是福氣。寧遠吃了大夫的藥，果然有些不一樣了。」

陳寧寧忍不住看了陳寧遠一眼，總覺得長兄哪裡有古怪。然而全家除了她都沒人看出來，她也不好再說什麼。

回到今兒早上，陳母見小閨女傷沒好，又因為噩夢難過了一場，便想打發她趕緊回房裡休息。

只是陳寧寧想到昨天買的那些骨頭，連忙說道：「娘，還是我來做早飯吧。昨兒，我送劉大夫出去，他順便告訴我一些做湯水的竅門。把那些都用上，或許能對我爹、我哥有點好處。」

陳母遲疑道：「可那老大夫也說了，讓妳好好休息。」

陳寧寧又說道：「就做點飯菜，哪會累著我了？等吃過早飯，再回去休息也不遲。」

第六章

陳母遲疑了片刻，想到女兒做的那頓晚飯，到底還是點頭答應了。

陳寧寧又連忙讓她回房去照看父親。

待陳母離開後，她隨手便盛出一瓢泉水，放在一旁備用著。這泉水她從小喝到大，也沒出什麼問題，身體卻比旁人強健不少。

陳寧寧想著，若泉水當真能有些妙用，想來對陳父和陳寧遠也是很好的。一邊想著，陳寧寧一邊做起飯來。

陳家的早飯十分簡單，無非是熬些粥湯、蒸些豆餅、做些蘿蔔小菜。陳寧寧做起來，倒也十分得心應手。

另一邊，經過一夜的調整，陳父總算好了些。雖然傷口仍舊很疼。只要不站起來，倒也沒有什麼大礙。於是，他便坐在床上，拉著陳母，詢問這幾日家中發生了什麼為難的事？

他二人本就是少年夫妻，感情一直很深厚。陳母初時並不想讓丈夫操心，可一看向丈夫那雙睿智又溫柔的眼睛，她心裡委屈，便把心中事一股腦地倒了出來。

聽到堂兄趁火打劫，想壓價買自家祖田，陳父氣得破口大罵。「堂兄年少失孤，本來不是我們家直系。虧得我爹娘好心，時常救濟他，又供他念書識字，又幫他娶妻置地。哪裡想到，他這樣混帳。如今咱們家落難了，他不說幫襯，反倒落井下石，好一個狼心狗肺的狗東西！」

又聽到女兒攔著不讓賣祖田，寧願拿回自己那塊寶玉，帶著弟弟去城裡當了，貼補家用，只可惜姊弟倆又遇見了那沒天良的當鋪掌櫃，想白搶了她的玉。女兒無奈之下，只得衝上街頭，攔住軍馬，才巧遇一位善心的小軍爺，懲治了那黑心掌櫃，又重金買下了那塊寶玉，又幫他們請了劉大夫來。

陳母天生一副好口條，特別是帶入自家閨女的情緒，越發把這事講得波瀾起伏。

陳父聽了，初時氣得渾身顫抖，忍不住拍著床喝道：「他們欺人太甚，難道我朝沒有王法不成？」

後來，又忍不住垂頭說道：「虧得妳養了個好閨女，寧寧有勇有謀，一心為咱們陳家打算，也不枉妳平日那麼疼她。」

不提這話，陳母氣息還算平穩，一說這話，陳母立時眼圈一紅，便要哭出來。「我閨女自然是好的，可你這個當爹的，卻是個識人不清的糊塗蟲。」

說罷，她又把文婆子到家裡鬧事，陳寧寧如何袒護她，怒而退婚，也都和陳父說了。

陳母含淚問道：「如今咱們寧寧的婚事，豈不白白給耽誤了？那文秀才真真是害人不淺！」

陳父聽了這話，脾氣也上來了。他兩眉倒豎，怒目圓瞪，又罵道：「我也沒想到，那文學慶竟是這副德行。這門婚事退了也好，將來咱們再給寧寧尋個稱心如意的小郎君就是了。」

陳母卻不免替閨女委屈。「退過婚名聲都壞了，哪裡再去尋那合適的女婿？」

陳父嘆了口氣，又說道：「凡事終歸講究個緣法。我閨女自是千好萬好。將來定有心明眼亮的好夥子看中寧寧為人，願意八抬大轎把她娶回家。如今，妳無論如何看好那一千兩銀，不要動它。到時候，咱們再想辦法多存些嫁妝，壓箱底的嫁妝豐厚些，到了婆家，寧寧也能有些底氣。」

陳母瞪著淚眼看著丈夫，心道：還不是抬高嫁妝那套嗎？虧他說得那般理直氣壯！

陳父被夫人看得略有些心虛，只得別開雙眼，又清了清喉嚨。好在這時，陳寧寧終於做好早飯，便讓弟弟在陳父的房裡擺好炕桌。

其間，陳寧遠還算老實，並沒有犯病，只是低著頭，默默扒飯，也沒再說那些瘋言瘋語。

陳父見一家人齊齊整整，坐在一處，吃著熱騰騰的早飯。一時忍不住紅了眼圈。曾經，他也有一顆爭強上進的心，也盼著孩子們能有出息，最好能出個進士，光宗耀祖。

如今他全看開了，只覺得一家人平平安安就好。偏偏長子添粥時，正好對上了他的視線。陳父頓時便覺得大兒子雙眸中一片蒼涼，像那深不可測的寒潭，隱隱還帶著幾分煞氣。

陳父被大兒子的眼神嚇了一跳，再想叫住他。陳寧遠卻已經把他喜歡的醬蘿蔔撥進碗裡，端著碗出了房門，蹲到窗外吃去了。

陳寧信忍不住說了一句。「大哥，怎麼又添了這麼個古怪的習慣？他從前不是最講究禮儀嗎？」

陳母卻說：「別管你大哥，他如今能老老實實吃飯，已經很好了。」

陳寧信這才連忙低下頭扒粥，一邊吃一邊誇讚道：「我姊這手藝也太好了。不過是一碗白粥，也熬得這樣黏稠爽口，再加上這兩碟小菜，簡直絕了。城裡醬瓜鋪子做的也未必有這個好吃。娘，要我說，往後不如就把廚房交給我姊得了。」

陳母聽了這話，立刻拉下臉來，又罵道：「你姊不是給你當粗使婆子用的！灶臺前煙燻火燎的，哪個要她這小姑娘受苦？」

陳寧寧聽了這話，連忙說道：「娘，沒事的，我愛在廚房待著。若是把做飯的手藝學好了，將來我的婚事也容易些。」

最主要的是，這兌了泉水的飯菜果然美味極了。陳寧寧還要想方設法，繼續弄泉水出來搞事呢。

再加上，陳母做的飯菜實在太好吃。為了以後生活幸福，還不如她來當主廚算了。陳母也是一心為女兒打算，聽到女兒說想學好廚藝，也有幾分大道理。她便鬆口答應下來。只是又囑咐陳寧寧，就算幹活也別累著。當然，洗碗打掃之類的粗活，陳母卻堅持自己做。

陳寧寧在現代時，也算半個廚藝愛好者。平日裡，沒事就喜歡在網路上找點影片教學，嘗試做各種美食。如今又有了泉水助陣，簡直如虎添翼。

陳家這邊，家人和睦，一派安好。文家那邊卻是另一番模樣，自從退了親事，文秀才便把自己關在房中，悶頭待著。文婆子叫他吃飯，他不理；同他說話，他也不理。倒像是再也不願意理睬他母親一般。

文婆子從未被兒子如此冷待，一時也慌，一晚上都沒睡。

到了第二日，文婆子實在受不住了，生怕兒子餓出個好歹來，便悄悄走到兒子的窗前，咬牙說道：「你若當真喜歡陳家那小丫頭，不如娘去他家再說說看，讓你們早些辦了喜事。陳家如今那般光景，咱們文家還肯要他閨女，他家怕是巴不得呢！」

文秀才聽了這話，直氣得渾身發抖，心下亂顫。

他母親到底要侮辱陳家到何種程度，才會善罷甘休？取消的婚事也能如兒戲一般，任由她反覆折騰？就只因為陳兄被陷害而丟功名，就只因為陳先生被書苑解聘了？母親怕是早已忘記了，這些年，陳家對他們母子如何，做人又怎能這樣喪盡良心？

文秀才又想起昨日陳寧寧那失望的眼神，終於無法承受，用力拉開房門，幾步走了出來。待要責怪兩句，可一看他老娘那紅通通、帶著委屈的雙眼，卻仍是無法說出半句嚴厲之詞。

文秀才深深吸了口氣，才開口說道：「既然退了親事，那便罷了。」

文婆子連連點頭，面上露出一絲討好的笑，又說道：「我兒就算天仙也配得起，何必非要娶陳家女孩，再受了他家牽連，反倒不美。我早早就打聽過了，陳寧遠得罪了城裡的王財主，陳家往後怕是再難翻身了。」

說到底，這婆子百般算計，還是為了讓她兒子脫身。為此就連公理道義都不顧了。

文秀才聽了這話，緊閉雙眼，半晌沒有言語，只是他的眼皮卻狂跳了幾下。又過了一會兒，他才平靜下來，緩緩睜開雙目。此時他眼底一片晦澀，精氣神全消失，像個老人一般。

他又說道：「我馬上就把婚書還回去，娘，妳莫要再去招惹陳家，也不許在外面說寧遠和寧寧的壞話。陳家從未做錯過什麼，對我們已然算是仁至義盡了。若是娘您再胡亂傳話，反倒壞了我的名聲。到那時，我恐怕就沒辦法考科舉了。」

文婆子聽到這話嚇了一跳，她又連忙應道：「我曉得了，以後不跟村裡那些碎嘴婆子聊天就是。」

事實上，自從她兒子考中秀才，那些女人便湊過來，時常捧著文婆子說話。一來二去，文婆子便被捧得忘乎所以，性子也越發驕縱霸道起來。如今嘴上跟她兒子保證，可她心裡卻著實有些捨不得。

文秀才也不知他娘是怎麼想的，不再說什麼，拿好東西，便往陳家走去。由於只顧著跟母親扯皮，一時忘了時辰。等他趕到陳家時，陳家已然準備吃午飯了。

陳寧寧打算給家人補身體，又打發弟弟從村裡買來了一條鯽魚。熬在大鍋裡，咕嘟咕嘟直往外冒熱氣，湯汁也熬成了奶白色。

陳寧信被他二姊喊來看火，卻沒有半點不耐煩。只因陳寧寧現在不論做什麼，都喜歡叫他幫忙試味道，多少都會先給他嚐嚐鮮、甜甜嘴。他就跟饞嘴貓似的，很喜歡這活計。

這一回，陳寧寧也舀了小半碗湯，先端給陳寧信喝。陳寧信捧著小碗，聞著那股誘人的魚香，只覺得通體舒爽。一口喝下去，滿嘴甘甜，一股暖流緩緩進肚裡，又傳遍了全身。很快，他後背上便冒出熱汗來。

陳寧信由衷覺得，若是日日都能喝到二姊煮的魚湯，也就不枉此生了。

偏偏這時，文秀才敲門喊道：「寧信，在不在家？」

陳寧信一時捨不得手中的碗，一時又膩煩文秀才不識趣，最後乾脆捧著碗，走出去開了大門。他亮著嗓子問道：「不是都說清楚了，你還來我家做什麼？」

文秀才頓時一臉羞愧，連忙把婚書和庚帖拿給他。

陳寧信連忙一把搶下來，略略查看一番，倒是沒錯，便收了起來。

可憐文秀才，昨晚就氣得沒吃晚飯，今早也是水米未進。偏偏一到陳家，滿鼻子都是那股誘人的鮮香味。再看寧信碗裡那股奶白色的湯汁，越發饑餓難忍。他的肚子竟咕嚕嚕地叫了起來。

若是以往，陳寧信早就請他一起進屋吃中飯了。偏偏此時，陳寧信卻瞇著那雙貓兒眼，如同惡作劇一般拿起湯碗，仰頭喝了個乾淨，還露出一臉回味無窮的神情。

文秀才又餓又饞，生怕自己再出醜，連忙低下了頭。

陳寧信偏又問道：「你還有什麼事？還不快走，該不會還等著我家請你吃飯吧？真是好生不要臉。」

「這……」文秀才欲言又止。

這時陳母從正房走出來，手裡拿著婚書和庚帖。陳寧寧也走出廚房，向門口張望。

一時間，文秀才只顧看向陳寧寧，雙目含情，表情糾結，彷彿像是要衝過去，拉住她再訴衷腸一般。

陳母忙上前擋住了他的視線，冷冷說道：「這是庚帖和婚書，從今以後，你和我陳家再無關聯，也莫要再登我家大門。」

「師母，這並非我本意，我會再勸我母親，也會儘量幫忙照顧先生的。」

話音剛落，只見陳父推開窗子，探出頭來罵道：「我還沒死呢，哪裡用你照顧？你若當真還有幾分良心，便和我家斷個一乾二淨，省得影響我閨女名聲。」

「這……先生，我不會不管寧寧的。」

他還想說什麼，卻見陳寧遠從後院走了出來，手裡還拿著一把生鏽的板斧。此時他雙目通紅，就像發狂的野獸一般。眼看著就要衝上前來，砍死文秀才。

文秀才嚇得倒退了幾步，卻見陳寧寧跑上前去，擋在陳寧遠前面，又勸道：「大哥，你這是做什麼？午飯都做好了，你也過來幫我嚐嚐味道可好？」

她的聲音溫柔又有耐心，還帶著幾分少女的嬌憨氣，似乎根本不怕陳寧遠的斧子。文秀才卻快被嚇死了，生怕陳寧遠發了瘋，一腳把她踢開。他欲上前救人，可腳下卻如同黏在地上一般，始終無法挪動半步。

誰承想，陳寧遠並沒打陳寧寧，反倒被她三言兩語安撫下來。

陳寧寧又連忙拉著他，往廚房走去，嘴裡還說道：「我剛熬了鯽魚湯，大哥可要多吃些，對身體大有好處。」

陳寧遠卻突然冒出一句。「熬好了湯，那鯽魚還有何用？」

陳寧寧心思活絡，花樣也多，又笑著說道：「回頭，我再把那鯽魚做成酥魚，咱們加個菜可好？」

「好，吃酥魚。」陳寧遠這才高興了。

陳寧寧把他手中的斧子抽出來，丟到一旁，一場風波就這樣平息了。

陳寧信一見長兄被姊姊安撫下來，提著的一顆心總算放下了。他瞪圓了貓兒眼，看向門外的文秀才，頓時氣不打一處來。

都是這人害的，姊姊如今名聲受損，再想找個好婆家也難了。怨不得長兄想要砍死他。

陳寧信也不忍了，上前用力推了文秀才一把，破口罵道：「不想被我哥砍死，你就識相些，滾遠一點，別再跑來招惹我姊。」

說罷，他便狠狠撞上大門。

文秀才還想再辯解，卻只見左鄰右舍紛紛探出頭來，正朝這邊張望。

還有人當著他面，「竊竊私語」道：「這都退婚了，還掐著點跑來人家裡要午飯？這是多厚的臉皮呀？」

「怨不得寧信罵他，陳大郎還發瘋要砍他，不帶這麼欺負人的。」

那些異樣的眼神如針一般刺在他身上，文秀才顧不得其他，連忙帶著婚書和庚帖，就往家走去。

偏偏一進家門，文婆子便開口問道：「怎麼這會兒就回來了？陳家沒留你用飯？他家怎麼這般小氣？還說什麼耕讀世家，要我說都是裝出來的！」

聽了這話，文秀才心裡羞恥又尷尬，只能青著臉說道：「娘，您別再說了。陳家又不欠我，憑什麼給我飯吃？既然兩家退了婚，妳也要把往日的飯錢跟人家結了吧？」

文婆子一聽到錢，又腆著臉說道：「往日都是他家願意請你吃喝，我們又不曾逼他。為何如今又要我們給他家錢花？」

文秀才氣得直搖頭，又指著他母親問道：「那陳家跟我非親非故，他們何該欠我的，一次次給我飯吃，借我學費，助我科考？往日人家心善，又看在姻親的分上，從不跟我計較。如今您大鬧一場，又退了婚，還跟人家要了十兩。那陳家在我身上的花銷，又何止十兩、二十兩？」

文婆子聽了這話，訕笑道：「那是他家心甘情願要給你花的。」

文秀才見她如此無恥，忍不住暴喝道：「沒有什麼心甘情願！小時候，妳就跟我念叨，同族無情無義，編排妳剋死我爹，根本不管咱們娘倆死活。娘妳百般算計，好不容易將我養大。如今呢？真心實意對我之人，您卻也這般算計人家。這等狼心狗肺，將來還有誰願意真心待我？莫不是，您現下只能聽村裡那些調三惑四的婦人拍馬屁？您怎麼也不想想，攪亂了咱們和陳家這門婚事，對她們有什麼好處？」

文婆子一時沒了言語，臉上也出現了遲疑。文秀才不再理會她，幾步走進房裡，甩上房門，似乎這樣就能隔絕他的煩惱。

過了一會兒，文婆子才如夢初醒，連忙端著食物過去敲門，又說道：「昨兒晚上你就沒吃沒喝，今兒早上也沒吃，這樣餓下去，身體都壞了。你怨娘也好、罵娘也好，總歸先把這飯給吃下。」

她叫了許久，文秀才才開了門。只是看著那隔夜的豆餅，缸裡挖出來的黑鹹菜乾，又想起了陳寧寧熬得奶白的鮮美魚湯，頓時就沒了胃口。他把那些吃食端到桌上，又倒了一杯水一飲而盡，這才呆呆地坐在桌前。

與陳家這段婚事，如今徹底不成了。為何這時他才發現寧寧的可貴之處？

另一邊，也算趕巧了，那日牛二叔送陳家姊弟到了潞城，剛好就遇見了年少時跑商的朋友。兩人許久未曾見面，又都是愛聊天的性子。少不得到了酒肆，坐下來喝酒敘舊。

誰承想，越喝越盡興，越聊越投機。牛二叔喝得酩酊大醉，再醒來已經是隔日中午。他連忙跑去看自己的牛車，倒是被朋友照顧得很好。此時朋友又走出來，拿了一些禮物，叫他帶回家去。牛二叔本不想收，無奈朋友實在熱情。兩人又吃了午飯，也聽了許多潞城的新鮮事。

到了下午，牛二叔才趕著牛車回家。一進村口，就見那些在河邊洗衣服的媳婦、婆子，正張家長李家短的亂說話。剛好說道：「這文婆子把事都做絕了，居然當真退了和陳家的婚事。」

「我聽說，文婆子是看上了城裡綢緞莊彭掌櫃的女兒，彭掌櫃給的嫁妝高，光壓箱底的銀子就有二百兩，還陪嫁一間房子呢。」

牛二叔聽了這話，連忙跳下車來。「啥，文婆子為了彭掌櫃的二百兩嫁妝，已經跟陳家姑娘退了婚事？」

他嬸子便說道：「可不是嗎？連婚書和庚帖都還了。那文秀才也是個沒心少肺的，還想趁著拿婚書，去陳家蹭午飯，結果差點被陳大郎用斧子給砍了。虧得被陳家姑娘攔了下來。不然又生出許多是非來。」

牛二叔又問道：「那如今陳文兩家，算是徹底斷乾淨了？」

他嬸子點頭道：「是呀！婚書退了，聘金當場就還了，全村老少都是見證，他兩家自此嫁娶兩不相干。」

牛二叔聽了這話，忍不住拍手笑道：「文婆子算計了大半輩子，這次倒把自己給算進去了。陳姑娘仁義忠厚，有膽有謀，對養父母尚且那般孝順。嫁到婆家，還會差到哪裡去？你們可知道她那塊玉，昨兒賣了多少？」

「多少？」眾人齊問道。

牛二叔伸出五根手指，又道：「五百兩，況且她還搭上了殷家軍，陳家那些禍事，怕是就要過去了。」

「五百兩？」眾人聽了，忍不住倒吸一口涼氣。

牛二叔又冷笑道：「你們可知彭掌櫃的千金，又是何等風流人物？」

眾人齊搖頭。

「彭掌櫃為何願意出二百兩銀嫁妝，潞城卻無人願意娶他閨女？還不是因為那彭姑娘曾與人私奔，又受不得苦日子，如今又跑回家去。文婆子若是一心想聘她，就等著白撿個大孫子，讓自己兒子當活王八吧！」牛二叔也是實在喜歡陳寧寧的行事為人，這才賭氣把自己知道的內幕都吐露出來。

回到家裡，他婆娘卻忍不住擰著他耳朵，大罵道：「牛二，你這般管不住自己的嘴，什麼閒事都敢往外說，也不怕文婆子跑到咱們家裡找你算帳？」

牛二叔一邊喊疼，一邊告饒道：「那也不帶文家這麼欺負老實人的。妳是不知道，陳家那小姑娘有多不容易，差點當街被馬踩死。虧得那軍爺明察秋毫，才把當鋪掌櫃抓去送了官。」

牛二嬸聽了這話，越發罵得凶了。「你既然知道陳家姑娘的好，更該把這事先瞞下來，我娘家姪子如今還沒找好媳婦呢！若是趁此良機，搶先跟陳家姑娘定下，豈不是白撿個大便宜？可恨你這張大嘴，如今全村都知道陳家姑娘好了，我娘家姪兒哪裡還能冒出頭來？」

牛二叔只得胡亂說道：「總不能讓那文婆子繼續欺負人吧？」

牛二嬸沒再理他，乾脆收拾好東西，連忙趕去隔壁村的娘家商議此事。

可憐牛二叔好不容易回到家裡，沒得一餐好飯，還被他老婆一頓打罵嫌棄。

第七章

另一邊，自從退了陳家的親事，文婆子心中的一塊大石總算是落了地。若是從前，她早就拿著衣服跑到河邊，跟那些婆娘狠狠吹噓一番了。只可惜，她兒子如今左性得很。自從退了婚事，便把自己關在房中，也不搭理她。

文婆子被嚇得半死，只能乖乖留在家中，對兒子加倍殷勤照顧。這樣一來，她自然就跟村裡斷了聯絡，也就不知道牛二說的那些新鮮事。

倒是陳寧信自從家裡出事後，又經歷了潞城那一遭，他早已不再是天真的孩童。加之姊姊又曾敲打過他，與他說了些為人處事的竅門。平日在外，旁人問起陳家之事，他便一問三不知，一臉懵懂樣，然後豎起雙耳來，把旁人那些閒話聽清楚。

如今就連姊姊打發他去買魚，他也不是從大人那裡買，而是專找村裡那些會水的孩子，同他們換魚。這樣一來，不僅大家玩在一起，魚弄到了，消息也十分靈通。

也正因為如此，陳寧信很快便把牛二叔所說之事，告訴給了二姊，又問她。「如今村裡都知道妳那塊玉珮賣了五百兩，這要如何是好？」

陳寧寧冷哼一聲，說道：「咱們家的玉，咱家的銀，與他人何干？還怕他們惦記不成？

你且放心，那些銀兩我都收得很妥當，保管別人想拿都拿不到。」

她早就把其中的九百兩銀票，收進外婆家小院裡。如今只留一張五十兩銀票和一些碎銀，本來交給陳母拿著做家中花銷，陳母卻不肯要。最後一商量，陳寧寧乾脆只拿著那些散碎銀子，五十兩官票讓陳母收起來應急。

陳寧信卻像火燒屁股似的，忙說道：「妳又知道什麼？那些人還不知道實際上賣了一千兩，只當那玉賣了五百兩，便有人打起歪心思來。如今，小豆子他媽打算把妳說給她娘家表弟；二春他五叔，在藥鋪裡當小學徒的那個，回家說了，他一早就中意妳，文家退婚正好。此外，還有賣大餅的表舅，三江大爺家的獨生子。姊，妳可不知道，就跟捅了馬蜂窩似的，走了一個文秀才，一群閒人都想把妳娶回家。他們也不照照鏡子，就打算請媒人登門說親呢！」

陳寧寧聽了這話，微微一愣。只是她很快便恢復過來，又說道：「你放心，娘那麼疼我，絕不會把我輕易聘出去。」

陳寧信卻苦著臉，說道：「娘的性情妳還不知道？別人哄她兩句，她心一軟，什麼都能答應。如今咱們還是早些防範才是。倒不如把大哥留在院子裡，再準備一根大棒子給他，看誰還敢進咱家大門，就讓大哥趕他們。打傷了也活該。」

陳寧寧聽了這話，頓時拉下臉來，罵道：「陳寧信，你皮癢了嗎？說這是什麼話？有你這麼編排大哥的嗎？」

陳寧信一臉委屈。「我還不是為妳著想。姊呀，妳多個心眼吧。可別平白無故，又弄個沒用的姊夫來。」

話音剛落，陳母幾步走進來，狠狠地敲了他肩膀一下，又罵道：「好你個陳寧信，原來你就是這麼念叨你娘的？你娘哪這麼沒用？事關你姊終身大事，我怎麼可能犯糊塗？再說了，還有你爹在後面把關呢。他也不會輕易同意。」

她嘴上說得凶，心裡卻十分敞亮。如今被文婆子這麼一攪和，村裡不只沒人嫌女兒名聲不好，反倒爭著想上門來提親。這樣一來，也不怕女兒的後半生沒指望了。

陳寧信卻說道：「就我爹那眼光也不好。不然也不會給姊定下文秀才那個懦夫了。」

陳寧寧聽了這話，實在不能忍，敲了一下鍋，又罵道：「剛編排完大哥，你又編排上咱們爹了，你這小東西太欠扁，看我不撕了你？」說著，她便準備收拾弟弟。

陳寧信見狀，連忙跑到門外，又回過頭來回嘴道：「還不是為了妳好，妳可別凡事都聽爹娘的，爹娘也有眼光不好的時候！」

陳寧寧瞧那樣子，更想收拾他了。可這小豆子撒腿就跑，跑得賊快，很快就沒了蹤影。

陳母又上前來，期期艾艾地說道：「寧寧，放心，這次我們絕不會隨便把妳聘出去。定會睜大眼睛，給妳找個穩妥人，還要對妳好的。」

陳寧寧看著她那雙充滿內疚的雙眼，忍不住說道：「娘，如今我爹和我哥還沒醫好，咱們家這事也不算完呢。如今王生平那邊怎麼樣，誰也不好說。偏生村裡已經傳開了，我那塊玉賣了五百兩。就算有人來提親，多半也是為了銀子來的。更何況，就算來個老實厚道的男人，也未必能靠得住。之前文秀才也說要好好照顧我，可一轉眼到了他娘面前，就是另一番光景了。娘，我也不瞞您，自從退了文家的親事，我便暗中發誓，這輩子只孝敬您和爹，不想再輕易訂親了。」

陳母聽了這話，眼圈一紅，又忙勸道：「傻姑娘，妳這又是何苦？都是妳爹當初沒給妳挑好，這才害苦了妳。」

陳寧寧拉住母親的手，搖頭說道：「先頭沒事，誰能看得出來呢？我倒覺得如今能看清文家倒是好事，省得我嫁過去受苦了。說來好笑，家裡出事前，原也沒覺得，偏偏出事後，我是真覺得您和我爹、我哥、我弟，比什麼都要緊。若能把咱家日子過好，我也不求其他了。」

陳母感動得快哭了，又說道：「妳放心，不管怎麼說，寧遠、寧信將來就是妳的依靠。若是他們對妳不好，看我不削死他們。」

陳寧寧又笑道：「倒是我爹那裡，您好好再勸勸，別輕易讓他把我嫁出去。」

陳母嘆道：「罷了，回頭就跟妳爹好好說說。」

陳寧寧點頭道：「如今過好咱們自家日子都來不及，哪還顧得上別人家？就由著他們上躥下跳去吧。」

陳母聽了這話，忍不住勾了勾女兒的小翹鼻，又說道：「如今我閨女倒是聰明許多。」

「那是隨了您。」陳寧寧說。

一番話下來，陳寧寧終於說得陳母破涕為笑。

接著母女倆又聊了兩句，陳寧寧又隨口問道：「娘，我想著不如在院子裡種些果蔬，往後咱們自家有現成的菜吃，就不用去別家買了。」

「這……也好。」見閨女一心為家裡生計操持，陳母自然滿口答應了。

陳寧寧想著外婆的小院子，再看向窗外，不禁生出了許多嚮往。

陳寧遠站在後院，聽著母親和妹妹在廚房說話，微微挑了挑嘴角。

他那雙深潭似的眸子裡，閃過了一道寒光。

不就五百兩銀嗎？什麼人都敢肖想起他妹子來，這些人還真是好大的狗膽。

偏偏這時，陳寧信剛好跑來，一見長兄臉色，就被嚇了一跳，連忙說道：「大、大哥，你在做什麼？」

陳寧遠直愣著眼看向他，又說道：「文家那邊若是知道了，定會有趣得緊。」

說完，他便轉身離開了。

陳寧信一時猜不透大哥的心思，又疑心他多半要生事。雖說吃了那老大夫的藥，大哥這些日子還算安靜。可他還曾抄起斧子，想砍死文秀才呢。

陳寧信覺得，如今大哥就像一根啞巴爆竹，指不定什麼時候就要炸了。

他心裡不安，一直到全家圍坐在炕桌上吃飯，姊姊給每人盛了一碗香噴噴的熱魚湯。聞著那股鮮香味，陳寧信的心才舒坦下來。此時，他再看向一旁的大哥，大哥正捧著大碗，一陣猛灌湯。

此時大哥的臉完全放鬆下來，就連那雙眼睛亦變得水潤柔和。一點都不凶，也不像發病的樣子。陳寧信總算稍微安下心來。無論如何，有姊姊在，就算大哥想做壞事，姊姊也會攔下他。就如昨日那般。

這時，又聽陳母說道：「年輕時，妳父親讀書時，總想講究個意境。他也曾在院中種過桃樹，栽過菊花。可惜這人天生辣手，花花草草到了他手中，都活不長久。後來妳父親一生氣，就不讓人在院子裡種花草了。如今寧寧想要種菜，需得問問他才好。」

陳父聽了這話，老臉一紅，清了清喉嚨說道：「妳提那些舊事做什麼？寧寧既然要在院裡種菜，試試倒也無妨。只是咱們院中的土怕是不好，大約種不出菜來。也不必想著靠種菜過活。如今家裡並沒有粗使婆子，有什麼事派寧信出去跑腿就是了。」

陳母也點頭說道：「不如先叫寧信買些菜種回來。」

陳寧信一聽，父母爭相給他派活，頓時便有些苦相。可轉念一想，如今他就是家裡頂梁柱，理應幫姊姊多謀劃，便應下了。

等陳寧信買好種子往家裡走，卻見抓魚的小豆子跑來喊他。「寧信，寧信，你還不快去瞧瞧，跟你家退親的文家老婆子，如今同人打起來了。」

「啥，還有這事？」陳寧信也顧不得其他，連忙跟著小豆子跑了。一路上，又向小豆子打聽了到底發生了什麼事。

原來，那文婆子起初並不知道五百兩銀的事，可架不住左鄰右舍早看她不順眼了。於是，便故意在文家院外聊天，大聲說話。

「那文婆子真真是個糊塗蟲，退了陳家婚事，都是為了聘城裡綢緞莊彭掌櫃家的女兒，貪彭家那二百兩嫁妝，實在可笑。」

「可不是，彭家姑娘與人私奔，如今肚子都大了。文婆子要把她娶回家，豈不是平白多了個胖孫子？可憐她兒子當個活王八，也虧得文婆子心大。」

「陳家那小閨女多好，又孝順，又有本事。做的一手飯菜，鄰居都聞著香。更何況，她那塊玉買了五百兩，指不定是什麼富貴出身呢。可恨文婆子一直喊人家野種、雜種。若是將來，陳姑娘找回親人，又豈是文家這種泥腿子配得起的？如今可好，文婆子嫌棄她，非要聘大肚子失貞女，真真一手好算計，把自己兒子都給算計死了。」
「要我說，文婆子總跟劉寡婦混在一起，嘰嘰咕咕的，該不會是聽了她挑撥吧？劉寡婦兒子不是在城裡幹活嗎？消息靈通著呢。她兒子也曾受過陳先生的恩，前幾日還去陳家探望呢。該不會是劉寡婦故意套她，文婆子就上鉤了吧？」

幾人越發胡言亂語，也沒個避諱。

文婆子就算不想聽，也在院中聽了個正著。初時她還不肯信，心想定是這幫婆娘嫉恨她，故意亂說是非。可接下來，越聽越不對勁。直到聽見陳寧寧那塊玉不是賣了五十兩，而是五百兩。

文婆子雙手一抖，把簸箕裡的米打翻了。

再一聽說，劉寡婦是故意套她，便也有些回過味來。別人未必知道，可文婆子這些年跟劉寡婦也算同病相憐，兩人沒少互相幫襯。

只是文秀才比劉小良聰慧，會讀書，還進了青山書苑。劉小良卻沒考中秀才，也不想再讀書了。陳先生便託人幫他在商號謀了份工。後來，劉家漸漸富裕起來。劉小良總是去看望陳先生，還送了不少禮物。難免見過陳寧寧幾次。如今把所有事情串在一起，可不是劉寡婦一直給她遞消息，挑撥她去陳家退親嗎？想來，定是劉小良一早就看上陳寧寧，還想娶她！

文婆子越想越氣，越想越不甘，也顧不得其他，隨手抄起一根柴火棒便衝出大門。

那些碎嘴婆娘見了，一路跟著文婆子到劉寡婦家裡。

只見文婆子也不敲門，直接一腳踢門而入。

也算趕巧了，劉寡婦正在院裡歸置東西。桌上擺了許多瓜果，還有老字號貴春樓的點心，幾疋顏色鮮亮、適合小姑娘的上好布料。再加上，旁邊站著一個媒婆，正跟她說道：「如今去她家提親，她家定然不敢輕易拒絕。我看這事十有七八能成，若是再多加二十兩銀也就穩了。」

文婆子這時還有什麼不明白的？二話不說，便拿著棒子砸東西，一邊砸一邊罵道：「好妳個喪良心的劉寡婦，壞了我家親事，原來是想給妳兒子娶陳家姑娘當媳婦。妳想得倒美，也不看妳那三寸丁的兒子，配不配得起？」

初時劉寡婦還想同她解釋。「文大姊，話可不能亂說，我什麼時候壞妳家親事了？分明是妳一早就看不上陳家，還說陳家大郎是個禍精，陳家一家都是賊。妳整日罵陳家，還打上門去討要聘錢，如今怎麼又鬧到我頭上來了？」

不提這話還好，一提這話，文婆子頓時氣不打一處來，又跳腳罵道：「還不是妳這野婆子，一直挑唆我！」

「事情是妳自己做下的，又與別人何干？」

一來二去，這兩婆子便扭打起來，引得不少人前來圍觀。

陳寧信趕到時，只見文婆子臉都腫了。那劉寡婦也好不到哪裡去，眼眶都青了，頭皮還被抓下一塊來。

倒是有人跑去喊文秀才、喊村長的，只是大多數人都在一旁看熱鬧。老爺們嘴上說著，婦人打架，我們如何能插手？女人們都說，她兩個厲害著呢，我幫誰不幫誰，都要被記恨，不如一旁看著的。

陳寧信想到這兩家都在算計二姊，一時便覺得很解氣。再一回頭，卻見他兄長身形一晃，便消失不見了。

陳寧信暗道：該不會長兄又打算做什麼吧？

這時，文秀才終於來了。衝上前便去勸架，也被劉寡婦撓了臉。

劉寡婦哭道：「你這狗娘養的狗賊，欺負我兒不在家。秀才難道就能這麼欺負寡婦嗎？我要去官府告你，也叫你拔了功名。」

陳寧信看到這裡，突然覺得有些無趣，便準備離開。卻又聽文婆子罵道：「都是妳害的，我去找陳家大妹子把話說清楚。我給他家下跪，這樁婚事不退了。分明是惡婆娘挑撥，陳家姑娘注定是我文家兒媳。」

劉寡婦破口罵道：「妳這老不要臉的，當初妳說不要就不要，如今妳說要就要？哪有妳想的那麼美？妳個老刁婦，莫要欺負陳家人老實。」

正說著，突然又聽村長在人群後面啞著喉嚨大喊道：「陳大郎，你先把刀放下！沒人算計你妹子。你且放心，我定會給你陳家做主，定不讓那些亂七八糟的人去你家提親，糟蹋你妹子。」

陳寧信深深嘆了口氣，總算開始了。他早就說過，兄長怕是要惹事了。這不就在這兒等著呢？

陳寧信也說不清，兄長怎麼出現得那麼巧，又鬧騰得那麼及時。反正被他一折騰，文婆子就算再想賴上陳家也賴不成了。

村長氣喘吁吁趕到後，勒令她以後離陳家遠點。要點臉，少找自在。不然就算被陳大郎活活砍死，也是白砍。至於劉寡婦那邊，也被村長罵了一通。「也不看看妳那兒子長得跟芥菜疙瘩似的，哪裡配得上陳家小姑娘？」

劉寡婦原本還想反駁，只是看見陳寧遠一直在旁邊，虎視眈眈地盯著她，滿臉都是殺氣。那寡婦吞了吞口水，始終沒敢再胡亂開口。

只可憐文秀才被她撓得破了相，想說理都沒地方說去。

文婆子又哭又鬧，說這事咱們沒完。可劉寡婦那邊也正煩她，兩人差點又打起來，最後文婆子還是被她兒子給拉走了。

而陳寧信也拉著他兄長一路往家走去，同時也在糾結，兄長這病到底算是好了，還是沒好？若說他沒好，這鬧得也太及時了；若說他好了，一發瘋就要砍人，這習慣可太可怕了。

如今恐怕在村裡已經傳開了。誰家樂意在瘋子面前找不自在？被砍死也是活該。

陳寧信也不想繼續胡思亂想，走到無人之處，便開口說道：「咱們娘怕是空歡喜一場，大哥你這麼一鬧騰，想必往後也沒人敢上咱家提親了。」

說到底，誰也不願意要個隨時會發瘋砍人的大舅哥。

就在陳寧信哀聲嘆氣的時候，陳寧遠卻突然開口道：「那些廢物不來提親，豈不是更好？省得他們擾了寧寧的清靜。若是真想娶寧寧之人，定然不會因為她有個瘋大哥，便放棄了她。那些貪圖名利之人，無非又是一個文秀才。」

「這……」話倒是有幾分道理。陳寧信突然回過味來，連忙又問道：「大哥，你的病好了？都開始為我姊謀劃了？」

只可惜，陳寧遠沒有答話，他那雙眼睛仍是如同一口老井，讓人完全看不出深淺。

陳寧信又忍不住嘆了口氣，上前拉住長兄的手臂，嘆道：「你好也罷，沒好也罷，反正姊姊是打定主意要治好你。那老大夫說，讓你喝梨湯，這兩日，姊便一直讓我打聽哪裡有賣梨子的。我看她手鬆得很，那些錢不夠她花，少不得將來要我幫她多存嫁妝了。」陳寧信說完，就像小老頭似的，又長吁短嘆了一番。

陳寧遠雙眼一片深沈，若是細看，裡面似乎正醞釀著風雨。

不管怎麼說，陳寧寧總算逃過了被提親這一劫。她平日裡不大出門，因而受到的影響並不大。

倒是陳母知道了文家、劉家的事，氣得直罵村裡那些青年都是瞎了眼的。還哭了一鼻子，直說自家閨女實在太難了。

陳寧寧少不得說些逗趣的笑話，又把母親哄了回來。這事才算作罷。

另一邊，儘管陳父一口咬定，院子裡的土不適合種植。陳寧寧還是選了種植期最短的青菜種子，也就是小白菜。

用泉水泡了三天，讓種子充分吸收水分，放在通風處涼曬。陰乾後，才種進土裡。這年月沒有現成化學肥料，陳寧寧也不想找糞水施肥，弄得滿院子臭味，便帶些泉水出來，兌進水桶裡，日日澆灌，保持土地濕潤。

陳父見她一連忙了好幾日，生怕種不出來，姑娘心裡難過。於是便沒少說，家裡這地並不適宜種菜。甚至還懷疑過自家的風水。

陳寧寧初時聽了，也只笑笑，並不多言。待到父親懷疑風水不好，她才反駁道：「咱們家這風水自然是頂好的。您和大哥恢復得都不錯。昨兒，寧信還跟我說，村中大嬸誇他氣色好，鴻運當頭。」

第八章

陳父聽了這話，一時無話反駁。抬頭一看，小兒子寧信那張小圓臉，可不是白裡透著幾分紅？乍看之下，就跟年畫裡的胖娃娃一般。長子寧遠，如今雖然不算大好，臉色也是極紅潤的，竟有些面如冠玉。

妻子就更別說了。之前他們一家都是灰頭土臉，妻子的眼神裡總是充滿了不安。此時一家人坐在一處，妻子滿臉帶著笑，眼神溫柔似水，整個人都年輕了不少，面皮也越發細緻嬌嫩了。

再想想他自己，重新接好骨頭，也算好了大半。不用整日倒在床上，可以起床讀書，也可以指導小兒子功課。不得不說，連他也精神了不少。

陳父心裡明白，這都是女兒整日待在廚房，熬湯給他們補出來的好氣色，也不想駁斥女兒的說法。於是，他點頭說道：「的確，咱們家裡風水不錯，就算暫時與運道相背，很快就會否極泰來。」

眾人都願意討這個口彩，也紛紛點頭同意陳父的話。

陳寧寧卻暗想：喝了泉水，果然對人大有好處，如今就看院裡的青菜苗了。

這時，陳父又說道：「寧寧既然要學廚，不如我去找幾本食譜書籍給妳看？」

陳寧寧聽了這話，有些喜出望外，忙問道：「爹也有食譜嗎？」

「自然是有的，這一二日便能翻找出來。」陳父點頭道。

陳寧寧又笑道：「也不用那麼急，我先摸索著自己做菜就是。」等有了食譜，她再用心學上一學。到那時，就算做些新奇的現代菜，也可以往飲食同源，萬變不離其宗上面推，無須藏拙了。這樣想著，陳寧寧越發開心起來。

陳父見她喜歡，隔天便把食譜書籍翻出來給她。

原主也是讀過書的，陳寧寧仍有一些記憶。只是如今書籍都是文言撰寫，與白話文差異甚大，她理解起來十分緩慢。

陳寧信一眼看穿了，便嘲笑道：「從前爹教妳讀書，妳總說女兒家又不考科舉，認識幾個字，會看帳就好了。如今連食譜都看不懂，少不得我這當弟弟的教妳吧？」

合著原主還是個不學無術的學渣。

陳寧寧本身也是小小年紀就退學，在社會上奔波。只是她卻從未放棄過學習。就算最艱難的時候，她也忙裡偷閒讀些書，還考了自學學歷。如今聽陳寧信這麼調侃她，陳寧寧心裡那股不服頓時上來了，便賭氣說道：「大不了我從頭學起，才不要你這臭小子幫忙！」

家人見他姊弟倆鬥嘴，倒也覺得十分有趣。

陳父一向認為讀書使人明智，自然很高興女兒多看些書。只不過，陳家誰也沒有期待過，陳寧寧種的小青菜能存活，只當那是她的消遣。

誰承想，過了三日後，小青菜居然冒出嫩芽了。

陳父少不得又尷尬一回，好在家裡也沒人笑他，一家之主的尊嚴總算勉強保住了。他又清清喉嚨說道：「這種植之事，一、兩日哪能看得出來？再過兩日，芽苗枯死也是有可能的。寧寧還需謹慎些。」

儘管陳父並不看好種菜，陳寧寧還是又挑了一些生長期短的菜豆種子，按順序種在院裡。隨著菜苗越來越多，她也開始做起了園中規劃。

二十日後，小青菜徹底長成了，陳寧寧就摘一些下來，炒熟了端上桌。

陳父捧著碗，拿著筷子，挾起脆生生的小青菜。一時間吃也不是、不吃也不是，整個人呆滯無神。

這可是他閨女親手種出來的菜？他年輕時也效仿先賢，在院子裡栽過許多花草樹種，卻無一存活，難道真不是地的問題，而是他。

陳寧信看了連忙勸道：「爹，你放心吃吧，我姊種的菜比外面買來的菜還好吃哩。」

在家人的注視下，陳父到底把那點小青菜送進口中，嚼了嚼，頓時滿口爽脆，還帶著一股說不出的甘甜。竟能吃出幾分蔬菜的本味來，的確比買來的菜好吃多了。就連陳父也不得不承認，女兒在養花種菜上極有天賦。不管怎麼說，這好歹也算一項謀生的手段。

陳母又在一旁笑道：「我早就同你說了，你在種花草上，沒什麼半分天賦。如今咱家姑娘在這方面伶俐得緊。往後這園子，你就別操心，交給閨女得了。」

陳父雖然無奈，卻還是點頭應下了。

陳寧寧聽了這話，忍不住樂了，又挾了青菜到陳父碗裡。

自那以後，陳父也不潑冷水了。隨著他傷勢逐漸痊癒，越發喜歡在自家園子裡乘涼休息。

坐在青菜瓜藤之中，嗅著果菜的清香味，陳父總覺得這種生活，別有一番雅趣。就彷彿放棄了爭名逐利，他整個人都變得超脫起來。

偏偏陳寧寧是閒不下來的性子，而且創造力極強。只要工具在手，就連簡單木工活，她也敢上手。若不是陳母在一旁盯著，生怕她傷到手，陳寧寧怕是又要轉行做木工了。

就這樣，平整土地，搭架子，做花壇，分區種上各種菜。在陳寧信的幫助下，他們還一起搭了納涼的小茶棚，綁了秋千。

後來，就連陳寧遠也被拉來一起幹活。陳寧寧美其名曰，幫兄長鍛鍊身體，順便打造屬於他們的蔬菜園子。好在陳寧遠也願意聽妹妹的話，並沒怎麼鬧騰。叫他幹麼就幹麼，倒也練出了一手木工活。

小院子被兄妹三人弄得滿眼綠意，處處生機。

雖說滿園子都是瓜菜，隨手就能摘下來吃，卻比別人家的奇花異草的園子，還更美觀些。

見到成果，陳父也樂得當甩手掌櫃，任由女兒胡亂折騰。

很快，陳寧寧發現這院子越來越像外婆家的小院子，只差一眼泉一個竹池。於是，她便決定進山裡砍些竹子回來，想嘗試做個養魚的小竹池。

她要進山，陳寧信自然要跟她一起去，就連陳寧遠也自動跟在後面。

三兄妹就一起出發了。

只是，這時的陳寧寧在二牛村也算是名人了。就算文家退了親事，陳寧寧也仍是被村裡的老少都高看一眼。大家都說這女孩品行正，孝順父母，會過日子，還燒得一手好菜。若不是她長兄動不動就發瘋砍人，再加上村長沒少敲打。這會兒，媒婆怕是早就踩爛陳家門檻，跑去提親了。

如今眾人忍不住偷眼一看，便感嘆道——原來不只陳寧信、陳寧遠兄弟倆白胖了許多，就連這陳寧寧也豐潤美貌了不少。

先前陳家禍事接連不斷，陳寧寧就和她母親一樣灰撲撲的。如今才一、兩個月不見，陳寧寧長大了，也慢慢長開了。當真是面如桃花，目如星子，那張皮子更是白嫩得如水豆腐一般。

這般姿色在鄉下著實少見。窮苦人家若是出了這樣一個女兒，怕是要送到高門大戶裡做貴妾的。最難得的是，陳寧寧相貌嬌豔，眼神卻清明坦蕩。渾身上下，也不見半點嬌軟，反而帶著一種說不出的精氣神。

旁人見狀，忍不住暗自稱奇。都說這陳家小姑娘必定出身不凡。也就那文婆子頭腦發昏，才會把這樣的姑娘給退了。

等陳家三姊弟回來時，眾人眼見著不只陳家兩兄弟，就連陳寧寧也扛起竹竿來，頓時又忍不住驚嘆。

「旁人總說她是個勤快的，我還當她只是個嘴挑著的花架子。原來她是真能幹活。」也有人不免覺得惋惜。「她本該生在富貴人家，享受錦衣玉食，如今卻為陳家操持家務，實在可惜了。」

那些亂七八糟的話陳寧寧都沒聽見。而就算聽見了，她也不會去理會。

回家後，陳寧寧便按照計劃，打算在院子裡弄個小竹池。陳父的腳早已好了大半，便也來到院中，跟她商量如何造池。

陳父說道：「咱們二牛村也有些活泉水，可惜咱們院裡這口井，還要打水上來。妳這竹池打算弄多大？死水慢慢就變臭了，換水也難，除非弄個排水口。不然魚都不易養活。」

陳寧寧頓時便愣住了。外婆家那一眼泉是自動往外冒的，用竹竿接過來，就跟自來水一樣。原本在這院裡，她也想在井邊造一個那樣的竹池。可如今單單是把水吸上來，顯然也不是那麼一件容易的事。

陳寧寧只得再想辦法，改變一下設計。

陳父見自家閨女到底還是把他的話聽進去了，便有些開心。沒辦法，女兒太過聰明能幹，倒顯得他這當爹的有些無能了。好在小姑娘是個謹慎聽話的性子，少不得往後他再繼續幫忙出謀劃策，把控建園全局了。

陳父正暗自得意，突然見陳寧信跑了過來，又說道：「爹，你說什麼活泉水？是不是半山莊子裡那眼泉？」

陳父看了他一眼，淡淡說道：「我跟你姊姊正商量如何建竹池，哪輪得到你小子插嘴亂說話？」

陳寧信連忙解釋。「我哪有亂說話，我是聽說半山別莊要賣了。」

陳父搖頭晃腦地說道：「那莊子是好莊子，當日也是方家託了人情，請造園大師建的。只可惜方家人在外做買賣，一年到頭，也未必來這莊上住幾回。這房子一不住，也就破敗得快了。再加上，那莊子的土地邪門，種不出莊稼來。如今誰又願意買那莊子回去？」

陳寧信搖頭嘆道：「我也不知道，只是聽說方家少爺好賭，方老爺中風後，他便把家資敗了個乾淨。如今就連他老爹都被氣死了。方家正想辦法賣田還債呢。如今這半山別莊也找人過來看了。」

他父子你一言我一語，說著那方家的不如意。陳寧寧卻不免動了幾分心思，想著不如抽空去那半山莊子看看，萬一能撿漏，就把它買下來，當做投資也好。

爺倆正聊著，忽然聽見陳母在門口與人說話。

「當日家裡出事，妳怕被牽連，也怕被寧遠誤傷，苦苦哀求，非要離開。我顧念舊情，也沒攔著，還多給妳半月工錢。如今那事還沒過去，我一家情況也沒好轉，妳又回過頭給我磕頭，非要讓我賞妳口飯吃？我又如何能答應妳？我家如今都自己幹活，寧遠和他爹也還病著，實在沒有閒錢雇妳。」

那孫媽早就打聽過了陳家之事，也是欺負陳母性子軟，陳父正傷著起不了床。便大著膽子說道：「夫人，您這話可就不對了。咱們二牛村誰還不知，如今您家有大筆銀錢進帳，餐餐都是吃大魚大肉。哪裡就會短了我們這三瓜兩棗？求求您，行行好吧，雇我回來上工，不然我一家老小都快餓死了。」

孫媽是陳家之前雇用過的粗使婆子，只可惜知人知面不知心。陳父聽了她那番厚顏無恥的話，鼻子都差點氣歪，便破口罵道：「當日，咱們家裡出事，她第一個跑了，如今還有臉來咱們家討飯吃。寧信，你扶我過去，待我把她罵走，也省得你母親為難。」

「爹，還是我去吧。」陳寧寧說著便站起身，先一步向門口跑去。

陳父根本來不及說什麼，陳寧寧便已經擋在她母親前面說道：「我家吃肉喝湯與妳何干？妳又不是我陳家人，咱們憑什麼養妳家？當日，我娘看妳可憐，丈夫生病，還帶著孩子，這才叫妳來我家幫忙。誰承想我家出了事，妳是第一個撇乾淨的。如今怎麼還有臉來鬧騰我娘？」

那孫媽倒也想說幾句難聽話，直接把陳寧寧罵退。可這姑娘看著年歲不大，那雙眼睛卻古怪得很。像是一眼就能把她看穿了似的。又好像幾句話間，她就能做出點事情來，讓她顏面掃地。

陳寧寧如今在村裡名聲極好，大把後生都想把她娶回家。孫媽若把事情鬧開，自然是她沒理，到時候，別人會第一個罵她。

加上，之前跟陳家鬧過退婚的文家婆子，如今名聲掃地。村裡的人都在背後笑她傻，同時也罵她活該。文婆子氣得大病一場，從陳家要回的那十兩銀子，都拿去喝湯藥用了。

孫媽實在不想落得那般下場，只得換了個手段，可憐巴巴地看著陳母，痛哭道：「夫人，妳就大人不記小人過，原諒老婆子這一回吧！往後，陳家再有事情，我一定衝在前頭，幫你們出力。」

陳寧寧實在沒想到，一個鄉下婆子竟然還有兩副面孔。這邊軟了，她便要齜牙咧嘴咬人；那邊硬氣，她便低三下四求饒，裝可憐。總歸是賴上來，偏要賺幾兩銀子花。

不過面對這種無賴，陳寧寧也不是沒辦法。她一看左鄰右舍都出來了，便作勢說道：「當日，我在城裡親耳聽那當鋪掌櫃說，王老爺放下話來，要治死我們一家，還找了許多幫手。之前，那些大夫也都是故意下套，坑我家錢。妳這孫媽實在古怪，之前走得那般絕，半點情面都不留。如今妳突然回來，又哭又鬧，偏要到我家中來。莫不是，妳也收了王老爺的好處，想幫他一起治死我家？」

孫媽聽了這話，頓時臉色大變，連連擺手說道：「這——姑娘妳可別胡亂冤枉人，我就一個鄉下婆子，能做出什麼壞事來？」偏她說話時眼珠亂轉，還忍不住用手撓了撓後頸，一看就是心虛的表現。

陳寧寧也沒想到，她隨口說一句，就能詐出點真相來。也合該這婆子遇見了她，怎麼也得讓她吃頓教訓。

陳寧寧正想著如何下套子，引這婆子上鉤。突然間，對面卻有個大後生開口說道：「我昨兒在城裡見過這臉上有大黑痣的婆子。她就站在王家當鋪門口，跟那掌櫃嘀嘀咕咕，說了好半天小話。」

陳寧寧聽了這話，微微抿了下嘴角。這簡直就是睏了有人給她送枕頭，不過挑個頭，證人就自己來了。

可那孫媽卻是個死不要臉的。就算有人指證她，她仍是胡攪蠻纏，混淆是非。也不與陳寧寧說話，轉過頭便罵那後生。「你眼瞎吧？我昨兒根本沒進城去。你哪能看見我？」

話音剛落，鄰居家那馬寡婦便拉下臉來，破口罵道：「好妳個孫媽，罵誰眼瞎呢？當初陳家對妳有大恩，給妳開了不少月錢。年節裡，妳也沒少往家裡帶東西。結果人家一出事，妳便掉臉子走人。這叫無情無義。如今聽說人家姑娘得了五百兩，又沒羞沒臊地跑回來，死皮賴臉非要占人家便宜，這叫恬不知恥。人家不答應，妳還哭天抹淚，死賴著不走。這叫欺人太甚。如今又罵我姪子，真當我老馬家沒人吧？我且問妳，妳當真昨兒沒進城去？要不要我把全村人喊來，挨個問清楚。倒要讓大家看看妳這孫媽是個什麼嘴臉。」

村裡人都知道馬寡婦是個狠人，向來說得出做得到。

那孫媽本就心虛，她當真拿了王管事的錢。如今若是沒辦法回到陳家，幫王管事遮消息。銀子怕是要還的。

就在孫媽遊移不定時，陳寧寧又回頭喊道：「寧信，你去找村長過來，如今這事還須得他老人家斷個明白。」

孫媽聽了這話，臉色一白。她家本來就是逃難來的，好不容易能留在二牛村落腳。若是村長知道她惹是生非，說不定直接就把他一家老小趕走了。

孫媽也顧不得其他，連忙擺手道：「罷了，罷了，我再不來妳陳家就是。王老爺想怎麼治妳，與我無關。妳又何苦害我挨村長掛落。」

說著，她便飛快地跑走了。

陳寧寧看著那遠去的背影，心中暗道：怎麼這一個月了，王家都沒動靜，這會兒卻突然想安插臥底了？莫非那小軍爺已經不頂用了？看他那通身氣派，按理說不至於如此。

陳寧寧這樣想著，又對馬寡婦感謝一番。這已經是她第二次幫陳家說話了。陳寧寧覺得這人厚道，自然記下了這個人情。

只是兩人說話間，那馬寡婦的姪子卻悄悄勾著眼看了陳寧寧好幾次，似乎在盤算著什麼。

陳寧寧一下就猜到了他的心思。說起來，這人也算不上多難看。只是他雙眉生得偏低，有些遮眼睛。偏生眼神又浮。一看這人就愛算計，也難與人交心。

陳寧寧不願意與這種人打交道，又對馬寡婦客套了幾句，便對母親說道：「我爹還在院子裡。娘，我先回去照看他。」

陳母連忙說道：「那妳先回吧。」

說罷，她又繼續跟馬寡婦聊天。還答應下次女兒醃了小菜，便送些給馬寡婦。馬寡婦也感謝了一番。

等兩人聊完，馬寡婦帶了姪子回到家中，便忍不住說道：「怎麼樣，陳家小姑娘要人品有人品，要相貌有相貌，還能操持家業，做得一手好飯。你沒聽說嗎？如今她還在院子裡種了菜，供全家吃。你家雖說如今光景不錯，可家產到底是你大哥的，雖說你中了秀才，可一連考了幾次舉人都沒考中。若是你能討一房好媳婦，也好幫襯你過活。你若想好了，大姑幫你上門說親去？」

馬俊生這些年一直在讀書，如今年歲大了，也到了成家的年齡。

前幾日，姑姑送信到家裡，他思量再三，才來這邊看看。誰承想，乍一見陳家姑娘，他便五內俱焚，瞬間被那女子的美貌吸引。一時頭腦發熱，便主動幫陳家說了話。可等回到姑家，他心底卻早已清醒了大半，便又習慣性地算計起得失來。

那王老爺何等勢力，說是潞城一霸也不為過。陳家想對抗王家，簡直無異於以卵擊石。再看那陳姑娘，也不像會置陳家於不顧，一心留戀夫家之人。這種時候，若是跟他家結親，自己也會麻煩不斷。

馬俊生雖然因為陳姑娘的美貌動了心，可反覆推算後，他還是對姑姑說道：「姑姑莫急，這事還需得再三考量，萬一我把陳姑娘娶回家，王家再對他陳家下手，恐怕就連我馬家，連我自己的前程也會受阻。既然這樣，何必急於一時，不如等再過些日子，仔細觀望觀望，再上她家提親。」

馬寡婦一聽這話，頓時便一肚子氣。「你這副嘴臉，與文家又有什麼兩樣？如今局勢不穩，你嫌棄人家麻煩，不敢出手；再觀望幾個月，這事過了，陳寧遠也治好了，人家一門雙秀才，認識的都是有才華的讀書人。況且家中那麼多田產，從來不缺少銀錢花。以陳家的做派，必然會把五百兩銀子，全拿出來給他姑娘壓箱底作嫁妝。說不定，還要添上許多田地。這樣的人家，啥都不缺，人家姑娘又生得那般花容月貌，又是那樣的品行，憑啥看中你？就因為你是個小秀才嗎？罷了，當我這次啥也沒說。你快快回家去。往後你的事，我是再不敢摻合了。」

說著，她便把馬俊生推出門外，任由馬俊生再敲門，她也不理會。

第九章

馬俊生沒辦法，只得小聲嘀咕道：「文家又沒做錯，君子豈能立於危牆之下？倒是姑姑妳實在糊塗，只看得見眼前這些蠅頭小利，不想以後，這豈不是招禍害嗎？就算那陳姑娘人品好，又有幾分姿色，往後再去她家說親也不遲。妳姪子再怎麼說，也有功名在身，哪裡就比旁人差了？也就是姑姑您只顧著捧別人踩自家人。」

說著，他一揮袖子，便想回家。卻不想，一回身，正好撞上一個青年人。那人肩上扛著幾根翠竹。此時他臉上的表情古怪，如同惡狗一般盯著人看，似乎下一刻就要衝上前來咬他。

馬俊生頓時被嚇得倒退幾步，這才勉強認出眼前人。

這人不正是曾經的潞城頭號才子陳寧遠嗎？

馬俊生雖然不曾在青山書苑讀書，可卻極愛和讀書人來往交際。自然知道陳寧遠身上發生的那些事。說起來，他倆還是同期中的秀才。陳寧遠當初鋒芒畢露，中了頭名中秀才，馬俊生卻是末位幾名的幸運兒。

雖然都是秀才，兩人的口碑卻相差甚遠。別人提起陳寧遠都會豎起大拇指，讚他是大才子。提起馬俊生卻會說，他就是走運考過的幸運兒。
馬俊生早就心生嫉妒，後來陳寧遠落難了，他才不免心中竊喜，暗罵一聲「活該」。
事到如今，再一看陳寧遠果然是瘋了。穿衣打扮就跟山野村夫無異，身上半點君子儀態也無。
馬俊生頓時心懷惡意，壓低聲音對陳寧遠說道：「陳兄陳兄，想不到吧？你這天之驕子也會有今日。可憐你那妹子，倒是賢妻人品，就只是沾了你的晦氣，她怕是再難嫁到好人家了。如今說到我這裡，我都看不上眼呢。要我說……」
話音未完，陳寧遠便抽出一根手臂粗的竹子，狠狠地打在馬俊生的肩上。
馬俊生也沒想到，陳寧遠突然就發瘋打人，偏偏還凶得要命，下手又狠又準。馬俊生只得抱頭鼠竄，嘴裡連連喊「救命」。
陳家人此時正好在院子裡說方才孫媽的事，陳母正說道：「寧寧如今種菜也辛苦，要我說的確該找個粗使婆子來家裡。」
陳父搖頭說道：「就算找粗使婆子，也得看人品，誰知道王家會不會再下手？」
陳寧信卻忍不住嘟囔道：「平日裡，一直是我和大哥在幫忙澆菜，辛苦的是我跟大哥，偏偏你們還說多幹活對身體好哩。如今又打算雇人了？」
幾人正說著，一聽外面有人哇哇亂叫，只得出門看看。

陳寧信一開門，就見長兄又在耍狠，沒辦法只好跑過來，抱住了長兄的腰。又說道：「哥，你打他做什麼？」

這時，馬俊生正滿面怒容，連忙開口說道：「他既然瘋了，你家為何不把他鎖在家裡？何故放他出來傷人？」

陳家人一時無語，陳寧寧只得近前說道：「我們請了一位厲害的大夫，如今已經吃了一個月的藥，我兄長早就大好了。平日若沒人招惹他，他從來不會亂打人。我倒想問問馬公子，可是說了什麼難聽的話？」

說著，她便瞪著杏眼，看向馬俊生。

馬俊生被她看得滿臉通紅，自然不願意承認是他先挑釁陳寧遠的。

偏偏這時他姑姑馬寡婦也走了出來，又問道：「該不會真是你招惹了陳大郎吧？我們村裡都知道，只要不惹他，不拿他家人亂說話，陳大郎是不會犯病的。平日老實得很，還會幫家裡幹活呢。」

馬俊生一聽這話，越發百口莫辯。他平白被打了一頓，臉都被抽腫了。可偏偏所有人都認定他是活該被打。馬俊生最後只得嘴硬道：「虧陳寧遠還是讀書人呢，淪落到這般地步，實在可憐可嘆。罷了，我與一個瘋子計較什麼？」

說著，便故作瀟灑地甩袖離去。

反倒是馬寡婦，沒想到她姪子竟是這般德行。雖說，她也沒給兩家正式說親，可馬寡婦還是臊得慌。滿懷愧疚地看了陳母幾眼，便轉身回自家院裡去了。

陳家人把陳寧遠拉進院裡。

陳母不免覺得有些可惜，又嘆道：「這算什麼事？方才馬大姊說她姪子也是秀才，說不定還認識寧遠呢。我便以為這次咱們寧寧的緣分到了。哪裡想到，馬秀才竟是這般人品。」

陳寧信連忙說道：「得了吧，娘，您如今也別總想著給我姊找婆家了。沒聽我姊方才說了，王老爺那事沒完。萬一不小心著了他的道，我姊這輩子也就毀了。」

陳母聽了這話，頓時又驚又怕，忍不住紅了眼圈。「可也不能讓你姊一直這樣吧？老天爺若是有靈，也不該看著她受這麼多罪，定會送個好女婿上門來。」

陳寧寧一時不好說什麼。上輩子她就沒有正經的姻緣。朋友圈裡，有喜歡小狼狗的，也有嫁給小鮮肉的，還有貪新鮮、頻繁換男友的。

種種速食般的姻緣，只讓陳寧寧覺得乏味。也曾有人帶著男孩子過來，說是想要結識她。她卻覺得，那些男孩身上脂粉味太重，少了些陽剛氣。因而從未動過心。再加上，她工作繁忙，這方面的經驗確實欠缺。

可如今她腦海中，卻映入了一張臉孔。那人有著難得一見的精緻五官，用現代話形容，他多半是個混血兒，而且混得十分完美。屬於天生可以靠臉吃飯那種。偏偏他身上卻不帶半分脂粉氣，舉手投足間優雅、從容，還帶著一股難以掩飾的氣魄。

特別是牽起轠繩，制住馬的那一瞬間，那人的臉似乎在陽光下閃閃發亮。不只帥氣英武，微微上勾的嘴角，帶著似有若無的小邪氣。引得人只想一直望向他。同時，心還狂跳得厲害。

「姊，那魚池，咱們還做不做了？」陳寧信上前拉了陳寧寧一把，又說道：

「妳想什麼呢？這般魂不守舍的。」

陳寧寧在現代時，身處那樣的圈子，周圍的那些朋友也都是玩得起、放得開的類型。她從來不覺得想找個順眼的小鮮肉嫩草談戀愛，有什麼不對。

只是，從前她沒動過心思，一心賺錢。如今一朝穿書，莫非她的老桃花終於要開了？

轉念一想又不太可能。這書中朝代與現代截然不同。現代社會，男男女女自由戀愛，合則聚，不合散。如今這個朝代，講究門當戶對，三媒六聘，白頭到老。

想到這裡，陳寧寧不禁覺得自己想養小鮮肉太過放蕩，老臉一紅。

陳寧信見狀，指著她的臉問道：「姊，該不會妳也聽了娘的那一套，對姓馬的起了那種心思吧？那種貨色又怎能算得上好夫婿？姊的眼睛怕是也壞了。」

他這話就如同平地一聲雷，引起了陳家人的注目。陳父、陳母、陳寧遠都看向陳寧寧。

陳寧寧頓時惱了，敲了敲小弟的腦殼，罵道：「瞎說什麼呢！我哪兒瞎了？就他那長相，再來一打，我都不會掀眼皮的。」說著，她便氣鼓鼓地轉身走了。

陳寧信連忙追上去，問道：「姊，話都沒說完，妳要幹麼去？」

陳寧寧頭也不回地說道：「做魚池。」

「竹子都放在院子裡，妳去後院幹麼？」陳寧信又問。

「找個大水缸來。」陳寧寧又說。

「用水缸養魚，那咱們砍的這些竹子，豈不是沒用了？」陳寧信皺著臉不高興地說。

陳寧寧回頭看了他一眼，又說道：「用竹子的地方多著呢，放心，不會浪費的。」

陳寧信這才又跟上去。「姊，妳等我，我給妳幫忙。」

陳寧遠也跟了上來。

陳寧寧一邊走，一邊跟他們說了自己的想法。

原先，她本想用竹子做個池子，這樣一來既好看，又能養魚。可這時代一沒自來水，二沒抽水馬達，就連水管都沒有，還沒有泉眼。想做個外婆家的竹池，實在是個大難題。

思來想去，陳寧寧決定先做個觀景用的生態養魚缸。

靠著水生植物，魚蝦貝殼製造一個類似自然的生態環境。由植物根部提供氧氣，水生植物吸收魚糞作養料。然後扇貝甲殼類可以負責清除污泥，去除藻類。

這樣一來，很長時間都不用人工換水，缸裡的水也會是乾淨的。

陳寧信聽了她的話卻一臉不信，又抱怨道：「妳就算用兩個缸來養魚，也是兩缸死水，還不是要我和哥幫妳換水？這樣實在麻煩。」

陳寧寧一時半會兒跟他說不通道理，便說道：「罷了，你就等著瞧好吧。肯定不用你操勞。」

陳寧信賭氣說道：「等就等，等水臭了，魚都死了，有妳哭的時候。」

陳寧寧搖了搖頭，不再跟他解釋。

她說這法子，就是最簡單的魚草生態平衡系統。

陳寧寧很早就在電視裡看過，也叫古法養魚。

後來，她決定回老家開農莊，並不是打算隨便雇用幾個人養豬、賣豬肉那麼簡單。她從一開始就打算做生態農莊，因而早就學了不少東西。如今這個小小觀景魚缸，不過是她小試牛刀的練手罷了。

陳母聽著女兒跟小兒子說話，忍不住笑了起來，又回頭對丈夫說道：「寧寧這孩子，還真是異想天開。哪有在缸裡放幾株水草，養魚就不用換水的道理？幾日下來，水草就死了，臭在水裡，這小魚怕是也活不成了。」

然而這次陳父卻沒有再說話，而是若有所思地看向遠方。

陳母見他一副魂不守舍的樣子，便忍不住叫他。「你又在想些什麼呀？」

陳父卻說：「我在想，寧寧這想法實在有趣，或許當真可行呢？」

野外水塘，也有下雨形成的，便是魚以水草為食，水草以魚糞作肥料，互相依託，也都活得很好。寧寧這個法子，無非就是把外面的野塘移到這小小的缸裡。他雖然沒見過別人這麼做，卻也不免期待起來。若是寧寧做成功了，這將會多麼有趣呀？

陳母沒等他說話，便笑道：「不是你一口咬定，你閨女不可能在院裡種菜的時候了？如今你居然也開始順著寧寧的話說了。」

陳父仍在想那個觀景魚缸的事情，一時有些回不過神來，便隨口說道：「孩子的話有道理，我自然順著她了。由著他三兄妹這麼折騰，不是很有趣嗎？」

「你呀！」陳母笑了笑，不再理會他，又說道：「得了，我去幫你閨女先找個合適的缸出來。倒要看看她會把這缸弄成個什麼樣子？你就坐在院子裡看你的蔬菜吧！反正這幾日你看得正歡。」

說著，她也追著孩子們去了。

只留下陳父一人坐在園子裡繼續思考，那不用換水的魚池到底是個什麼樣子。

陳父一貫喜歡讀書思考，想到盡興之處，甚至撿了根樹枝在地上寫寫畫畫起來。

另一邊，三兄妹在陳母的幫助下，總算找了兩口合適的大缸。這缸平日沒用它打水，是因為它實在太大了，而且並不高。盛米用卻又矮了，而且上下一般粗。不過雖然不實用，如今用來做觀景魚缸倒也合適。

只是三兄妹連同陳母一起，抬著都很費勁。

最後還是陳寧遠突然說道：「不如把這缸翻過來，滾著它走就是了。」

眾人這才齊心協力，把兩口缸都滾進了院子裡，放在有太陽的地方。

擺好之後，陳寧寧也不著急，反而問弟弟。「你平日都在哪裡買魚？帶我過去看看。」

「這……」陳寧信聽了這話，頓時便紅了臉。可架不住姊姊堅持，到底還是實話說，他從未找有船人家買魚，反而是找那些喜歡玩水孩子一事。

陳寧寧一聽這話，便皺起了眉頭，也沒責備什麼，只是仍然堅持讓陳寧信帶著她先去河邊瞧瞧。

陳寧信只得答應了。

等到了地方，陳寧寧才發現孩子們經常玩的小溪清澈見底，水淺得不行。就算摔一跤，也頂多淹到腳背上。

原本在來的路上，她已經琢磨出幾個法子，打算給這些小孩找點別的事。叫他們往後不許在河邊玩了。誰承想，這幫孩子竟比她想的更周到，也更加細心。有那年歲小的孩子剛想往水深的地方跑，便有眼尖的大孩子開罵了，甚至直接把他提回來。

陳寧寧見狀，忍不住眯著眼笑了。她突然發現這群孩子實在很有趣。

陳寧信看她笑了，便忍不住問道：「姊，妳該不會覺得咱們村裡的小孩隨隨便便就敢靠近大河吧？真要那樣，回家早就被大人給罵死了。」

陳寧寧也不好再說什麼，便把弟弟也趕去跟那幫孩子一起玩了。

陳寧信也是個好玩的，一衝到小夥伴中間，立刻就潑起水花來。孩子們抓魚的方式也十分有趣，沿著河水攔腰截斷，築起一道泥壩，把魚兒擋在一邊。再拿著小盆把水舀乾。最後就只剩下活蹦亂跳的魚兒，在泥裡鑽來鑽去，輕易便能捉到了。

陳寧寧一邊看著小孩們玩，一邊又裝了些河泥、沙石在桶子裡。聽著孩子們無憂無慮的笑聲，就連她那顆曾經蒼老麻木的心也變得輕鬆飛揚起來。

陳寧寧好像又回到了童年。

其實仔細想想，如今她這身體也不過十四歲。再過幾年，差不多了，若是遇見喜歡的人，也願意娶她，她便嫁了，那又如何？

一朝穿越書中，有了疼愛她的父母，和睦友愛的兄弟，也有了寧靜自在的生活。她其實不用顧慮那麼多，也不用那麼糾結。只要做一條自在的鹹魚就好。

與此同時，那黑袍小將正立於山崖上，一身黑衣被風吹得瑟瑟作響。他卻站得很穩，舉目遠望，似乎看到什麼罕見的景致，嘴角微微挑起。

身邊的白袍小將見狀，忍不住上前問道：「九哥，你在看什麼？」

「沒什麼。」他突然轉身，幾步離開。

白袍小將不死心地站到他方才的位置。

可看了半天，只隱約看見一群孩童在溪邊嬉鬧玩耍，其他便再也看不清了。

然而，此處山形實在險峻，似乎一不小心便會跌下去。

白袍小將不敢多看，連忙收回了腳，又湊到他身邊，說道：「我的九王爺，你既然不想讓我看，我不看便是了。世間極少有人像你眼力這般好，你能看到別人看不見的美景，也是有的。」

聽了這稱呼，他雙眉微蹙，忍不住罵道：「殷向文，你少貧嘴，還不快趕路。」

「是。」

那天晚上，九王作了一個夢。

皇宮裡的冬天總是格外的冷，特別是大雪紛飛的夜晚，他又冷又餓，從冰冷的床上爬起來，穿著鞋跑了出去。

他忘了那時候自己多大，或許是剛剛有記憶的時候。

他知道自己母親是一名藩國舞姬，有著柔軟的腰肢和驚人的美貌。曾頗得幾分聖寵，在宮裡也曾風光幾年。只可惜皇宮這個地方，美人會不斷進來，各色各樣都有。

帝王寡恩，漸漸地，父皇便把他母親忘在一邊了。

偏生他母親空有一身好皮囊，卻無半點心機。很快就觸怒了貴妃，遭陷害，被打入冷宮。最後，死得不明不白。他小小年紀，便沒有了母親庇護。獨自一人，如同小野獸一般，在宮中掙扎生存。

那時候，人人厭棄他，就連小太監都能欺負他，所有人都不把他當一回事。

直到那日，他餓昏了頭，一頭撞進杏黃色四龍紋的蟒衣裡，他本以為免不了要挨一頓打，便直挺挺地昏了過去，卻不想那人卻抱起他。

「這是，小九？跟著他的人去哪了？為何無人跟在小九身邊？」

他只記得那人的懷抱很溫暖，比他的被子還要暖。那人身上帶著一股淡淡的香味，讓他平生第一次感到安心。好像整個皇宮，只有這個人不會傷害他似的。

可他同樣也記得，在黑暗的宮殿裡，其實關著一隻饑餓的小野獸。他有著一雙絕望又不甘的眼。他不想像爛泥那般死去，不想消失得無聲無息。就算拚命掙扎，他也想活下去。

下一刻，他又看見了同樣一雙眼眸，同樣充滿絕望卻又不甘心，就是不肯認命。

她匍匐在他的馬前，同樣是那般狼狽，頭上的布巾子已然染上了血。

她抬起頭來，看向他，彷彿在說：救救我吧？

曾幾何時，他也曾那般無聲地求救過。然後，他得救了。至於她……

——黑夜中，九王從噩夢中驚醒，坐在榻上，滿頭冷汗，後背也打濕了。

來安急忙跑進來，問道：「主子，您沒事吧？」

九王睜著那雙黑洞的雙眼，臉上帶著不加掩飾的戾氣，面皮都有些扭曲。他看向來安時，就像猛獸看著自己利爪下的小獵物，直把來安嚇得兩膝發軟，直直地跪了下去。

又過了一會兒，九王才平復下來，垂著眸子，淡淡問道：「那株草藥可有消息了？」

來安連忙回道：「已經派了得力屬下進二牛山搜尋，只是目前還沒有消息。」

九王半晌又說道：「安排個人，住進二牛村，跟村民暗中打探。」

「是。」

來安領命，本以為九王沒有其他事吩咐，他便想先下去，卻聽九王突然又說道：「盯死陳家，順帶安排個人進陳家作內應，最好放在陳寧寧身邊。」

「是。」來安這才領命而去。

只可惜陳家實在乖覺。按理說，他家境也不差，又有了那一千兩銀，卻死活不用婆子、下人幫忙。反倒是他一家老小，把家事都做了，還在院中種了菜。陳家那幾個讀書人居然沒有半點讀書人的清高，被他家女兒指使得團團轉，也沒有半點怨言。

來安只得將這件事上報九王。

九王聽罷，若有所思地撫摸著那塊玉珮，吩咐讓村裡的內應多注意陳家的動靜。

陳寧寧這枚棋子，他是用定了。既然陳家人謹慎，那便使個法子，收買人心。

九王堅信，世上之人都能被收買，不過是端看出價高低，以及收買的手段罷了。

陳家正在倒騰那兩個水缸。

這些日子，陳寧信被姊姊指使慣了，心態早就變了。除了讀書的時候，他很喜歡跟在姊姊身邊，做一些看似無用，實則很有趣的事情。

這次也如是，他幫著姊姊把河裡的泥沙運回家，將河泥鋪在缸底，上面覆蓋了一層沙。又放了許多被水沖刷得光亮的河石，堆得如小山一般。

陳寧寧又跟弟弟一起找來了水草，選的是水菖蒲和金錢草，這些根莖埋在水底，枝葉冒出水面來。既好看，又能給水中提供充足氧氣。又弄了一些趴地矮珍珠，鋪種在缸底的河泥裡。

那些水草很容易便活了。他們又找那些孩子，撈來一些河蝦、螺蚌、貝殼、螃蟹，也都養在缸裡。

等這些都弄好了，陳寧信才發現這缸已經變成了一個小小的「河塘」。看著螃蟹在矮珍珠之間穿梭，河蝦在水裡自在遊弋，他第一次發現弄個魚缸，竟是這般有趣。

他又連忙問姊姊。「魚呢？咱們當真要養那些用來吃的大魚嗎？」

陳寧寧搖頭說道：「這缸裡養些好看又吉利的小魚就好，平日吃的那些魚個頭太大，活動不開，養一、兩天還好，久了就活不成了。」

第十章

陳寧寧想了許久，又跑去小溪邊上看看。到底被她發現了一種長相酷似錦鯉的迷你小魚，大的有巴掌那麼大，小的能養在茶碗裡，尾部帶著一圈紅邊，顏色鮮亮又可愛。看著也十分吉利。

等把那些小魚也放在缸裡，整個生態觀景缸算是弄成了。陳寧寧又陸續在缸邊上，打了個竹架子，上面養了許多花草。和這兩個水缸一搭，便成了整個院中最好看的一處風景。

不只陳寧信養成了餵魚的習慣，就連陳父也喜歡坐在水缸邊上休息，美其名曰「觀魚」。興致來時，他甚至想要作詩。

陳家人一開始總覺得，三五日下來，這缸便要換一次水的。

誰承想，一連過了半個月，那缸裡的水也仍是清淨如初，那些魚也仍是自由自在浮游，蝦蟹扇貝也都好好的。

到如今，陳寧信才隱約明白姊姊的意思了，卻還是有些地方搞不懂。陳寧寧便畫了張圖給他解釋，無奈她用不好毛筆，畫出的魚蝦水草都是靈魂圖案。

陳寧信看了這圖，忍不住捧腹大笑，又指著畫說：「我姊畫的圖實在太難看了。」

不待他說完，陳父便把那圖搶了過去，一邊看一邊點頭道：「你姊這圖畫得很好，淺顯又容易理解。倒是你，不好好看圖，還有心思取笑姊姊，簡直該打。」

原本陳寧寧還在自我安慰，反正原主學業本就差，如今只要她不尷尬，尷尬的就是別人。結果陳父這麼一說，她頓時便找到了臺階下，又連忙開口問陳父。「爹，您那裡可有記錄農業水利方面的書籍，我想看看。」

這次，不等陳父回話，陳寧信便一臉驚奇地問道：「姊，那本食譜妳已經看過了嗎？妳如今也能識字了？」他顯然還有些不信。

「自然能看懂了。」她又不是真文盲，食譜內容不外乎是些食材、料理手法，她本就會做菜，對照實際操作適應了一、兩個月，理解起來自然不成問題。

陳寧信顯然不太信，待要考她一考，卻聽陳父說道：「書房裡是有幾本農學，只是翻找起來實在麻煩。」

陳寧寧便又問道：「那我能去爹的書房看看嗎？」

陳父是個開明人，再加上他從來不買話本雜書。於是便一臉嚴肅地點頭說道：「你們兄妹都可以到書房來，跟我說一聲，便可把書拿回自己房裡看。」

陳寧寧聽了這話，頓時心中便是一喜。

她之所以弄了兩個大缸養魚，就是為了嘗試著讓兩缸裡的水互相流通，這就需要一些特別的手段了，這些又不能憑空說出來，少不得在古籍中找一找相似的方式。好在陳父願意支持她。

就這樣，在陳寧寧忙著用竹筒作取水器的時候。忽然有一日，馬二叔趕著牛車一路奔進村裡。他並未急著回自家去，而是直接到了陳家，把大門拍得碰碰作響。

陳寧信甫開門，馬二叔連忙說道：「寧信呀，快去告訴你爹你娘，王老爺被抄家了。」

陳寧信聽了馬二叔的話，不禁愣住了。「啥？王老爺被抄家了？」

說話間，他一時控制不住情緒，聲音都飛了起來。緊接著，他便回身大喊道：「姊，妳快出來聽聽，馬二叔帶來了啥好消息了。」

他這麼一喊，不只陳寧寧，就連陳母、陳寧遠，甚至陳父也拄著枴走了出來。

陳家人再三打聽，這才得知，王老爺這些年仗著朝中有個大官老乾爹，沒少在潞城作威作福，為禍鄉鄰。同時也為他乾爹那一脈送上了大筆賄賂，如今正盤算著買個官當當。不料卻被九王門下繩之於法。就連那位大官老乾爹也因此觸怒了聖上，被摘了烏紗帽，下旨抄家。

這樣一來，壓在陳家人頭頂上的那片烏雲，總算散了。陳家人再三感謝馬二叔，陳父要拉著他進去喝杯水酒。

馬二叔卻連忙擺手道：「吃飯喝酒就大可不必，我也就是在城裡聽到點消息，連忙告知你家一聲，也讓你們安心些，往後你家算是沒事了。如今，我還要趕回家裡去。不然我那婆娘又該埋怨我哩。」

沒辦法，馬二叔執意要回家去，陳父只得作罷。想著往後找機會，再送份謝禮。

倒是他們自家人心裡實在痛快。回到家關上門，陳寧寧便下廚做了一桌子好飯菜。

陳父甚至破例喝了一杯小酒，陳母也沒有管著他，反而笑咪咪地開口說道：「老天還真是開眼了，那姓王的平日那般猖狂，如今終是被人給拿了。實在大快人心。只是不知那九王爺又是什麼來頭，也算做了一件為民除惡的大好事。」

二牛村這邊地處偏遠，陳家自然不知道京城的權貴那些事。可陳寧寧聽見九王這個名號，卻不禁心中一動。

九王爺厲琰，可以算是書中最厲害的反派，卻也讓人忍不住唏噓。厲琰的人生正應了那句「士為知己者死」。他是太子派，一生理想就是扶持太子上位，成為一代明君。

太子此人也的確有明君的品格，為人寬厚，心懷天下，有權謀有決斷。只可惜，他自幼身體不好，後來又著了六王的道，最終黯然離世。而太子死後，九王厲琰就瘋了。爆怒之下，率十萬鐵騎，攻入上京，發動七日政變，幾次都差點整死六王。

全靠女主光環，次次幫六王擋槍擋箭，救他性命。兩人也在對抗九王之中，感情日益加深。後來，厲琰因為暴虐無度，盡數誅殺涉及太子案之人。甚至用殘酷手段強行逼供，誅人九族。

一時間，弄得人心惶惶。直到六王安排心腹，刺殺九王得手，這才得以繼承帝位。從此廢後宮，專寵女主一生。

看書的時候，陳寧寧一直覺得，九王實在是有勇有謀，戰鬥力爆表。單憑實力應該算是魔王級大反派。而且，他其實並不是要搶奪王位，所做一切，都是為給兄長報仇，情有可原。

後來，九王被刺殺，劇情轉折得實在讓人猝不及防。只是，這也沒辦法，九王這麼強悍，他若不領便當，還能有六王什麼事？

此時想起原著中的劇情，陳寧寧還是無法對九王心生厭惡。只是，她也很難喜歡上這樣一個忠犬。若一個人的一生都只圍著另一個人打轉，把自己的理想、自己的未來，都交託在那一個人身上，就算他曾經轟轟烈烈，燃燒了一場。可到頭來，又能剩下什麼呢？

若太子是真心待九王，定然也不希望自己這弟弟，走上這樣一條孤絕的路吧？

陳寧寧的心裡突然就像被堵住了一般。一時間，竟是說不出的難受。

直到陳母輕輕碰觸到她的手臂，開口問道：「寧寧怎麼了，臉色這麼沈？」

陳寧寧這才抬起眼，說道：「娘，我只是在想，也不知道九王爺的手下查得嚴不嚴？也不知，能不能幫我哥平反？我哥分明就沒有作弊，而是被冤枉的。不知道朝廷會不會徹查此事？」

陳父聽了這話，也是一臉可惜，卻也只能搖了搖頭。他心中暗想，王老爺的倒臺，或許牽扯到上頭的爭鬥，只是這事，他也不好在家人面前說。

這時，原本在低頭扒飯的陳寧遠卻突然開口說道：「無妨，反正我也不打算考科舉了。我另有打算。」說話的時候，他的語調和眼神都跟正常人無異，聲音也很平和，再也不是之前那般怪模怪樣的。

陳家人都一臉驚訝地看向他。

陳寧信忍不住大聲問道：「哥，你是好了吧？我就說上次你就很古怪！」

如今王生平的靠山倒了，王家也被抄家了，陳寧遠便無須再繼續裝傻，隱瞞家人。於是便又說道：「我的確已經大好了，爹娘，你們放心，今後我定不會再要你們操勞了。」

陳母忍不住走過去，緊緊拉住兒子的手，上上下下仔細打量了一番。又說道：「老天長眼，看來那老大夫的確醫術高超，當真把寧遠給治好了。你爹如今也一日好過一日，咱們家果然否極泰來，要轉好運了。」

陳父激動得眼圈都紅了，連連點頭說道：「痊癒就好、痊癒就好。」

陳寧寧和陳寧信也十分高興。

這時，陳寧遠卻說道：「爹，不管怎麼說，我今後是不再考科舉了，我會走另一條路。」

經過這一連串的打擊，陳寧遠不只性格大變，氣質也沈穩了許多。特別是他那雙眼眸，就像深潭老井一般，讓人完全看不懂他的心思。

陳寧寧卻忍不住暗道：長兄該不會像原著描寫那般，跑去給人家當師爺智囊，一路走到六王身邊，變成他的心腹？

事到如今，陳寧寧實在很難對六王那麼個戀愛腦的隱形暴君，有什麼好印象。大概是言情小說的緣故，全書描寫六王的時候，多半都是在寫他的狂霸酷跩，邪魅一笑，以及出色的床技。

陳寧寧很難把那樣的人跟哥哥的上司聯結在一起。沒辦法，這些天陳寧遠一直任勞任怨地幫她幹活，實在是個勤勞樸實的好小夥子，她很希望哥哥能碰到好的老闆。

這時，卻聽陳寧遠繼續說道：「當日，寧寧和寧信在潞城遇見了危險，多虧了殷家軍。爹，如今我想棄文從武，投了殷家軍。」

陳寧寧聽了這話，筷子直接掉落在桌上——劇情改變了！

陳寧遠一說起想要投軍，陳父還沒開口，陳母立刻先滾下淚來。「咱們家又不是軍戶人家，又不缺吃少喝，你這是做什麼？再說了，萬一上了戰場，刀劍不長眼，你又是柔弱書生，到時候你就算逃都沒人家跑得快。」

無奈陳寧遠心意已定，讓陳母難過至極，任由全家怎麼勸，也沒吃下飯去，反而回房自己生悶氣去了。這平日最溫柔不過的人，一旦認真執拗起來，把全家人都嚇了一大跳。

最後陳寧寧沒辦法，張羅些菜粥給母親端去，又勸道：「我哥說去投軍，也不是衝鋒陷陣那種先鋒，他要做也是軍師謀士之類。三國裡面不是還有個諸葛亮嗎？在後面運籌帷幄，翻雲覆雨，左右時局，幫助主公謀劃江山，那不是很了不起嗎？」

陳母又哭道：「傻姑娘，妳以為妳哥去投軍，想留在後面，就能留在後面嗎？到了那裡，半點不由人。只怕他還沒見到主公，就被送去戰場打仗了。就妳哥的身板，這才剛好，指不定得受多少罪呢。」

哥哥身板好得很呢……

但見母親滿臉是淚，陳寧寧也沒辦法，只得揀好話，溫聲細氣地勸說母親。

由於知道原著劇情，太子去世前，九王還算正常，事事為太子謀劃，一心江山社稷，最是愛惜人才。若是太子不死，九王也不會發瘋。投到他門下，反而是一條公平公正的升遷之路，倒比跟著六王要好得多。

如今劇情變了，未來也不好說。陳寧寧覺得，不如尊重兄長的選擇，若有其他蛛絲馬跡，她再想辦法跟哥哥討論討論。

另一邊，陳寧遠還想該怎麼勸說母親，走到門外，正好聽見妹妹對他的誇讚之詞。原來，在妹妹心中，他竟是諸葛孔明那般的存在。一時間，陳寧遠反倒有些羞赧。

不過，這也是沒辦法的事。從小到大，弟弟妹妹就是那般崇拜他。誰承想，如今妹妹這麼大了，居然還是如此可愛。

就在陳寧遠心中如同大夏天裡吃了井水浸過的果子一般，舒爽甘甜的時候，陳寧信突然跑過來喊他。「哥，爹叫你趕緊回去，說說你痊癒的事。」

陳寧遠看著愣頭愣腦的陳寧信，覺得與妹妹相比，這弟弟是越大越不討喜了。也不想跟他多說什麼，一甩手又回去了。

其實，陳父並不像陳母反對寧遠去投軍，反而覺得男兒志在四方是好事。

長子之前已經受了諸多磨難，幾乎被逼瘋了。如今病總算好了，何苦再逼他？不如放他出去闖蕩。

於是，在陳父和陳寧寧的勸說下，陳母那邊也算有所緩和。不再咬得那般死了。

家裡鬧得這麼凶，陳寧信反而放鬆下來。如今長兄已好，他這家中幼子也不用頂門立戶了。他雖然沒有耽誤學業，也一直幫著姊姊幹活，可他卻更喜歡跟著小夥伴們一起在外面玩耍。

孩子王的架勢。

家裡出事前，陳寧信就是個古板的小書呆，如今卻早已跟村裡的同齡人打成一片，有了孩子王的架勢。

平日若是村中有什麼風吹草動，他都是一早就收到消息。而陳寧信從來不瞞姊姊，回家一轉頭就都和陳寧寧說了。所以陳寧寧也聽到了不少新鮮事。

「那半山莊子已經來人相看了，只可惜他們那邊莊子在山地，水都上不去，糧食長得不好。聽說莊子裡的佃戶辛辛苦苦一整年，都吃不上飽飯。那主家還要加他們租子，如今他們正吃草呢。好在咱們家的地都在山下，土也肥沃，咱們家也從來不為難佃農。」

陳寧寧聽了這話，便忍不住抬眼說道：「不如你帶我去那莊子看看？」

陳寧信頓時心生警醒。「二姊，妳打算做什麼？」

「我就是對那種能吃的草感興趣，順便想去看看那莊子裡的土。」

陳寧信聽了這話，才吁了口氣，又說道：「反正妳千萬別打奇怪的念頭。那莊子雖說足夠大，一開始要價四百兩，如今二百兩也沒人要。主家說了，要買莊子，就連佃農都要接手。那些佃農也不是尋常人，聽說裡面有帶罪奴籍。我們村裡的孩子，都不愛和他們玩。」

偏偏聽了這些話，陳寧寧忍不住越發好奇起來。她甚至有種預感，那半山莊子怕是不太簡單。陳寧信雖然上躥下跳的，不願意帶她去半山莊子，卻終歸還是被陳寧寧給拿住了。

只是陳寧信疑心二姊要生事，便求了長兄也一起來。於是兄妹三人便一同出發了。

等到了地一看，漫山遍野都長著野草，一眼望不到頭。那荒草長得居然比人還高，就像是厚厚的帷幕，擋住了行人的視線。單單想要走出草叢、找到莊子，都是個難題。

陳寧信站在草叢前面，皺著眉說道：「也沒人把這些草整治整治，怨不得這莊子砍了一半價錢，都賣不出去。全被這草給擋住了。二姊，我勸妳還是不要有那些奇怪的想法。」

陳寧無心搭理他，站在一人高的荒草前，細細看著，甚至還摸了摸草葉。

這些荒草實在很像皇竹草，又像是變異象草。象草顧名思義，大象最喜歡的食物。換句話說，也是最好的牧草。她如今也不能上網，沒辦法查這草與象草和皇竹草有什麼差別。若真如皇竹草、象草那般，嚼碎了，兌上一些稻皮穀糠，便可以養豬了。

陳寧寧正想著，陳寧信突然拉住她的手臂說道：「妳該不會想拔些草種回家去吧？」

陳寧寧似笑非笑地看向他，又說道：「我其實是突然想買下這座山了。」

寧信就如同炸毛貓似的，瞪著圓圓的貓兒眼，回頭看向陳寧遠。「哥，你快管管我姊，她又要生事了！」

陳寧遠一時也愣住了，只是再一看向陳寧寧，卻發現她那雙眼睛亮晶晶的，滿臉都是從容，甚至還帶著幾分小驚喜。

在那一瞬間，陳寧遠突然想起了妹妹衝向軍馬前；妹妹把寸草不生的院子變成了蔬菜園圃；妹妹還把池塘搬進了自家水缸裡……不知何時，妹妹就成了這副模樣。

雖說家逢困境，有著諸多無奈，還壞了親事。可妹妹始終樂觀豁達，從沒把那些困難放在眼裡，反而時不時便造出些驚喜來。正因為如此，就連家裡人也受到她的影響，變得豁達開朗了許多。

陳寧信總覺得他姊姊異想天開。而陳寧遠卻覺得，就算妹妹任性些，異想天開些，又能如何？反正後面還有他這個長兄頂著，也不怕她賠了嫁妝。

陳寧遠開口說道：「當真想買，那就買下吧，反正寧寧喜歡種菜，說不定真能把這座山給種出來。」

陳寧寧那雙眼睛瞬間彎成了小月牙，又說道：「不只種菜，還能養豬哩。」

有了兄長的支持，她的生態小農莊，就在眼前了！

「我看你們都瘋了！」陳寧信難以置信地叫道。

他正要繼續勸說兄長和姊姊，突然聽見前面草叢裡，有孩子在呼救。

「救命呀！來人救救我妹妹吧！」

陳家兄妹也顧不得農莊之事，幾步上前一看，只見一大一小兩個男孩正抱著一個女孩亂成一團。

三人衣衫都十分破舊，旁邊的籮筐裡裝滿了野菜，地上散落一攤嘔吐物。

那女孩看著跟陳寧信差不多大，此時已是手腳發紫，身子不斷抽搐，一看就是野菜中毒了。這要是放在現代，就得趕緊送醫院洗胃。可這種時代，哪來洗胃一說？

人命關天，陳寧寧也顧不得其他，上前問了一句。「吃草吃的吧？」

年紀大的男孩狐疑地看著她，連忙說道：「這草能吃的，我們一直吃都沒事。可是方才香兒嘴饞，吃了點草葉子，不知怎麼就變成這樣了。」

陳寧寧得了準話，便又說道：「你先躲開點，我來救她。」

稍小的男孩連忙讓出地方，年歲大的那個站起身又問道：「妳能治嗎？」

他跟陳寧寧年歲差不多，看她柔柔弱弱的，長相也十分秀麗，一看便是大家出身的小姐，實在不像是會治病的。可偏偏此時陳寧寧一副鎮定自若的樣子，倒像是有幾分見識。

此時，陳寧寧又對弟弟喊道：「寧信，你過來幫我托著她。」

她一叫，陳寧信便過來幫忙了。

誰也沒想到，陳寧寧居然直接把兩根白皙的手指探進女孩的喉嚨裡。

年歲大的男孩從未見過這般治病的，頓時有些急了，連忙說道：「不要亂來！」

陳寧遠卻攔住他，淡淡說道：「你妹子如今性命關天，現下也沒別的辦法。不如讓我妹妹試試，至少還有一線生機。」

男孩見妹妹難受得厲害，頓時急紅了眼，又粗聲粗氣地說道：「我家可就香兒一個女孩，若她出了事，定然不會放過你們的！」

陳寧寧心想，果然不論古今，都有不明事理的家屬。也不去理他，繼續幫香兒催吐。

很快，香兒果然陸續吐出些野菜來。

陳寧寧又反覆摳了好幾次，直到女孩再也吐不出東西，這才罷手。

此時，她身上那件乾淨的裙子早就髒得不像樣。她也不甚在意，反而拿出竹筒，送到香兒嘴邊說道：「妳先漱漱口。」

香兒已經慢慢緩過來了，一口水喝進去，只覺滿口甘甜，差點直接嚥了。

還是陳寧寧說道：「先漱乾淨嘴裡，再喝。」

香兒臉一紅，到底漱了幾次口，總算乾淨了，這才大口大口喝起水來。她只覺得那水像是放了蜜糖，十分爽口甜蜜。

陳寧寧輕輕地拍了拍香兒背，讓她舒服些。她分明比香兒大不了幾歲，可眼神卻十分溫柔，看著香兒倒像看著孩子一般。

一時間，香兒有些不好意思了，連忙推開竹筒，小聲說道：「我已經沒事了，多謝姊姊救我性命。」她的嗓音啞得厲害，精神卻恢復了。

陳寧寧又說道：「無妨，妳再多喝些水吧。」

這水中兌了神仙泉，或多或少都對她有些好處。

第十一章

這時，那兩個男孩也圍上前來，大的那個忍不住問道：「香兒，當真好了？」

小的那個已經哭得滿臉眼淚。「爹怕是糊塗了，這野草不能再吃了。可恨那少東家黑心，騙走了糧食和菜，還要賣咱們莊子。往後，咱們可怎麼活？」

大的那個橫了他一眼，也不說話。只是上前又幫妹妹細細檢查一番，見她真的沒事了。這才紅著臉跟陳家兄妹道歉。

陳寧遠沒想同他計較，便隨口安撫幾句。

陳寧寧則是往那筐子裡看了看，又開口說道：「我在書上看過，都是能吃的野菜，只是必須煮熟了再吃。切不可生食。」

大點的男孩又問：「妳是大夫？」

陳寧寧搖頭說道：「我只是閒來無事看過幾本閒書。但凡吃了不好的東西，想辦法吐出來，吐乾淨了，便還有救。這次也是冒險一試。」

男孩點了點頭，又連忙說道：「妳的恩情，我曲家記下了。」他自知方才魯莽，又連連給陳寧寧道歉。

陳寧寧也沒了去看莊子的心思，便先回家去了。

等到了家，陳寧信的小話簍子總算炸開了，纏著陳寧寧，一直勸說。「姊，妳可千萬別買下那莊子。妳看那幾個孩子就十分古怪，他家大人指不定多野呢！就算妳想養豬，在家養也行。回頭在後院蓋個豬圈，大不了，我每日幫妳打豬草就是了。」

只可惜任由他磨破嘴皮，陳寧寧也不為所動，甚至開始著手準備飯菜了。

陳寧信一看，沒辦法，又回過頭去說道：「哥，你倒是幫我勸勸我姊，花二百兩買座荒山不算，那莊子還有十幾二十口人等著吃喝。那些人誰知什麼品性呢，我姊應付得了嗎？何況山上又不出糧食，這一年要花費多少銀子？糟蹋錢也不是這樣的。」

可惜，陳寧遠自從病好後，便一門心思縱容妹妹。甚至開口說道：「就算是野人，我也有的是辦法整治他們，那些人不足為慮。」說話時，他面上似笑非笑，眉宇間卻帶著幾分陰狠。

陳寧信頓時被這兄妹倆氣得不行，賭氣說道：「我告訴爹去。」說罷，他便跑走了。

陳寧寧卻忍不住笑了起來。

陳寧遠這才開口問道：「寧寧是真想買下半山莊子？」

「嗯，若沒搞錯，那是座寶山，只是那些人不會打理，落在我手裡，定然能把它照顧好。」寧寧正色說道。

陳寧遠見狀，便點頭說道：「罷了，我幫妳去和咱爹說去。」

陳寧寧頓時樂了，有哥哥幫忙，這事算是成功大半。

「那就謝謝大哥了。」說這話時，陳寧寧那雙眼睛瞇成了小月牙，竟是說不出的稚氣可愛。

陳寧遠見了忍不住想：我家妹妹就當如此快意灑脫，想做什麼便做什麼。之前已經夠委屈她了，如今何必再用世俗那一套束縛她？至於虧損的開銷，他再想辦法就是。

另一邊，陳家兄妹離開後，兩個同樣衣衫襤褸的人飛快地衝下山來。

其中一個面黃肌瘦的中年男人說道：「這麼多年，就養出這一株血牛筋，難道今日便要用了它？不如我另想法子，給香兒解毒。」

跑在前面、滿頭花白的老頭大罵道：「就憑你那三腳貓的醫術還能解毒？如今再不用這根草，你女兒命都快丟了。想要草你再種就是，我還沒怪你毀了一大片田呢！」

面黃肌瘦的男人聽了這話，眼圈都紅了，又說道：「那不然先用小半株，小半株草就夠了。香兒小孩家家吃多了，克化不開，反而是個禍害。」

老頭又罵道：「這草若當真像你說的那般靈驗，能解百毒，能健體延壽，給你閨女吃怎麼了？你再這般，回去就讓我女兒跟你和離。以後你就跟著那些爛藥草過吧！看誰再給你找吃的。」

男人到底沒敢言語，只是又想到這株他辛苦培養出來的血牛筋，卻仍是忍不住落下淚來。可惜，他一直靠岳丈幫襯過活，在老人家面前，不得半分尊嚴。如今就連他自己的東西，他也做不了主。

誰承想，等這兩人趕到時，卻見那三個孩子活蹦亂跳的，已然沒事了。

他家的香兒正坐在一旁，捧著竹筒喝水呢。

男人和老頭幾步上前，忙問道：「怎麼回事？小石頭不是說，香兒中毒了嗎？」

大點的男孩說道：「香兒剛被一位姑娘救下，把她吃下的草從喉嚨裡摳出來，香兒便沒事了。」

面黃枯瘦的男人也就是香兒的爹，先是念佛道：「佛祖保佑，我閨女總算平安了。」他那株血牛筋總算保下了。

過了一會兒，他才擺出嚴父的尊嚴罵道：「你們怎麼這般胡來？我早說了這山裡野草不能隨便亂吃，回家給我看了才許你們吃。你們偏偏不肯聽。還有那姑娘怎麼那般奇怪，我再幫香兒把脈診治一番。」

正說著，他便被香兒外公，也就是頭髮花白的老頭狠狠拍了腦袋。

老頭罵道：「我打你個掉書袋的呆子，死讀書的榆木腦袋！若不是你這般呆板，哪裡就淪落到這般田地了？」

香兒爹沒敢再說話。

香兒外公問道：「蒲哥，你可問了人家名姓？他日我們定要登門答謝。」

香兒哥哥菖蒲搖頭道：「他們沒說。」

香兒弟弟青蒿突然開口說道：「我認得他家那小兄弟，叫作陳寧信，是陳秀才家的小兒子。他家得罪了城裡的財主老爺，如今被整治了。我常見寧信跑去河邊撈些魚蝦。說是他姊燒得一手好飯，那魚做得可好吃了，香味都能隨風飄二里。方才救下我姊的人，便是他姊姊。都是做姊姊的，這差別也太大了。」

外公直接忽略了外孫的滿腹哀怨，拍板說道：「原來是陳家。既然這般，以後少不得還他家的恩情。」

與此同時，王生平被抄家後，陳家沒了心頭大患，生活仍是一如往常。原本這與馬俊生並不相干，壞就壞在，這人喜愛極了陳寧寧的美色。

見面之後，久久不能忘懷。

當日，他姑姑也曾勸過他，先把陳家姑娘聘下來。可惜馬俊生太會算計得失，生怕陳家連累他，因而拒絕了姑姑去說媒。如今陳家沒事，馬俊生又剛好撞見王家被抄家的現場。於是二話不說，跑回家託了他母親，去姑姑家說情。

只可惜，他母親回家後，便垂頭喪氣地說道：「你姑姑說了，如今怕是晚了，二牛村那邊也得了消息，如今許多青年才俊都想去陳家說親呢。我也按你的話又再三請託，你姑姑這才過去請陳夫人過來同我見面。誰承想陳夫人沒來，他家長子來了，站在院中對我說道，你無才無德且秉性欠缺，不堪為他家女婿，叫我們不要再去了。」

馬俊生聽了這話，氣得直拍桌子，又罵道：「那陳寧遠居然好了？他也不過是個秀才，還被奪去功名，身分還不如我。他哪來的臉看不上我呢？」

馬母搖頭道：「你可不知道，那陳家如今大半都是陳寧遠做主。這人古怪得很，那兩眼看人都有些可怕。你姑姑說，也不知道那天你說了什麼得罪他的話，陳寧遠還曾拿竹子趕你。如今他又哪會把妹子許給你？兒呀，你就死了這條心吧。娘再想辦法給你說個貌美又賢慧的姑娘。」

馬俊生狠狠罵道：「陳寧遠此人，竟如此狂妄，簡直混帳透頂！」

他覺得陳寧遠當日肯定是裝傻愚弄他，如今又存心侮辱他，頓時氣得火冒三丈。

到最後，卻也只能安慰自己，陳家就算從前是個鄉紳土財主，如今被王家整治得早已大不如前，也就跟他家境況差不多。

陳寧遠如今連秀才都不是，也不能再考取功名。倒不如他先好好讀書，有朝一日，金榜題名，好教那陳姓女子落到他手中。到那時候，便讓她做個妾室，然後讓陳寧遠跪著來求他。

馬俊生越想越美，在家裡摔盤子砸碗，鬧了一場，竟大徹大悟，決定發憤圖強，用功讀書了。

甚至他還謀劃著，去青山書苑讀書。

其實也不只馬家，二牛村那邊早已鬧開了鍋。

倒楣的文婆子自從知道劉寡婦算計她，就氣得大病一場。文秀才幫她請醫治病許久，總算有了起色。

這一日，她也是閒來無事，又想去聽那些多嘴多舌的村婦吹捧她，便拿了衣服跑去河邊漿洗。

誰承想，剛到河邊，就聽那幫長舌婦人正議論著。「如今那王老爺被抄家了，陳家算是熬出頭了。他家小閨女品行好，人孝順，還燒得一手好菜，如今又有五百兩銀作嫁妝，方圓幾十里的才俊都在找媒人呢，寒酸一點的都不好意思上陳家提親。」

「我也聽說了，那東村的馬秀才，只因為跟陳寧遠口角過，如今來提親也被陳家拒絕了。」

「這當真是一家女百家求，也就文家那婆子缺心少肺的倒楣蛋。這麼好的閨女她竟不要人家。如今倒要看看那婆子給她兒子娶個什麼天仙回來。」

「娶什麼天仙？妳沒聽說，文秀才倒是個孝順的，為了給他娘治病，把家底都花光了。之前到處借錢，卻因為他老娘品行不端，根本無人願意借他，生怕他賴帳。文秀才沒辦法，只得把家中田地都給賣了。這要是沒跟陳家退婚，陳家姑娘肯定會來幫他。說起來，這文婆子也是自作自受。」

文婆子一聽這話，頓時氣得兩眼翻白，昏死過去。

後來，還是一個好心的婦人找人去喊了文秀才來。文秀才把他老娘帶回家去，又少不得請村中大夫過去看。

大夫只說：「你娘是心病，就算再給她吃藥也是白白糟蹋錢，你不如勸她多寬寬心。省得隔三差五就病一場。普通農戶人家哪供得起？何況你還要讀書。」

文秀才感念大夫跟他說了實話，卻也無可奈何。

到了半夜，文婆子醒了，又大哭一場，非說要去陳家，給他們下跪，無論如何也把這門婚事再說回來。不能任由他們這般被人算計，實在太冤了。

文秀才聽了這話，用力攥著他娘的手，鐵青著臉，半晌沒有說話。最後才咬牙切齒說道：「娘，您要鬧就留在家裡鬧吧。求您給兒留點顏面，別讓我無顏面出門見人。」

文婆子聽了這話，用被子捂住腦袋痛哭一場，大喊著。「老天，我這是造了什麼孽呀！」

然而，這次她兒子卻再也沒有勸慰她。反而回到自己房中枯坐，久久沒有言語。

青山書苑招生，馬俊生便去報考了。

他一貫有些小聰明，又跟書生們交好，花了些心思，便把各個考官的性格偏好，擅長文章打聽了個清楚。而後再去考試，他竟有了九成把握。

馬俊生覺得自己一直運氣很好，這次定能考中書苑，找最好的先生學習，然後考中舉人，一路飛黃騰達。他甚至已經開始與那些書苑的學生往來。

這人向來好眼色，又是個會奉承的。短時間內，竟跟那些學生混熟了。大家都把他當作未來同窗看待。

因緣巧合之下，馬俊生又結識了陷害過陳寧遠的那位舉人徐丁卯。

如今，在潞城，但凡有點氣節的文人都不願意與徐丁卯往來。之前他藉了王老爺的勢，與一些官老爺搭上關係，可如今王老爺被抄家了，那些官老爺生怕被連累，就連徐丁卯也都不再理睬。

徐丁卯身邊越發清冷起來，為了壯大聲勢。他便開了一次茶會，要以文會友。

那些珍惜名聲的書生，自然不願意來。反倒是馬俊生跟陳寧遠不對頭，又想來藉徐丁卯的勢，便來了。

席間都是勢利眼、貪婪短視之徒，反倒顯得馬俊生這個秀才看起來多了幾分真誠。

一來二去，馬俊生便得了徐舉人的青睞，兩人便成了知己好友。

就在馬俊生想著如何透過徐丁卯的關係獲利時，突然收到一個消息。「徐丁卯被官府抓了，要審他被王生平收買，在考試中陷害同窗之事。」

馬俊生頓時嚇得連夜奔走回家，生怕此事牽連到自己。

一連在家中躲了幾日，方敢出門探聽消息。

原本打好關係的那些人，對他攀上徐丁卯，聽到壞消息又躲起來一事頗為看不起，冷冷說道：「你沒考中我們書苑，先生們覺得你德行有虧，不配來我們書苑讀書。」

馬俊生聽了這話，忍不住倒退幾步，跌倒在地。

旁邊的書生又說道：「你理他做什麼？人家早就做了徐舉人的好友，未來前途無量。哪裡還願意做我們的同窗？」

「罷了，不提這事了。聽聞掌教今日要去拜會陳先生，可是真的？」

「說是要把先生請回來。這些日子，真是苦了陳先生。如今徐丁卯被抓了，也不知陳寧遠能不能平反？」

眾人說起陳家之事，或多或少都有些義憤填膺。

馬俊生卻是驚懼交加，最後，竟忍不住一口老血噴了出來。

他又怎能甘心？他還要高官厚祿、嬌妻美妾呢！他這一生定要比陳寧遠強！

這些日子，院子被陳寧寧規整得像世外桃源一般。陳父置身於其中，整個人都變得超脫了許多。同時，他也感嘆於女兒種植造園的好本領。

長子跟他說起，陳寧寧想買下半山莊子的事。他竟忍不住設想，那棟經名家之手打造的園子，到了女兒手中又將會變成何等模樣？他甚至還有些迫不及待了。因而根本就沒有生出制止女兒買園子的念頭。

倒是二兒子陳寧信又勸說道：「若要買了那園子，少不得還要養活莊上一、二十人。這些都是嘴，都等著吃飯呢，要花多少銀子？」

雖然女兒也說了她很有把握，讓那些人自給自足，甚至還能賺錢。可陳父卻覺得，他若是還能有個活計貼補家用開銷就好了。只可惜，他丟了書苑那份差事。

正想著，卻見陳寧遠帶了人進來，上前說道：「爹，徐掌院來看您了。」

陳父連忙起身相迎，徐掌院卻上前說道：「無妨、無妨，漢卿，你我本就是多年的至交好友，大可不必如此多禮。」

本來陳父是想把貴客讓進書房說話的，不想徐掌院實在愛他家花園中的景致。

於是，陳寧遠便在竹亭裡擺上茶和點心招待。

徐掌院本就是個見過世面的風雅之人，坐在亭中，竹椅之上，舉目四望，只覺得陳家這園子處處別致。單拿出一處細看，又別有一番滋味。再低頭一看，就連陳家的糕點，樣式也頗為新鮮。倒像是他曾經吃過的老字號福記綠豆糕，卻又不大相同。

徐掌院一時興起，忍不住拿起一塊放在口中嚼了嚼，頓時滿口軟糯，甜而不膩，香味含蓄悠長。

他本就是個好甜的，只是此項喜好，從來不願意露於人前。這次實在不能忍了，他接連吃了紅黃綠三種顏色豆糕，竟各有獨到美味，便忍不住問道：「陳兄，你這點心是從哪家鋪子買的？實在難得。」

陳父聽了這話，便搖著摺扇笑道：「哪裡是買來的？是小女看了《吳氏中饋錄》，從中學做的點心。綠色是綠豆，黃色是豌豆，紅色是紅豆。徐掌院若是喜歡，不如帶些回家中去吃。」

徐掌院一邊說著慚愧慚愧，一邊把陳寧寧誇了一通。陳父聽了心中高興，便又帶著他去觀賞自家園子。

徐掌院也著實喜歡園中景致，當他聽到滿園的綠植都能吃時，更是一臉吃驚，直誇陳家千金實在賢慧能幹，再看到那觀景魚缸時，掌院更是喜歡得不行。

陳父又特意跟他說了水缸的造景之法。

徐掌院聽得越發新奇，心中暗嘆：陳家姑娘著實難得，分明是為了給家中省錢，竟也能想出這麼多妙處來。只可惜他家獨子已然訂親，不然聘了陳家姑娘，豈不是件美事？

徐掌院暗自唏噓不已，又慢慢跟陳父說明了自己的來意。

原來上任掌院牽涉到王生平一案中，如今已被革職。他接任掌院後，便同各掌教商量，想請陳先生回去做教習，為了彌補之前的損失，陳先生的待遇也會有所提高。

陳父本來也就很喜歡教職工作。若是從前，他也曾想過帶著孩子讀一輩子聖賢書，平生足矣。若是能親手啟蒙出個狀元，那便功德無量了。只是經歷了長子被陷害一事，他才明白世事無常，並不是所有事情都能如人所願的。

讀書不只能使人明智，考場也有可能是害人之所。

一時間，陳父猶豫著，不知該如何回答。

好在徐掌院不急，讓他好生考慮。兩人又繼續觀景閒聊，如同許久不見的知己好友。

徐掌院對缸外的架設、缸裡的魚和佈置的山石也都十分感興趣。

陳父又興致勃勃跟他講述了一番，又指著那魚說道：「小孩子貪玩，我家小女是在河塘裡發現的小魚，非說這魚漂亮吉利，便撈回來養在缸中了。倒也湊趣好看。」

徐掌院便點頭說道：「的確很好看。」

陳父見他喜歡，便撈了一條好看的小魚，放在茶碗裡，並在碗中添放了河沙和幾根水草，竟也變成了一個小小掌中缸。

徐掌院看了十分有趣，又說道：「還是盡早放回去吧。若是死了，反而不美。」

陳父搖頭笑道：「不妨礙，小女也經常這般賞玩。」

兩人又聊了許久，待到差不多了，徐掌院才坐上車，回家去。

到家的時候，他手裡還小心翼翼地捧著一只掌中魚缸，竟像是捧著一個新奇有趣的寶物一般。

家中下人想接手過去，他都不肯。

這時，管家突然上前說道：「老爺，有貴客登門，已經等您許久了。」

「何人？」徐掌院抬頭問道，手裡仍是捧著那掌中缸。

突然有人在院中說道：「是我，徐大人真是叫我好等。」

聽了這聲音，徐掌院手中一抖，差點把那茶碗砸在地上。他也顧不得其他，連忙把那碗小魚交給手下，幾步走進院中，深施一禮，恭恭敬敬地說道：「屬下不知九王爺駕到，未曾遠迎，還請王爺恕罪。」

九王淡淡地看了他一眼，沈聲說道：「不知者不怪，如今有要事與大人商量。」

徐掌院連忙說道：「還請王爺移駕書房。」
九王點了點頭，一邊走，又隨口問道：「不知今日徐大人去了何處？」
徐掌院不敢欺瞞，便把去了陳家一事，三三兩兩簡單說了。本以為貴人不會對那山野人家感興趣，卻不想那人又問道：「喔？這麼說來，他家千金是極會養花種菜的？」
徐掌院一時摸不著頭腦，只能點頭說道：「想來的確如此。」
九王沒再多問，徐掌院便覺得他只是一時興起。
兩人來到書房，這才開始聊起正事。
九王又問起了草藥之事，徐掌院連忙說道：「我已派人多次去霍家，那霍家獨子自幼纏綿病榻，的確是偶然得了仙草，這才治好了病症。只是任由他家再往二牛山上跑，想再尋那仙草，卻已經尋不得了。我花費重金，也只從他家買到了仙草的畫像以及一些零散種子。那種子到底是不是仙草，卻不能分辨。」
說罷，他便打發下人，把畫像以及種子都拿了過來，當場上交給王爺。
九王看著種子，又看了兩眼畫像，良久沒有言語。過了一會兒，才開口說道：「聽聞你從陳家帶來了新奇玩意，不如拿來我看。」
「這……」前言後語完全不搭，讓徐掌院很是迷糊，也沒辦法，又連忙打發人把那掌中缸，以及從陳家帶回來的點心都拿了過來，擺在王爺面前。

沒想到王爺看了那小碗兩眼，只冷笑了一聲，卻接連吃了幾塊點心，又淡淡說道：「也不過如此。」

徐掌院突然想到之前那段傳聞，連忙問道：「王爺可認識那陳家小姐？」

九王淡淡說道：「不過一面之緣。」

徐掌院滿肚子疑惑，一時竟接不上話來。

卻聽王爺又吩咐道：「你往後多注意他家境況。」

「是。」

第十二章

幾日後，陳父到底還是決定接受徐掌院的邀請，繼續回青山書苑教書。這事，又在二牛村引起了一陣轟動。四處皆傳，說陳家幾乎是全面恢復了。

一時間，越來越多的媒人登門，想幫陳寧寧說一門好親。陳母熱切地接待了她們，只是如今女兒的婚姻大事，她也不敢隨便做主。

這種時候，便輪到陳寧信出手了。他總能找到一些管道，打聽出男方種種錯處來。回頭再跟父母一說，那門親事十有八九便不成了。

為此，陳寧寧沒少誇讚弟弟，小小年紀，竟如此可靠。可她卻不免開始琢磨，還是早早想個萬全之策，脫離這樁麻煩事才好。

再說陳寧信，小小的年紀總有著操不完的心。除了姊姊的親事，他還要擔心半山莊子的事。因為也不知家裡人怎麼想的，居然都昏了心，全體支持姊姊買莊子。

陳父說：「以後為父便要去教書了，家中又添了進項，大可以填補那莊子的虧空。」

父親簡直就是不當家，不知柴米貴！那麼多人哪那麼容易養活？那塊土地根本長不出莊稼，那些佃農都在吃草呢。

陳母則是笑咪咪地攏著陳寧寧的頭髮，對寧信說道：「先前咱們院裡也種不出東西。你姊接手後，如今又如何？都變成花園了，還能有菜吃。那半山莊子想必就缺個你姊姊這樣懂種植的。何況寧寧也說了，她讀了許多書，看出那座山是塊風水寶地。寧信你在村裡打聽著點，我們找個合適的機會，先把那莊子買下來再說。」

不知何時起，娘居然變成這般模樣。好似只要姊姊說的話，她都要跟著搖旗吶喊似的。再看向長兄，卻發現他身上帶著一股凡事有我撐著的氣場，渾然不擔心。

陳寧信忍不住心想：哥，你怕是病還沒好吧？

他不死心又勸了幾回，父母兄長卻都一口咬定，買，買，買！

陳寧信無奈之下，只得死盯住那莊子，想以最低價拿下來，能省下一筆是一筆。

為此，他沒少打聽消息。

陳寧信小小年紀，便自覺扛起了家中經濟重擔。他蹲在一幫半大小子中間長吁短嘆，竟如同小老頭一般。也就在這時候，他又見到了半山莊子裡，名叫青蒿的小男孩。

那小孩生得虎頭虎腦，本就讓人印象深刻。也是因為上次陳寧寧救了香兒，兩人混了個眼熟。

青蒿也是來抓魚的，初時並沒想跟陳寧信打招呼，形單影孤的，用的工具也十分古怪，竟是一根削尖頭的木棒。

初時，村中的孩子都不願意理他，那孩子既不上前，也不搭話。陳寧信見他有些可憐，便主動拉著青蒿一起玩。他一貫是個好人緣，其他孩子便也沒反對，一來二去，兩人便混熟了。

陳寧信又從青蒿那裡，打聽了許多資訊。比如半山莊子二百兩已經算是低價了，從前造莊子的價錢都不只四百兩。只是很多人興沖沖來看莊子，可到莊上一看，便歇了心思，再也不願意買它。

主家又急等著用錢，這才一再降價。

陳寧信心中暗道：如此說來，更該讓姊姊也去那莊上先看看。說不定，她反倒醒悟過來，決定不買那莊子了。

陳寧信也算是個行動派，便跟青蒿說想去他家裡看看。

青蒿瞪著圓滾滾的眼睛，撲閃撲閃看著他，很快便點頭同意了。

回到家中，陳寧信跟陳寧寧說了，打算到半山莊子去找他的新朋友青蒿玩耍，還問陳寧寧去不去。

陳寧寧也正好想去探探那莊子的深淺，便點頭答應了。正好她這幾日磨豆子，又做了不少豆餅、豆糕，便包好了帶上做禮物。

陳寧信眼巴巴看著姊姊裝了那麼多好吃的點心，心中暗叫一聲：虧了，這次可虧大了！

只盼著姊姊真能放棄，好省下買莊子的錢。

姊弟二人收拾好，便出發了。原本陳寧遠覺得不放心，想跟著他們一起去。可他已經跟人約好了，要去打聽殷家軍的事。

陳寧信便說：「大哥放心，青蒿外公就是那裡的莊頭，大小事情，全由他做主。如今我跟姊姊去他家，定能護我們平安。」

陳寧遠這才答應了。

一路上無話，陳寧信姊弟倆很快就上了山，又走到那片象草叢前。卻見青蒿和他哥哥菖蒲以及香兒正等著他們，背簍裡早已裝了不少野菜、蘑菇。

一看見他們來了，青蒿便衝上來對寧信說道：「總算等到你們了，外公說了要請你們吃好的，今兒由他做主廚，中午都沒讓我吃飯。走吧，快些跟我們回去。」

陳寧信看著筐裡那些草，暗道：虧得姊姊有先見之明，裝了不少點心。到時若吃不下草，也可以吃點心充饑。

因而笑咪咪地摟住青蒿說道：「好，快些去吧！」

青蒿又給他兄妹和陳家姊弟做了介紹。

原來香兒也有正式名字，叫作曲沉香。

陳寧寧心中暗道，這一家人倒有趣，都是用藥材做名字。

香兒本就感激陳寧寧前幾日救她性命，此時又見姊姊性格這般溫柔隨和，於是便上前握住了她的手，嘴裡直叫姊姊。

兩個女孩很快便聊在一處。

香兒說：「姊姊別看這些草這樣，吃起來其實很美味。」

陳寧寧點頭說道：「我對種菜也有幾分瞭解。這種野菜熬粥十分好吃，拿來做餡料更是極品。」

香兒聽了這話，拍手說道：「姊姊果然有見識，不像村裡那些女孩都以為窮得解不開鍋才吃草，卻不想他們錯過了難得的美味。」

陳寧寧又看了香兒兩眼，這才發現她生了一張蘋果臉，渾身上下都有些圓潤。雖說穿著一身破舊衣服，可單看這氣色，實在不像是窮得吃不起飯的模樣。正想著，卻見香兒隨手從樹枝上摘了一顆野果，就要往嘴裡塞。

菖蒲本來還覺得尷尬，也不好意思跟陳寧寧說話，卻一直暗中注意著妹妹的動靜。此時一看她又要亂吃東西，連忙打掉了香兒的手，又罵道：「前幾日的事妳忘了？娘都罵過妳了，就算嘴饞，也不許往嘴裡胡亂塞東西吃！」

香兒面上一紅，連忙說道：「爹不是說了，要好好幫我調理身體。往後我想吃啥便吃啥，再不用提心吊膽的。更何況我不過摘了一棵野梨子，這在家裡時也能吃呀！」
菖蒲忍不住說道：「咱們爹的話可信嗎？他那半吊子醫術，能救得了誰啊？毒死人還差不多！」
香兒頓時無語。
正在這時，青蒿突然開口說道：「輕一點，那邊草叢裡有動靜，應該是咱們套著活物了。」
陳家姊弟被嚇了一跳，卻見青蒿幾步跑進草叢裡，不大會兒的工夫，便提著一隻肥兔子走了出來。他笑嘻嘻地說道：「寧信，又加餐了，回頭我讓外公烤了，肯定很好吃。」
陳寧信一看那大肥兔子，便有些傻眼。
這莊上的人不是都快窮死、餓死了？怎麼隨便就能套隻兔子打牙祭？
他不死心，跟著菖蒲又鑽進林子，卻見菖蒲手腳靈活地又下了一套子。用草繩打的繩結也十分古怪，並不是平日裡常見的。
菖蒲也沒想瞞他，瞥了陳寧信一眼，便說道：「這山裡雖然不容易長糧食，可這活物倒也不少。上次來看莊子那人半路上遇見一頭野豬，被追得滿山跑，嚇破了膽子，便再也不來了。」
陳寧信心道：有野豬，你們兄妹還到處亂跑？

他正想著回去跟姊姊告一狀，菖蒲似乎看穿了他的想法，又咧著嘴說道：「我們兄妹從小野慣了，不怕這些野物。你放心，我們兄妹自會護你們安全。」

陳寧信聽了越發覺得這些人古怪。好像是不小心上了賊船？

菖蒲很快用草繩綁好兔子，扔進背簍裡。幾人很快便來到了半山山莊。

陳寧信近前一看，才發現這莊子遠比他過去看過的最好房子更加氣派，有四、五進的樣子。

只可惜許久無人居住，便顯得有些破敗，門前長出了許多雜草，門也顯得有些老舊了。不過，那也不像是二百兩銀就能拿下的。

正想著，青蒿又喊道：「寧信，快跟上！」

陳寧信這才小跑過去，跟著青蒿一路進到後門。推門出去，這才看見一排排整齊的平房院落，居住著許多人家，竟像是一個小型村落。

一群孩子正玩著遊戲，他們穿著粗布衣衫，卻都乾乾淨淨，和青蒿兄妹截然不同。

倒好像這莊頭家的人反而是最窮的。

陳寧信正胡思亂想著，卻見他姊姊也正四處打量。只不過，陳寧寧大半注意力都放在院裡的植物上面，眼睛瞪得大大的。

這據說什麼都不長的土地上，居然有人在院裡養著牡丹花、富貴竹一類富貴人家才會精心培育的花卉，甚至還在自家小院裡造景？

再看這裡的住戶，雖說各個神情冷淡，甚至都沒人抬頭看他們一眼。

可這些人行為舉止，都或多或少有些特別。其中一個村婦打扮的女人，正在教幾個女孩刺繡。單單那幾個小學徒的繡工，都比潞城最好的繡工還要好。

陳寧寧突然想起弟弟曾說過：「這些人都是帶罪奴。」

這時，一個瘦瘦高高的青年已經開門，從院裡迎出來，一見他們便說道：「菖蒲，你們總算回來了，外公的豬都快烤好了。」

「就來了！」菖蒲一邊說著，一邊帶著他們走進院中。

陳寧寧很快便聞到一股竄鼻的肉香味，又聽一位老人家豪爽地喊道：「貴客來了，落葵，開封吧。」

隨著他一聲號令，剛剛迎他們進來的青年已經幾步上前，在一位美貌婦人的幫襯下，打開了地窖土灶，把一口烤得金燦燦的豬提了上來。

一時間，滿院子都是濃郁誘人的肉香味。陳寧信呆呆地看著那具外皮焦黃，通體紅豔豔的烤豬，頓時便沒了言語。按理說，他姊姊也算是個巧手廚娘，在家中也極會整治飯菜，平日也不曾在嘴上虧待過他們。

可這一日，見到這麼一頭香噴噴的烤豬，陳寧信忍不住瞪圓了眼睛，只想流口水。

他心中暗嘆：這山中窮苦人家的宴席，未免也太奢侈了！

反倒是陳寧寧還算淡定，面上只是多了幾分好奇。這還是她第一次親眼看見有人用真正的古法烤豬。原來，古時候便有人這麼烤豬肉吃了。

這時，那嬌小的美貌婦人已經迎上前來，對陳寧寧說道：「貴客就是香兒的救命恩人吧？上次多虧妳救小女一命，我們全家實在不知該如何感謝才好，這才設下宴席，貴客請隨我上座。」

陳寧寧連忙說道：「不過舉手之勞，夫人實在太客氣了。」

陳寧寧雖然穿著打扮都十分考究，很像那種深閨女子，可實際上她性格卻出人意料的痛快灑脫，完全沒有扭捏之氣，卻又帶著一股說不出的從容沈穩。

香兒家姓曲，嬌小的美貌婦人正是她母親。

一照面，曲母便覺得兩人性情相投，遂拉著陳寧寧上了席面。

這曲家是招了上門女婿，因而曲母才是一家之主。反倒是曲父與孩子們坐在一處。開始時，陳寧寧還想著今日只有他們姊弟兩個來才做如此安排。後來才發現並非如此，而是曲父在家裡完全沒有地位。

很快，那口烤得外皮金黃的豬便被抬上桌來，曲家外公手持一口帶著環扣的大菜刀，上來一陣猛劈，瞬間便把豬分成了好幾塊。

不只是陳寧信，就連其他孩子也瞪圓了眼看著。外公一刀刀把各部位豬肉用不同刀法切了，裝進盤中。

這時，曲父又端來豬骨頭野菜湯及一盤豆餅。就連剛剛那隻野兔也被端上了桌。

這年月，還真沒有人敢這般吃肉。

好在陳寧寧很放得開，既然是來誠心赴宴，便沒有半點扭捏。與曲家人說話聊天都是一派隨和自然。特別是與曲母聊得十分投機，曲家其他人也十分自在。

陳寧信也沒想到，姊姊居然這麼好口才。好在有青蒿陪伴著他，倒也不會無聊。而且，他很快便被曲外公的烤豬肉給打動了。

那豬肉外皮酥脆，嚼起來咯吱作響，裡面的肉卻十分軟嫩，還裹著一層油脂，吃起來別有一番風味。他一開吃，就再也停不下來了。

青蒿也在一旁說道：「以往外公只有過年才會做烤豬，這次倒是託了你們的福氣，寧信你多吃些吧。」

陳寧信已然顧不上說話，只一逕的往嘴裡塞肉。再抬頭一看他姊，此時正笑得如沐春風。她似乎也吃了豬肉，卻似乎沒有完全被這肉香所擄獲。

這時，又聽曲外公開口問道：「聽聞陳姑娘擅長種植，老朽倒想請教一下，我們這莊上田地雖多，水卻上不來，不知姑娘可有什麼良策？」

陳寧信聽了這話，差點被肉嗆到，卻聽他姊姊不緊不慢地說道：「這裡土地乾燥，種黍米比種稻子要好些。」

話音剛落，那曲家長子落葵便開口說道：「黍米產量比稻米低很多，稻米尚且收不了多少，如今誰還敢種它？」

陳寧寧看了他一眼，淡淡說道：「若是尋常土地，鄰近水源，土壤濕潤，自然種稻收成會更好些。可黍卻是極耐旱的，就算土壤乾燥，它也能生長得很好，且產量十分穩定。這莊上的土地與其種稻米打不出糧食來，還不如種黍米能穩定收成。」

「這……」落葵一時無話可說。

陳寧寧又說道：「況且依我看來，這座山上到處都是寶，養殖牲畜倒比種植更好些。」

陳寧信聽了這話，嘴裡的肉就掉出來了。他心中焦急地暗道：姊姊糊塗了，怎麼什麼話都和人家說呢？

果然，又聽曲外公問道：「姑娘此話怎講？」

陳寧信一個勁給他姊使眼色，眼睛都快抽筋了，奈何他姊視而不見，反而一臉坦蕩地說道：「我在書中看過這山上遍地都是牧草，倘若用那草來養殖，定會有所收穫。」

陳寧信暗嘆，完了，這話若是放出去，這莊子肯定又會漲錢了。不過這樣一來，他姊怕是買不了莊子，倒也是一件好事。

正想著，卻聽曲外公突然大笑道：「陳姑娘果然好見識，不知姑娘想不想做這莊子的主人，親自經營它如何？」

陳寧信驚得筷子掉在桌上，發出很大的響動。

曲外公卻像沒聽見一般，繼續對陳寧寧說道：「早就聽聞姑娘的事，巾幗不讓鬚眉。如今這莊子已然賤賣，可恨那些買家多不擅經營，莊子若落於那些人之手，只會日漸頹敗。如今不妨姑娘把這莊子買下，有老朽坐鎮，莊上之人定會遵從姑娘指令。或種黍米，或養牲畜，定叫這莊子長長久久。」

陳寧信聽了這話，越發吃驚。直到這時，他才想到原來他在和青蒿打聽莊上消息的時候，青蒿也在變著方式打聽他姊姊的事。曲家人早就把他家的情況摸清楚了。

怪不得，他和青蒿一說，青蒿便點頭答應讓他來拜訪，曲外公還特地做了過年才吃的烤豬款待他們。原來這不只是謝恩宴，而是鴻門宴、考試宴。

再一看他姊姊，竟也一臉淡定地說道：「我的確有心想要買下這莊子，妥善經營，做出一番事業。只是，不知這莊上之人可服管教？是否當真能聽我號令，不因我年輕便欺瞞我、誆騙我，陽奉陰違？若真到那時，我能否懲治管教？」

誰也沒想到，這陳寧寧生得這般秀氣，說起話來，也是溫聲漫語，使人如沐春風。可當她認真行事起來，卻多了幾分殺伐決斷，且氣勢驚人。

此時的陳寧寧，通身上下，不見半分弱質女流之氣，反而雙目堅定，目光炯炯。她敢與曲外公這種毛糙壯漢針鋒相對，且不落下風。兩人對峙了片刻，反倒是曲外公突然揚聲笑道：「罷了，若姑娘當真一心為莊子打算，我便遵奉姑娘為主，那又如何？」

話音一落，曲家人不禁大吃一驚。

特別是長子落葵連忙說道：「外公不可，我曲家數代從軍，又豈能如此自暴自棄？」

曲外公卻冷笑道：「曲家早已不再是從前的曲家了，我們代代都是罪奴。」

落葵又說道：「終有一日，朝廷會赦免我們。」

曲外公反問。「什麼時候？」

「這……那也不能輕易認人為主。」說這話時，落葵滿臉都是失落。

「投了明主，又有何妨？罷了，落葵莫再胡言亂語，惹貴客心生不快。」

聽曲外公的話，陳寧寧起身說道：「終有一日，我會把這莊子做成天下第一莊，往後寧全賴曲老爺子相助。」

說罷，她便躬身行禮。

從未見過將來主人給奴僕行禮的，一時間，曲家人反被她嚇了一跳。

最後，還是曲老爺子上前扶起陳寧寧，又朗聲說道：「倘若小姐當真有此宏願，老朽定不負所託。」

說罷，兩人又商量良策。

原來，這曲老爺子之前也是京中武官，只因觸怒貴人，一家子被打入奴籍，又發配潞城。早先，承蒙方家老太爺照顧，一直收留在家中，對曲家從不以奴婢相稱。

後來，建好了半山莊子，方老太爺便讓曲老爺子過來打理。只可惜，曲老爺子半身戎馬，對種地並不在行，這莊子經營得十分困難，全賴方老太爺周濟。

等老太爺過世，方老爺為人厚道，依然願意厚待他們。誰承想方家數代積德行善，竟出了個好賭的不孝子。硬生生把方老爺給氣死，如今還想賤賣了這莊子。

這莊上，多是曲老爺子這些年救助的熟人。也有擅謀略的，便出了個主意，使了些許手段，把那些不成器的買家都給趕走了。同時，也刻意把莊子的名聲給壞了。

如今曲老爺子便想著，他親自去找方老太太說情，直接將莊子賣給陳家。也省得方少爺從中做手腳，藉機抬價。同時，也想著以防萬一。若方家當真有全然敗落的那一日，他便把方老太太接來莊上照顧，權當報恩。

第十三章

討論一番後，陳寧寧自然是答應了。

兩人達成共識，酒足飯飽，陳寧寧便起身告辭回家。

陳寧信一直聽著姊姊與曲外公說話，只覺得眼界大開，也顧不得吃了。

如今姊姊要走了，陳寧信看著滿桌香噴噴的烤肉，頓時又覺得可惜。只是父親從小教他禮教，他也做不出無禮之事，只得恭恭敬敬和姊姊一起跟曲家人告辭。

好在曲母是個伶俐人，一早就準備好了不少烤豬肉，放在菖蒲的竹簍裡，給陳家姊弟帶回去。

陳寧寧沒推辭，大方地向她道謝。兩人一來一往，仍是如來時那般投契。

來時就是曲家兄妹三人接陳家兩姊弟，去時也是這一行人，只是身分完全不同了。

陳寧寧仍如來時那般，與香兒談笑在一處。

兩人本來年紀也相當，似乎有著說不完的少女話題。

陳寧寧說話時，滿臉溫柔笑意，似乎一肚子都是香兒不知道的新鮮事。香兒一邊聽著，兩眼亮晶晶的，心裡好生喜歡。

陳寧信一旁看著，往常姊姊總待在家中，他竟不知姊姊原來這麼擅長與人來往。不論是小姑娘，還是伯母、大姨都對她青睞有加。如今就連那位身材魁梧、氣勢驚人的曲外公，都願意帶著莊子投奔了她。陳寧信越想越覺得這事不可思議。

這時，青蒿卻湊上前來說道：「寧信，你不會怪我吧？」

「啊，有什麼可責怪你的？」看著青蒿那雙圓滾滾的大眼睛，陳寧信暗想：想不到，你竟比我還擅長挖小道消息，輸給你倒也不虧。

青蒿搔著後腦，滿臉不好意思地說道：「我也同外公說過，你其實並不想讓你姊用嫁妝銀子買下莊子。可外公卻說，你姊姊性情溫厚仁意，又擅長種植，難得她又是個聰明人，且有膽有謀。若是她做了這莊子的主人，說不定我們就能吃飽飯了。」

「你們如今有豬吃，有兔肉吃，不也過得挺好嗎？」陳寧信忍不住問。

「那是外公帶人打來的野豬，外公雖然勇猛，可並不是每天都有收穫。莊上那麼多人，光靠打獵能維持多久？如今方家已經不管我們了。到了冬天，野草枯了，動物躲進山裡，我們又如何過活？」說話間，他滿臉都是悲傷無奈。

陳寧信聽了這話，著實有些心驚。

青蒿又說道：「你放心，有我外公在，沒有人敢欺負你姊。若真能像她說的那般，咱們也不求做成天下第一莊子，大家都能有飯吃就足夠了。到那時候，你姊姊也能有更多嫁妝，還有許多人手聽她號令，打架都有人幫忙，難道不好嗎？」

這次陳寧信沒再說話。因為他竟也有些相信了。

或許，他那笑起來像狐狸的姊姊，當真能把那莊子做起來呢？

很快，下了山，陳家姊弟便回家去了。

反倒是曲家那邊，曲父拿出陳寧寧送的點心，小心地打開紙包，又問道：「這是綠豆糕吧？陳姑娘自己做的？」

說著，拿起一塊，放進嘴裡吃下，瞬間瞪圓了雙目。「這怕是比京城賣的還好吃吧？陳姑娘實在大才，不愧是咱爹看中的人！」

曲母瞥了他一眼，說道：「先前你還嫌棄人家亂來救你女兒。」

曲父一臉尷尬，又說道：「爹說得對，她是個有才之人，莊子給了她，倒比給別人好。」

正說著，落葵進屋問道：「外公呢？徐嬤嬤來了，有要事同他說。」

到了內室，只剩下曲老爺子一人，那徐嬤嬤才壓低聲音說道：「曲爺，方才我偷眼看了，你家請來的那位姑娘實在讓人眼熟得緊。回家後越想越不對，特來同你商量。」

曲老爺子聽了這話，雙眉一挑，凝神問道：「妳是說，那陳家姑娘莫非跟宮裡哪位貴人長得相似？徐嬤嬤，事到如今，妳有話直說便是。」

徐嬤嬤緊盯他的雙目，又說道：「老奴來找曲爺，本就沒想瞞您。只是此事重大，容我慢慢與您細說。」

「嬤嬤請講。」

「那位陳姑娘同大長公主年少時，活像是一個模子刻出來的。甚至比現在那位身嬌體弱的郡主還要像上三分。曲爺，您說，前些年公主費盡心思也要找的那個孩子，會不會就是這位陳姑娘？年齡也對上了。」

「這……世上之人，長相相似者也是有的。」曲老爺子說到這裡，突然又想起了村中那些傳言。

陳寧寧的確非陳家親生，而是被陳家抱養的。況且她身上還有一塊寶玉，當日為了給陳秀才治病，賣了五百兩銀。這些事串聯起來，陳寧寧的身分便很可疑了。

曲老爺子也沒打算瞞著徐嬤嬤，便把這些事情都跟她一一說了。

又說道：「說起來，方才席間，我觀她說話辦事，通體氣度，倒與尋常人家的小姐大有不同。她雖年少，性子卻沈穩大氣。甚至一度把我壓了下來。實在讓人忍不住心生佩服。我便決定以她為主，把這莊子交給她打理，也算給大夥兒謀個生機。」

徐嬤嬤連忙說道：「曲爺自然是會看人。這般說來，十有八九便是她了。這也算是老天給咱們留了一條後路。大長公主在皇上面前也是極受尊重的。只是，陳姑娘的身分還待細查。最好先想辦法尋回那塊能證明她出身的寶玉才是。」

曲老爺子皺眉說道：「咱們哪來的五百兩銀？此事還須緩緩謀之。更何況，如今皇子們漸漸大了，太子體弱多病，京城正值多事之秋。若當真能證明她的身分，也不能貿然回京，還需得韜光養晦好一陣。不如留在潞城，慢慢行事。」

徐嬤嬤點頭嘆道：「我們自當先奉她為主，只是陳姑娘身分貴重，曲爺倒要跟莊上那些小子交代清楚，不許人慢待了她。」

她這是已經認定了陳寧寧的身分。

曲老爺子只得點頭道：「我曉得，我會便宜行事。」

徐嬤嬤也同意了。

轉過天來，曲老爺子果然到了方家，見了方老夫人。

那老太太如今年歲已高，常年吃齋念佛，本來早已不管家中閒事。奈何孫子不孝，家業凋零。她也是沒辦法，這才又親自出來坐鎮。

按理說，曲老爺子本來出身高貴，並不是他們方家所能高攀的貴人。可惜一朝落難，鳳凰反倒不如土雞。

當日，老太太也曾問過她老爺。「你又何故要上趕著照顧這些罪奴？」方老太爺便說道：「積德行善，必會為子孫留下福報。」

可惜事到如今，攤上這麼個敗家孫子，方家哪還有福報可言？

不管怎麼說，方老太太還是招待了曲老爺子。

曲老爺子先是彙報了莊上的情況，也說了如今已沒了米糧，請求老夫人支援。若是從前，方家隨手拿出幾十兩銀，倒也痛快得很。可如今她孫兒到處舉債，債主不斷上門。老太太甚至拿出嫁妝，去當鋪典當。這樣一來，莊上的幾十口人如今就變成很大的負擔。

老太太一時沒有言語，只是眉頭緊鎖。

見狀，曲老爺子又說道：「老朽聽聞那二牛村陳秀才家如今已經有所好轉，他們似乎想買下咱們那莊子。那陳家按理說也是積善世家，家裡又有良田。老夫人若是同意，大可以先會會他們。」

擺明就是說，陳家那邊不缺田不缺糧，養活莊上那群人應該不成問題。

老夫人聽了，不免心中一動。可又想起如今那莊子賤賣，又覺得格外心煩。一時間，她也沒有言語。

曲老爺子少不得再加把火，又把那些來往上山的客人嫌棄田裡不長莊稼的事，同她細說了一番。

老夫人臉色漸沈，最終還是點頭答應賣給陳家。只是兩人聊著聊著，話題逐漸就變了味。方老太太不知怎麼想的，便說起了那位陳姑娘，直誇她孝順又能幹，是個會過日子的。

也虧得曲老爺子機警，並沒有接下這話。

方老太太卻仍不死心地說道：「深兒一個小孩子家，難免受了狐朋狗友的引誘，他之前那媳婦子幾個月前去了，家中也無人管束他。若是能給他再聘一個賢慧娘子，定能讓深兒改過自新。我也不圖那家世，只求人品好，還須得有人幫我打聽一二才好。若此事能成，這莊子做了嫁妝，又有何不可？」

曲老爺子一聽這話，忍不住心中暗罵。

這老太太想什麼呢？就她那孫子，吃喝嫖賭，五毒俱全，把家業都敗光了。如今還想禍害別人家好女孩？別說陳寧寧可能是大長公主的外孫，就算只是普通秀才公家的小姐，也是書香門第出身，方深這攤爛泥，如何能配得起？

曲老爺子這時也不好直接拒絕老太太，便拐彎抹角地說道：「我倒是有幸見過那陳小姐，觀她面相，倒像是寧折不彎的性子，而且極有主見。恐怕八字與少爺不合。只恐婚後鬧得家宅不寧。老夫人不如再找人細細打聽，再做決定。」

「這……你說的也有幾分道理。」方老太太自然知道曲老頭的眼界並非她這內宅婦人可比。一時便打消了念頭，準備再給孫兒另尋合適的娘子。

就這樣，這樁買賣總算定下了。

曲老爺子又找到陳家，特意同他們打好招呼。

只是，這事萬萬不能再讓陳寧寧自己出面，以防節外生枝。陳父為人耿直，也不適合出面談生意。最後，還是陳寧遠說道：「不如我來出面，我去同方家談這樁買賣，把莊子定下來。」

在陳父看來，長子也是個不通俗物的讀書人，一時免不了有些擔心。

陳寧遠卻說道：「父親放心，兒子定能把此事辦妥。」

說話間，他雙目精光四射，滿臉沈著自信。竟比往日看來老練許多。

一時間，陳父相信了他。

到了約定那日，並非方老太太親自出面。原來她被孫子一氣又大病一場，如今已經下不了床。反而是少爺方深親自接待了陳寧遠。

兩人也不知道說了什麼，最後竟以一百八十兩銀子完成這筆交易，還給陳家讓了二十兩。很快，房契地契，還有山上那些人的賣身契都一一交妥。陳寧遠又用那二十兩銀，讓曲老爺子在方府裡挑幾戶相熟的老僕人，一併帶走。

如今方家敗落了，正恨不得打發掉這些無用的人，省些花銷。一聽陳寧遠有如此要求，方少爺大手一揮，又給了個低價。

此事正合曲老爺子的意。可他脊背上卻直冒冷汗。他萬萬沒想到，陳寧遠年紀輕輕，倒像是把他心思看穿、摸透了一般。似乎還猜到了他們的身分。

曲老爺子本來盤算著，好好一探陳寧遠的虛實。只可惜陳寧遠根本沒給他這機會，也沒跟他敘話。等到所有手續辦妥之後，便讓曲老爺子把人帶回莊上去，他自己則是帶著房契先回到家中。

陳家所有人都在院裡等著陳寧遠。見他回來，這才安下心來。

陳寧遠把房契、田契、奴僕賣身契都交到陳寧寧手裡，林林總總竟有數十張賣身契。陳寧寧沒說什麼，細細看了，便收了起來。

反倒是陳寧信那邊，看著一張張的賣身契，急得兩眼都紅了，他又連忙問道：「莊上不就那幾戶人家嗎？怎麼平白多了這麼多人？」

陳寧遠便解釋道：「我之前打聽過了，方家老太爺心善，收留了不少京城發配過來的罪奴。他府上不乏一些有用之材，我便讓曲老爺子挑選了一些帶回來。方公子那邊也答應了，連人帶宅子，總共二百兩銀拿下。」

陳寧信聽了這話，越發慌了，又說道：「哥也真是，平白又給那莊上添了這麼許多張嘴來。姊，妳別看那日咱們吃了烤豬肉，我聽青蒿說了。他們那裡到了冬天，根本打不到豬，也沒有野菜吃，連那些人的口糧都成問題。再添這麼許多人，得要花多少銀兩？」

陳寧寧想了想，便說道：「如今雖說晚了些，也還能趕得上。明日，我先去莊上仔細看看田地，若是合適，便找人先買些黍種來。等處理好了先種到地裡，黍米成長期短，百日左右就能收上一批糧食了。等過春秋的時候，就有了些存糧。」

「那也未必夠吃呀！」陳寧信仍是愁容滿面。

陳寧寧又安慰道：「你放心，我另有安排。少不得大家忙上一場，總歸都能讓所有人吃飽肚子，過了這個冬天，來年也就好說了。」

在陳寧寧看來，想要做出一番事業，前期投入是不可少的。

正好陳家如今已然好轉，父親身體也大好了，在青山書苑的月錢，便足夠維持全家開銷了。也不需要動用她之前賣玉得來的那筆錢，正好就充當建立農莊的啟動資金。

這事陳寧寧之前也和父母說過，難得父母開明，也願意支持她。

如今陳寧寧狀態正好，心氣也高，正打算在這古代山村裡大展手腳。因而兄長帶回來那些人，正合乎她的心願，也都能派上用場。只是，少不得先跟曲老爺子通好氣，要他好好照料那些人，別再出現惹是生非的刺頭就好。

陳寧寧並沒有把那些人繼續充作農奴的想法。只是如今她所處的朝代，根本沒有人權自由可言。更何況，那些人身上還帶著罪，奴籍並不是想消就能消去的。

陳寧寧只能在自己的能力範圍內，尊重那些人。之後再想辦法，在山莊裡，建立一套薪資制度，讓大家享受相對自由。等到什麼時候，天下大赦，那些人若想離開。她再想辦法擴招員工就是了。

這些事情不好對家裡人解釋。陳寧寧又安慰一臉苦相的弟弟幾句，便回房去收地契了。

陳寧信仍忍不住為他姊著急，又對父親說道：「爹，如今那莊上四、五十人要養著，這可如何是好？豈不是難為我姊嗎？」

陳父捋著鬍子，一臉淡定地說道：「咱們家地等到年底，能收上不少租子來。往年全都送到城裡米鋪去了，如今不如留下來，交給你姊吧。你哥說的也有道理，那些人指不定往後能幫上什麼忙呢。如今人都來了，也別苛待他們，先想辦法度過這一冬再說。」

陳母也跟著點頭道：「自當如此。」

陳寧信見父母這般寬心，一時也不知該如何是好了。他只覺得那麼多人那麼多張嘴，背在身上，簡直愁死人。再看向長兄陳寧遠，嘴角居然還帶著三分笑，似乎一點都不急。

陳寧信忍不住問道：「哥，你在想什麼呢？」

「我在想，寧寧倒是沈得住氣，不急不慌的，比那方家少爺強上百倍不只。也怨不得那方老太太布局想算計寧寧。卻不想咱們家換我去了，他家反倒吃了大虧。如今那方老太太，怕是要被氣壞了。」

陳寧信聽了暗嘆，看來姊姊身邊的爛桃花是越來越多了。一不小心，就要被人算計，看來往後還是要仔細提防了。

只是不管怎麼說，哥哥帶回那些人才是真正的大麻煩。

陳寧信這邊急得不行，莊上那邊也很著急。當日下午，青蒿、香兒兄妹便過來接陳寧寧了，說是想讓莊上人見見主家。

陳父如今雖說腿已經大好，走平地是不成問題，走山路卻有點負擔。因而，他便沒有跟著去，陳母也在家中照顧他。最後，只讓陳家三兄妹上山去了。

到了山莊後面，陳寧信才發現原本空蕩蕩的房子，此時已經住滿了人，卻還是不夠住。曲老爺子便跟陳寧寧商量，能不能挑一些信得過的人家，先住進山莊後院裡，順便也著手把正院修葺起來，好讓陳家人能早些搬來住。

他甚至打算安排好人手跟在陳寧寧這邊，做丫鬟、婆子使喚人，外帶看家護院。

陳寧寧連忙讓他打住，又說道：「修房子這事不急於一時，簡單先整理出一、兩間房，我們能有個落腳處就行。以後我若是留在山上，少不得找個會做飯，又靠得住的婆子，去家裡先幫襯我母親。除此之外，最重要的是先帶我去看看田地，你們今年種了稻子嗎？」

「多少種了一些，只是前幾年收成少得可憐。今年又發生那麼多事，大家也就沒這心思了。」曲老爺子哀嘆道。

他一邊說著，一邊引陳寧寧往田上走。陳寧信也跟著一道走。除此之外，青蒿和香兒也陪在他們身邊。

陳寧遠則是留下來，跟著長子落葵、次子菖蒲一起清點人數，分配住所。

陳寧遠把那些人記了個七七八八，倒也聽到了幾個熟悉的名字。乍看之下，曲老爺子挑的人未必都能幹活。甚至還有年老體弱，走幾步路便喘的老頭子，甚至還有面白無鬚的太監。

可等到陳寧遠聽到一人姓名時，不禁嚇了一跳。

閻懷柳，曾經名動天下的文士，也是當年寧王手下頭號謀士，怎麼如今淪落到此處莊上？陳寧遠放眼看去，只見一個枯瘦的老頭子，身邊還帶著一個小孫子。看那穿著打扮，實在窘迫得很。

只是那老頭雙目炯炯，氣度遠非常人可比。

陳寧遠心中暗想，這人恐怕便是他所知道的那位閻老先生了。

好在落葵那裡早就得了他外公的指示，特意給閻老爺子安排一間敞亮的好房，還客客氣氣地說道：「外公說了，往後還請閻先生教咱們莊上的孩子讀書寫字。」

陳寧遠這才定下心來，想著找個恰當的機會，再過來拜會閻老先生。

陳寧寧到了地裡一看，發現大半田地已經荒廢。

倒也種了一些稻子，只可惜土地乾燥，土裡多沙石，那些稻子能不能授粉都兩說。此間田地一片慘淡，實在不像是能種糧食的。陳寧寧捧起一把土壤，細細盤算。山莊那邊雖說有山泉，也挖了水井，只是打水到田裡澆灌，實在不現實。

山下也有小河，卻沒辦法引上水來。如今這些田地只能靠天吃飯。況且，這年月紅薯玉米還沒傳到國內來，潞城這邊農戶多種稻米、豆子。這種情況下，黍米果然是最好的選擇。

陳寧寧便和曲老爺子商量，先找妥帖的人採買一些黍種回來。這幾日，想辦法趕緊種下去。至少在中秋時，能收到一批糧食。

曲老爺子之前已打聽過，她那塊玉珮如今落到了殷家軍手裡。

那英國公便是太子的親舅舅，也就是妥妥的太子黨。而太子一手教養長大的九王爺，如今也正在殷家軍內。前些日子，九王一系出手制裁了王生平，連帶也把曹大人一系直接拉下馬。明面上看是在打擊五王。可曲老爺子卻覺得，此事與陳姑娘脫不了關係。

要知道，九王此人，喜怒不形於色，尤其擅長藏拙。幾乎完全隱藏在太子身後。從來不愛招惹是非，也是個無利不起早的主，若不是當初太子出事，他也不會捅破天。

因此，曲老爺子越發斷定了陳寧寧的真實身分。之前他還想著陳寧寧身分貴重，再怎麼說先把她保護起來。誰承想，這位山莊主人當真是個務實派。一上來，就要種地，而且還想帶著大家一起吃飽肚子。

看著小主子那雙充滿熱忱的眼，曲老爺子心下不禁有些感動，連忙說道：「主子放心，一切聽從您的安排，老奴這就安排下去。」

陳寧寧聽了這稱呼，便有些受不了。她更希望曲老爺子喊她「陳老闆」。最後一折衷，陳寧寧便被叫做「莊主」了。

穿到書中後，陳寧寧從老闆變成莊主，也是一件有趣的事。而且，如今手下這些「員工」，也比陳寧寧想像中還要勤勞本分。

曲老爺子不愧是莊頭，在莊上威望極高，也是個合格的管理人才。

一時間，陳寧寧分配的任務都有條不紊的完成了，甚至都不需要她這個老闆來安排。

第十四章

第二日，曲老爺子便安排了一位熟悉糧食種子的人，帶上幫手，去城裡買了黍米種子回來。只是那人實在有些大手大腳，買的種子有些多了。不過也不打緊，剩下的可以繼續當糧吃。

可曲老爺子大手一揮，又說道：「莊主放心，我們很快就把那些荒地也給收拾出來。到時候，一併種下。」

陳寧寧自然是答應了。

接著她親自帶著女人們處理種子，還悄悄兌了神仙泉水進去清洗浸泡。

陳寧信跟著姊姊一起幹活習慣了，知道姊姊有個絕招，種菜之前，總要先把那些種子給揀拾乾淨，用水泡過。她這招百試百靈，家中園子裡種下的那些蔬菜，遠比別人家菜園裡的菜還要水靈、還要好吃。

可惜，莊上那些女人並不知道這些內情。

她們雖然也認陳寧寧為主，也聽她指令幹活，可卻滿心懷疑。有人便想著，陳寧寧年歲這般小，又生得細皮嫩肉的，就是個閨中小姐。她哪懂得種地？不過是不懂裝懂，胡亂擺布她們罷了。

這些人裡也不乏在莊上種了好幾年稻子的，經驗亦算十分豐富。她們以往種田，從來沒有挑種這一說。

況且，還要在種地之前，把種子浸泡在水裡？這都給泡死了，還怎麼長莊稼？小莊主簡直就是胡來。要是中秋的時候，顆粒無收，大家要如何過活？

有那性子急的女人，被旁人一挑唆，便想找陳寧寧去理論。

可惜卻被曲母強行按了下來，又罵道：「妳們這些人才種出幾顆稻米來？不過只懂一些皮毛罷了。大多數人還是到了這莊上，摸索著現學的種地。妳們哪裡知道，咱們莊主早就種了一園子的菜，又看了許多農學書。自是比妳們懂得多。按照莊主的話去做就是。誰敢在莊主面前撒野，先看我曲麗娘手裡的鐵鞭能不能答應？」說罷，她一揮手中鐵鞭，抽捲起了一棵小樹。

這一手把所有人都給震住了。陳寧寧也嚇了一跳。

單看曲夫人身形嬌小，容貌豔麗，誰承想她竟也是個練家子。

香兒在一旁笑道：「姑娘放心，我娘身手好得很，莊上的人都怕她。往後我外公退了，便是我娘接手這莊頭。我娘會幫妳管好這些人的。」

曲家真是讓陳寧寧大開眼界，倒有些女主外男主內的意思。原本她以為這都是靠著曲外公的威勢。如今才知道，原來曲母本身也是這般強大。在古代如此的男權社會，這還是十分少見的。

陳寧寧正想著，卻又聽香兒說道：「外公說了，從今以後讓我跟在姑娘身邊。姑娘放心，香兒身手也不錯，定會護妳平安。」

這麼快就給她安排好保鑣了？只是，香兒才十一歲，往後就要跟著她了？可在這個時代，女孩本就早熟，到了十三、四就要訂親了。一時間，陳寧寧還真不好拒絕。於是，便想著把香兒往助手搭檔那個方向培養算了。

好在香兒也算聰明靈活，還識字。

只是剛剛她自報家門，說是身手不錯，陳寧寧還是不太相信的。

在她看來，香兒就是個可愛的萌妹子。

就在陳寧寧忙著育種的時候，陳寧遠已經順利拜會了閻老先生。

閻老先生如今正是落魄之時，陳寧遠卻對他尊敬有加，又百般照顧。從來不把他當奴僕看，這讓閻老先生心中便有些鬆動。

再加上，曲老頭對陳寧寧的態度，實在過於尊重了。這可不像前任指揮使的所為。

閻老先生便暗中猜測，這其中或許涉及些內情。因而，他便帶著幾分試探的心思，想從陳寧遠那邊挖些消息出來。

這一試探，就發現陳寧遠也想從他這裡打探虛實呢。

一來一往的，閻老先生就覺得陳寧遠這人實在矛盾得很。

他看似待人溫和有禮，也足夠大度。可實際上，心思深沈，也足夠心狠。一旦涉及到他家人，他便彷彿織出一張網，搭成了一堵牆，說話辦事竟是滴水不漏，讓人完全探不出深淺來。

閻老先生越發覺得，陳寧遠實在很有趣。

兩人在互相試探中，閻老先生又發現，陳寧遠雖說算不上好人，卻有血性的一面，也有重情義的那一面。他極度重視家人，特別愛護自己的弟弟妹妹。他那妹子也是個妙人，有實力、有魄力，還有擔當，卻難得心思純粹，明白是非。

關鍵是陳寧寧能克住陳寧遠。有她在陳寧遠身邊，料他也做不出什麼大奸大惡的壞事來。再加上，這人資質實在太好了。

閻老先生幾十年也就遇見陳寧遠這麼一個看得上眼的人。何況，他如今已經七十多了，苦無後繼之人。思來想去，還是決定把自己畢生心血之作，交到陳寧遠手裡。

陳寧遠自是感激萬分，同時也提出了想要正式拜閻老先生為師。

聽到這個請求，閻老先生欣慰他沒看錯人。同時也苦笑道：「世上再無閻懷柳，不過是一山村老翁罷了。你就算拜我為師，也無法揚名，反而會受我牽連，會受文人貶低。說不定，就連官途都會受到影響。」

陳寧遠卻搖頭說道：「我也曾一心科舉，到頭來卻為人所害，被奪去功名。如今我正想換條路走，打算將來去投軍，正該在先生門下好好學習。還請先生成全。」

「這……」閻老先生也沒想到，他竟動了這番心思。只是陳寧遠到底年輕，眼界也窄，不知這其中的艱險。

閻老先生不願意害他，不肯正式收他為徒，只當他是半個徒弟，卻也用心教導他。只是這完全沒有影響陳寧遠的心情，他是當真把閻老先生當作授業恩師看待了。同時也一直在照顧先生的生活。

陳寧遠知道有曲家幫襯，妹妹很快便掌控了田莊。倒也沒有什麼需要他幫忙謀劃的。他便徹底專注心思，自此只一心跟著閻老先生讀書，因此受益匪淺。

很快，莊上的男人們便齊心協力把那些荒廢的地再次開墾出來。

幾日後，眾人齊心協力將種子播在田裡。

之前，在陳家小院裡種菜的時候，陳寧寧發現神仙泉對種子大有好處。但凡用泉水泡過的菜種，存活率極高，長得也十分繁茂，吃起來味道更好。

如今用在這山莊上，按理說，也差不到哪兒去。說不定，反而還有些意想不到的收穫呢。

因而，種下黍米之後，陳寧寧便也放心了大半。又開始著手別的工作。

經過這些天的共同勞作，陳寧寧已然和莊上人混了個臉熟。又有香兒、青蒿跟在她身邊，陳寧寧很快便能叫出大家的名字。

可這樣一來，莊上的人卻覺得十分驚奇。他們如今都是奴籍，之前從沒見過主子親自帶人幹活。

初時，他們被陳家姊弟嚇得不輕，自然也不敢當真讓他們費力動手的。於是這些人越發聽從陳寧寧的調動，幹活也十分賣力。後來，他們又發現，陳寧寧是個難得心善的好主子。

知道莊上沒有糧食，陳家一早便打發人買糧回來。在大家辛苦勞動時，不只能吃飽飯，還有菜，偶爾加肉吃，就算農耕期結束了，伙食也沒落下。主人家甚至會跟他們一起吃同樣的飯菜。而陳家的少爺、小姐居然都不挑嘴。這未免也太古怪了。

曾經方家鼎盛時，也不曾這般寬待過他們。相比之下，如今陳寧寧這小莊主實在好太多了。可偏偏莊上這些人，也並不都是老實本分人，也有那人貪心不足蛇吞象的。

還有那固執古板的讀書人，覺得陳寧寧一介女流不該拋頭露面，打理莊子。甚至想去跟她理論，把她勸回去。也有一些狡猾的刁奴，變著方式想要撈油水，或是偷懶，甚至還不乏想要拐騙主子的存在。

可曲老爺子一心幫襯陳寧寧，以她為主。像門神一般，擋在眾人前面。

這老頭當初可是在都尉府任職的厲害人物，本就一身本領。

一則他那裡消息靈通，二則他慣會一些整治人的手段。但凡有人當真得罪了他，不死也能脫層皮。何況如今大家都是奴籍，就算被治死，官府也不會深究。

曲老爺子和那班手下又抓得死緊，根本不許任何人看低陳寧寧，有半點不臣之心。

一時間，那些心懷鬼胎的人心驚肉跳，再不敢胡亂生事，或者口出狂言。

再加上，還有那老實人在一旁苦勸。「若不是陳家仁義，願意把咱們拖家帶口買下來。轉過頭，方少爺隨手便把他們給賤賣了。到時，家人骨肉分離不說，指不定被賣到什麼骯髒地方去了。」

這樣想來，反倒是陳家救眾人於水火。

一邊是鞭子，一邊是遊說，莊上的人很快便真正信服陳寧寧這小莊主了。

後來，陳寧寧把莊上人又分成好幾批處裡存糧。

一部分人去採野菜，一部分人負責曬成菜乾，也有負責抓野物、曬肉乾的。大家都各司其職，老老實實幹活。

陳寧寧又同曲老爺子商量養殖之事。

事關大家的口糧，曲老爺子自然十分重視，立刻安排了不少人。

說起來，陳寧遠當初倒也沒說錯，這莊上還真是藏龍臥虎，什麼樣的人才都有。陳寧寧說要養豬，便真的有人很擅長養動物。據說能把貓兒、狗兒訓得特別聽話，能學會一些作揖討好的動作。

陳寧寧說想蓋豬圈，便有擅長蓋房子、造園子的人。除此以外，莊上還有木工鐵匠、擅長量體裁衣的裁縫，更有主動幫陳寧寧做衣服的繡娘。就連給陳母安排的做飯的婆子吳媽，也不是簡單人。據說能獨力做一整桌席面。

面對這些技術人才，陳寧寧都覺得自己這邊小才大用了。

不過那也沒關係，等他們的農莊擴大做強之後，陳寧寧定會給每個人找到合適的崗位，讓他們發光發熱。

不管怎麼說，當務之急還得先把豬圈建起來。

曲老爺子叫齊了人，又對陳寧寧說道：「有什麼事情，姑娘吩咐他們便是。」

陳寧寧點了點頭，拿出上輩子當老闆的氣勢，一臉嚴肅地對那些人說道：「咱們今年的小目標是先把養豬場建立起來。不是那種普通豬圈，我想這樣來。」說著，拿出了提前畫好的設計圖給眾人看。

陳寧寧私下曾練過毛筆，但那是經年累月的活，一時半會她也用不好。再加上，曾被陳寧信嘲笑過她的靈魂畫作。陳寧寧這次乾脆想辦法弄了些柳炭條，用木尺比著，畫出了比較工整的工程圖來。

這樣一來簡單明瞭，任何人都能看個明白。

陳寧寧想做可自給自足的生態農莊，所以第一期養豬場必須先好基礎設施。這樣等到了第二期，才能方便擴建。可能是這些想法實在太過新奇。一時間，這些能工巧匠們也未必能理解。

於是陳寧寧又拿出第二批工程圖給大家看。

眾人聽得一知半解，對陳寧寧那些天馬行空的想法感到驚嘆的同時，卻又心生懷疑。他們實在不能理解，想養豬大可以直接像野豬那樣，趕上山吃草就好了。就算要圈養，草草搭個豬圈便罷。何必還要想著如何收集豬糞，把豬糞發酵再做成肥料？還要留下魚池？

偏偏陳寧寧好生耐心，一點都不嫌麻煩，掰開揉碎給他們解釋。大家有什麼不懂的問題，她都能解釋得一清二楚。

有人忍不住想爭辯，陳寧寧這邊也不著急，慢條斯理的，總能說出幾分道理來。實在聽不懂，她也能拿出紙，現場畫出圖來，給大家演示。

到最後，那些能工巧匠們反而開始佩服這年輕小莊主來。

原來，陳寧寧並不是一時突發奇想，便把眾人指使得團團轉。這些東西她自己早已不知道弄了多少次，畫了多少圖，查了不少書。所以，才能對一切了然於心。

到最後，甚至有人開始覺得，要是像陳寧寧說的那樣，把一座農莊建得像花園一樣漂亮。不髒不臭，形成一個「自然生態」。到時再請人來園中遊玩賞景。也並不是不可能實現的。

剛好，造園世家出身的袁洪哲年輕氣盛，頭腦也靈活，滿肚子都是想法。其實，他本來也是被他老爹踢出來，幫助小莊主造豬圈的。

來時，袁洪哲本來滿肚子怨氣，覺得這群人大材小用，辱沒他的才幹。可聽了陳寧寧這些新奇古怪的想法，再去看那些有趣的圖紙。袁洪哲頓時便有種靈光灌頂的感覺。

他還是第一次聽說，有人想把園子弄得又好看又能得好吃的，把美觀和實用徹底結合在一起。這放在從前，根本就沒有人這麼想過。

在那些豪門大戶，造園子，挖掘人工湖，運來太湖石，在湖裡養魚，也就單單是為了造景好看。如今陳寧寧卻說：「我們那些魚養來不只為了好看，還必須好吃！」

不得不說，這對袁洪哲造成了很大的衝擊。

他頭腦靈活，別人還沒明白，他便已經完全能理解陳寧寧的意圖了。有人再向陳寧寧提問，他反而先一步開口，用自己的方式解釋清楚。

陳寧寧抬頭一看。好嘛，她的生態農莊總工程設計師這就出現了。

於是她大手一揮，便把豬圈這活交給了袁洪哲打理。完全不管這孩子是不是剛滿十五歲，毛都還沒長齊。

袁洪哲毫不懷疑自己的能力，一副與有榮焉的樣子，拍著胸脯表示，一定把豬圈建好。還說就連旁邊的造景也不會落下。

陳寧寧總覺得這孩子其實想多了，卻也不阻止他的自由發揮。

就這樣，在袁洪哲的帶領下，和曲老爺子的配合下，豬圈很快就搭建起來。

陳寧寧本來是打算花錢買些小豬回來養的。最好是一胎生的小豬養在一起。

曲老爺子卻說：「咱們這山裡的豬，其實比外面家養豬更好吃。不如我帶人捉一些回來，也省得莊主再去買豬崽了。」

可惜野豬雖好，馴養起來卻很費力氣。

陳寧寧思來想去，還是決定先花錢買豬崽養著，好讓年底就有肉吃。至於野豬，以後再慢慢選擇優良品種，養來就是。

只是她仍保留一些空的圈舍，要是他們捉到了野豬崽，也能立刻圈養起來。

這朝代，豬崽存活率並不高。陳寧寧只好弄些神仙泉水出來，想辦法餵給小豬吃。

她又想起從前學過一個養豬崽的土辦法，於是帶著香兒他們打了一些野草回來。交給負責養豬的人，讓他們搭配著草，先給小豬餵上幾天。等穩定下來，再吃別的料。

養豬人雖然心生懷疑，卻礙於曲老爺子的威勢，還是按照陳寧寧說的做了。

誰承想，這麼多豬崽竟然沒一隻拉稀，全部都存活了？而且，他們再給豬崽餵什麼料，也沒出過問題。

豬崽全養活這件事很快就在莊上傳開了。

再加上，之前種在地裡那些黍米也都活了。如今站在田邊一看，滿眼綠油油。這可比前幾年種的稻子好太多了。

一時間，眾人便把陳寧寧誇上了天，似乎她天生就有一套耕種養殖的本事。天生就該給他們當莊主的。大家也相信在陳寧寧的帶領下，當真能在這個半山莊上吃飽飯，並且日子會越過越好。

本來，這樣安穩又有保證的生活，是絕大多數的人所盼望的。

只可惜，有人天生反骨，對陳寧寧做的那些事都不以為然。甚至還覺得陳寧寧這小姑娘，不過誤打誤撞，才把田裡的苗種出來、把小豬養活了。

這些人骨子裡就瞧不上陳寧寧拋頭露面，他們覺得女人就該留在家裡相夫教子。

偏偏他們又懼怕曲老爺子的威勢，不敢自討沒趣，生怕受折磨。於是，便拿了陳寧寧採的那些野草，送過去給曲家上門女婿張槐看，甚至還問道：「張先生，你祖上可是名醫，倒是幫我們看看這種草，給豬吃了會不會有問題？到時候，豬養大了，出欄了，咱們還能吃那豬肉嗎？」

曲父本來就是個稀裡糊塗的人，還有點缺心眼。他一向依靠岳家過活，全靠妻兒照顧他生活起居，自己卻終日埋頭培育各種藥草，可也沒見過他那些草藥能治病救人。

偶爾，有莊上人找曲父去看病，卻總也討不到好。有時候，反倒連累人家病情加重了。長此以往，也就沒人找曲父了。

莊上的人大多罵他是庸醫、傻子，還說他是全莊最沒用的男人。還有不少人為曲母叫屈。說是曲家當初也算大戶，若不是得罪了貴人，全家落到此地。曲爺又念著張太醫家的舊情。否則怎麼也不會把女兒嫁給張槐。

偏偏，曲父這人也沒個自覺。從不以當上門女婿為恥，仍醉心養殖草藥。就算長時間一人在山間遊蕩，他也覺得格外自在。

如今難得有人拿了草藥找曲父，他自然是一臉興致，拿起那開著豔麗紅花的草，曲父癡迷地看著，又喃喃自語道：「給小豬吃地榆嗎？怪不得小豬不拉稀了。地榆有解毒斂瘡，涼血治血之效，人拿來治病的草藥，豬崽吃來也會有奇效嗎？」

一時間，他便想呆了，半晌沒再說話。就連那二人離開，他也無所覺。

直到曲老爺子進屋來，拍了他肩膀一下，又罵道：「什麼奇效？尋常餵豬崽很容易死，莊主如今把這草藥加在料裡，小豬都養活了。這還有什麼可擔心？你別聽那些人挑撥，再去找莊主理論。要我說，你就是讀書太死板，把腦子弄壞了。你若敞開著想，膽子大起來，說不定也不會像如今這般。你家祖祖輩輩可都是名醫！」

曲父被這麼一說，抖著嘴唇顫聲說道：「我不行，我什麼都治不好，只會種草藥。」

曲老爺子無奈地看了他一眼，自家女兒性格剛強、有主見，還有一顆俠義心腸。當初也不知道女兒怎麼看上這呆子。讓他這當爹的，不答應都不成，最後只能收了上門女婿。

現如今，外孫都這般年紀了，偏偏張槐這當爹的還是這模樣。女兒又總是心疼他，從來都不願意逼他。將來這人指不定怎麼樣呢！與其看他繼續這樣虛耗下去，倒不如送他過去試試。

想到這裡，曲老爺子開口說道：「莊主聽說你會種草藥，特意叫你明日去見她。你要好好表現。」

第十五章

張槐此人，年輕時便喜歡草藥，也曾一心想要繼承父親衣缽，懸壺濟世。可他父親卻想讓他考科舉，改換門庭。等到張太醫終於明白，自己兒子不是讀書做官的好材料，便把他帶在身邊，親自傳授他醫術。無奈這時張家遭受宮裡的牽連，被發配抄家了。

張母本就身體不好，一場風雨過後，最終死在發配的路上。張父滿心愧疚，抑鬱而終，只留下一本藥典給張槐。原本張槐有那麼個出身，也學過一些醫術。按理說，他也該能醫治一些簡單的病症，可家庭變故，卻給他留下了深深的陰影。

就算一般的小病，張槐通常也都診不了，生怕自己手中染上命債。好在妻子溫柔體貼，從不逼他非要幹事業，反而有些縱容他的愛好。

而孩子們未必都能理解張槐，也知道尊重他。岳父雖然脾氣不好，總是埋怨張槐不爭氣，可實際上，也不會太過為難他。

這些年，張槐也就這麼湊合著過活，始終沈浸在種草藥中，也算心願得償。

可如今，他的好日子卻要到頭了。

想出給豬崽餵地榆的小莊主，不知怎的非要見他？難不成要給他派下一份「正事」來？

可張槐就是個廢物，那些正事他根本不會做。

莫非是因為他和那幫酸儒湊在一處，聽他們滿嘴噴糞，說了一些女子不如男的屁話？

天知道，張槐從來不會這麼想。因為他們家中妻子才是頂梁柱。再說，岳父老早就交代過了，他們全家都要支持小莊主，甚至還把香兒和青蒿都送到莊主身邊做事。

張槐就算再呆傻、再廢物，也不會給兒女扯後腿。

他不過是胡亂說些鬼話，敷衍那些酸儒，順道幫岳父打探消息罷了。就這麼點小心機，還要遭受報應不成？

張槐一肚子委屈，翻來覆去一整夜都睡不著。他盤算著，無論如何一定要和家裡解釋清楚。他這人雖一無是處，卻絕對有自知之明，萬萬不會搗亂生事。只要莊主願意給他一個小小角落，讓他種點草藥，那就再好不過了。

可惜到了第二日，任由張槐說破嘴皮，孩子們卻只是勸他。「爹，你且放心，咱們莊主不是那種是非不分的人。她從來沒有懷疑過你。這次請你過去，定有好事。」

張槐這些年始終霉運在身。除了遇見妻子，還能有什麼好事？他自是不信，可卻還是被兒子、女兒直接拖去了莊主那邊。

到了會客房內，莊主還主動讓他坐下。

張槐雖然也坐了，可就跟身上有蟲子似的，一個勁地扭動。

陳寧寧定睛看著渾身不自在的曲父，有些好笑。她對曲父的第一印象，就是個古代社交恐懼宅男，還是個蹩腳大夫，對醫術雖說略通皮毛，卻無法治病救人。多虧了入贅曲家，這才僥倖沒被餓死。

直到聽香兒說起，幾年前，她父親便說過，田裡種稻米恐怕不易成活。除非每日擔水澆地，才能好些。曲父也曾說過，田裡的土種稻米不如改種黍米。只可惜，那時根本沒人願意聽他說話。

今年方家出事，沒人管他們死活。這吃野菜蘑菇，也是曲父帶頭吃的。一開始，也沒人信他的話。曲父便用鍋，煮了野菜湯，一種一種試吃給眾人看。莊上的人見他吃了沒事，這才跟著一起吃野菜了。後來，山野菜就成了莊上現成的食物，眾人這才不至於餓死。

曲父明面上總說，他只會種草藥。可實際上，遇見一些野生糧豆、種子，他總會想辦法弄回去，嘗試著自己種，看看能不能培育出耐乾旱的種子，回頭再往田裡種。

單單有這個研究精神，就足以讓陳寧寧感到震驚和佩服。可偏偏莊上那些人總覺得曲父是在幹傻事。沒人理解他，也不願意聽他說話。

曲母雖然一直在背地裡支持他，可她如今算是半個莊頭，擔負著讓全莊人吃飽肚子的重任。平常打人獵豬都來不及，自然也沒有那麼多工夫，關注丈夫在做什麼、做得怎麼樣了。

反倒是貪嘴的香兒，很喜歡跟在她父親身邊，偶爾也會幫些小忙。因而她知道，自己父親並不像別人說的那樣不堪。

這些事情，原本香兒也不打算跟別人說起。只是在陳寧寧身邊待得越久，她便發覺陳寧寧實在與眾不同。不論是眼光還是想法，都跟別人相異。特別是陳寧寧也會種地，也很看重育種，香兒思來想去，還是跟她說了關於父親的事。

陳寧寧也因此發現，曲父其實是個難得的農業技術宅。

說白了，放到現代社會，曲父說不定就是農學、植物學、草藥學方面的專家學者。這種人才對農莊發展實在太重要了。

因此，陳寧寧才特意安排這次會面。

卻不想，香兒的父親還以為自己要被罵了。一夜都沒有休息好，如今更是一臉菜色。

此時，他臉上的表情也十分凝重。兩條眉毛深深皺起，額頭上留下了一條深深溝壑。再加上他一緊張，便喜歡胡言亂語。

陳寧寧問他，平時可曾種糧種菜育種？

張槐居然一口咬定，他只會種草藥，根本不會種糧種菜。而且，這人一開口，就自顧自地喋喋不休，還強行把話題拐到藥典上。根本不理會陳寧寧能不能聽懂，願意不願意聽他說這些。

陳寧寧坐在一旁，面上雖不動聲色，心裡卻已經開始煩了。幸好從前她招募的人才多了，自然也知道該怎麼整治這些人才。對於這種性格怪癖的技術宅，就得從專業上打擊他，才能讓他老老實實聽別人說話。

因此，陳寧寧冷不防就遞出一個話題。「其實，黍米也是一種藥，張先生為何對它視而不見？」

張槐聽了這話，不禁大吃一驚，連忙說道：「黍米分明是糧食，怎麼能說是藥呢？」

陳寧寧不緊不慢地說：「黍米可以健脾和胃，也能改善睡眠，怎麼不是藥？先生難道沒聽過藥食同源這一說？」

「這……」他自然知道藥食同源，但旁人不會把黍米當作藥。糧食就只是糧食而已。

陳寧寧又挑眉說道：「先生不也曾說過，藥補不如用食補嗎？還曾嘗試過用食補法，幫莊上的人看病。先生曾讓他們找些野菜煮著吃，甚至讓他們多喝些水，就能治好病。只可惜，沒動銀針，食補法見效又慢。莊上那些人便覺得先生是胡亂治的。這其實是冤枉先生了。他們哪裡懂得，食補法雖然見效慢，對身體卻大有益處。」

「妳……」張槐聽了她這番話，整個人都呆住了。一時間，他只覺得小莊主所言，字字都戳到了他心坎上，真乃是他的知音人。

陳寧寧又繼續說道：「之前香兒跟我說過，先生怕她脾胃不合，想給她排毒，便給她吃過地榆。其實，我之前不曾養過豬崽，只是在書中看過地榆這種草。後來也是聽了香兒說起地榆的效用，這才冒險投餵給豬崽吃。誰承想，這次小豬竟全部成活了。說起來，這也是先生的功勞。先生大才，請受小女子一拜。」

難道小豬能養活，還要記他大功一件嗎？

他是奴籍，一向被莊上的人所看不起，而陳寧寧是一莊之主，接連帶著大家種糧養豬，曬山貨野菜，此時威望正盛，大家都信服她。可陳寧寧卻願意對他行禮，他張槐這是何德何能？

一時間，張槐很是受寵若驚，又連忙上前，想把陳寧寧扶起。可卻顧忌男女有別，主僕身分，自不敢輕舉妄動。於是，便朝外面喊女兒的名字。「香兒，妳還不快進來，照看莊主。」

陳寧寧卻起身笑道：「無妨，就讓香兒忙吧。我還有其他事情，想跟先生請教呢。」

「莊主請說。」張槐的眼神已經完全變了，眼眸裡不再唯唯諾諾，反而充滿了智慧的光芒。

陳寧寧一看，火候已然差不多了，便又說道：「在我看來，先生在種植方面，實在是個不可多得的人才。既然藥食同源，先生也不必拘泥於只種藥材。種些糧食蔬菜，又有何妨？」

張槐覺得此話有理，便點了點頭。

陳寧寧調整情緒，又繼續說道：「聽香兒說過，先生如今已經尋了不少野生糧豆種子，嘗試著想要培育出能抗旱的種子來。若當真如此，往後咱們莊上的人也就不用為吃喝發愁了。

「何況二牛村才多大，就有這樣一片土地。聽我爹說，潞城周邊其實有許多這樣的旱地，無人能耕種。往大了說，大慶國不知還有多少這樣乾旱貧瘠的土地，又有多少農人想要靠著這種土地過活。若當真有朝一日，先生能培育出適合乾旱，產量又多的糧種來。那豈不是利國利民，千秋萬代的大好事？」

陳寧寧實在太會畫大餅了，張槐聽得呆若木雞。不只如此，他的手指不斷顫抖，頭上背上也都覆了一層汗。

又過了一會兒，張槐才忍不住攥著拳，問道：「我都三十多了，考不中秀才，醫術也沒學好。一直有愧於父母祖宗，也辜負了妻子的厚望，如今就只會吃乾飯，是別人口中的廢物。像我這樣的人，當真能培育出莊主所說的那良種嗎？」

陳寧寧頓時拉下臉來，站起身來說道：「先生怎麼能如此妄自菲薄？俗話說，術業有專攻。正所謂人無完人，某些人在某些方面或許有著諸多缺點，可在另一方面，他卻有著尋常人無法比擬的才幹。我一向覺得，人生在世，只要能找到自己有才華的那一面，就足夠了。在那方面不斷地努力，精進自己的長處。這人就足以頂天立地，無愧於父母妻兒了。甚至，或許他終將能名留青史。」

張槐聽了這話，精神一振，又忙起身問道：「我的長處，就在於培育種子，種植草藥和糧食？」

陳寧寧笑著點頭說道：「這些日子，常跟香兒聊天，這才驚覺先生在這方面，的確有過人的才幹。正好咱們莊上如今就需要您這樣的人才。我便想著，不如特意開墾一塊土地，交給先生使用。往後先生想種什麼就種什麼，想怎麼栽培就怎麼栽培。若是需要別的土壤，咱們就想辦法去弄上來。若是需要什麼良種，咱們也花錢買下來。只是不知先生可願意隨我一起做這項事業？」

此時，張槐早已熱血沸騰，連忙點頭說道：「莊主這樣看中張槐，槐實在心中有愧。莊主放心，日後，我自當效犬馬之勞，鞠躬盡力，死而後已。」

陳寧寧笑了笑。

她的農莊技術部主任有了。往後能不能培養出耐乾旱的稻子，全靠張槐了。

陳寧寧也不求他能培育出現代那些產量很高的雜交水稻，解決全國溫飽。這顯然不太現實。只要他能培育出，產量比現在高些的糧食種子出來，她便心滿意足了。

或許，陳寧寧這餅畫得實在太大了。就連她自己也跟著熱血沸騰。如今身處這麼個架空的朝代，老百姓吃飽肚子都成問題，一切都只能靠天。一旦鬧災，很多人便會流離失所。

原著中，女主多次帶領京中女眷捐款賑災。這也不過是杯水車薪，徒留下好聽的名聲罷了。實際上，並不能解決老百姓吃飯的問題。

如今，陳寧寧雖不打算回京城認親，只想做一個小小農莊主。可她卻想從根源上，做出一點利國利民的實事出來。至少讓更多人能夠活下去。

陳寧寧之前說過的想做成天下第一莊，從來不是說說而已。或許她現在全部身家只有一千兩，還很弱小。可陳寧寧有信心，她會一步一步，實現自己的夢想。

想到這些，陳寧寧又走上前去，親自倒茶送到張槐面前，又說道：「以後，寧寧就跟著張叔一起學習育種，咱們莊上的田也全賴張叔照看了。」

「這，莊主實在太客氣了。槐，哪裡擔待得起？」張槐感動萬分，卻也不知該怎麼報答莊主的知遇之恩。

陳寧寧卻說道：「我跟香兒年歲差不多，喚您一聲叔再適合不過了。都是自己人，張叔也不用太見外。」

張槐聽了，越發感動，只恨不得立刻就開始工作，為莊主培育良種。

與此同時，在屋外聽牆腳的陳寧信滿臉一言難盡，又瞪著那雙貓眼，對長兄小聲說道：

「哥，我突然找到我姊身上的長處了。」

「哪方面？」陳寧遠若有所思地看向他。

陳寧信撇著嘴說道：「我發現我姊長了一張巧嘴。若是在戰場上，請我姊去遊說敵方棄暗投明，恐怕她也能說動吧？仔細想想，當初咱們去潞城賣玉，我姊也是如此。後來，我們去曲家吃飯，也是我姊同曲老爺子說的。我姊似乎真的精通話術，總能打動別人。只是她這般抬舉曲大叔，但曲大叔真有那麼會育種嗎？姊她就不怕竹籃打水一場空？」

陳寧遠淡淡看了他一眼，又說道：「你姊最大的長處，在於她會看人。這也是寧信你欠缺的。還有曲家大叔姓張，下回你別再喊錯了。」

說罷，他便轉身離開了。之前，他還擔心妹妹會不會遇見什麼麻煩事，想幫她一把。如今看來，妹妹遠比他想像中有膽識、有魄力、有擔當，還不缺手段。尋常人想著如何養活一莊上的人，已經很難了。他妹妹卻在想著，如何讓全大慶的人吃飽飯。就連他在一旁聽著，都不免有些熱血沸騰。

難怪閻先生說過，在某些方面，他的眼界其實比不上他妹妹。陳寧遠如今不想承認都不行。

他那可愛的小妹眼界豈止如此，她那雙眸裡能承載萬千星光。

此時的陳寧遠下定決心，將來無論如何也要護住妹妹，讓她去做那些旁人想都不敢想的事情。

另一邊，曲家人圍坐在院中，急切地等著張槐回家。

曲老爺子看似在磨刀，實際卻心不在焉。

曲母想著，不如去廚房，準備好吃食。等著丈夫回來，便可以上桌了。

落葵年紀最長。年少時，他曾經看不起父親的作為，覺得父親是個懦夫，永遠都在逃避。後來，被曲母修理了幾次，落葵便不敢對父親無禮了。

只是他始終都不理解父親做的事情，一直覺得他只會做些無用功。與其種那些沒用的草藥和芽苗，倒不如實實在在種些莊稼才好。

而菖蒲和青蒿也跟父親沒有共同話題，不過他們卻選擇尊重父親。甚至早已打定主意，大不了，往後由他們供養父親就罷了。

幾人各懷心思，都想著莊主見了父親不知會說些什麼？該不會看不慣他的行事，把他痛罵一頓，叫他痛改前非吧？可惜，父親那愚鈍的性子，怕是改不了了……

曲老爺子這些日子已經很瞭解陳寧寧了。知道她喜歡提拔一些名不見經傳的小人物。便想著，說不定莊主真能給女婿派下一份正經差事來。

直到張槐走進院中，幾人連忙圍上前詢問。

「女婿，如何？莊主給你派差事了？」

「爹，莊主是不是說了，咱們莊上不養閒人。叫你明日一起去下田種地？」

此時的張槐滿面紅光，這些年他從來沒有這般清醒過。他連忙開口說道：「莊主心懷天下，滿腹經綸，又豈是你們這些小孩家能揣度的？」

曲家人聽到這話都愣了。

藥材三兄弟忍不住暗想，怎麼去見過莊主後，父親似乎反而更傻了？

曲老爺子忍不住抽著嘴角罵道：「你倒是快說說，莊主到底交代你什麼了？」

張槐也顧不得其他，連忙上前緊緊握住妻子的手，說道：「莊主任命我作農莊技術部主任了，給我安排了辦公場所，就在四進那院子裡，以後院裡的地都給我種。除此之外，莊主還會給我在山上開墾一塊土地，供我以後育苗專用。莊主還說，讓我想種什麼就種什麼，不拘糧食還是藥材。」

說著說著，張槐眼圈就紅了，他又垂著臉說道：「娘子，這些年苦了妳了。莊主說，往後按月給我開特殊津貼，還說我所做的事是咱們莊上的根本，這筆錢會另外走帳，與別人不同。」

曲家人聽了這話，驚得下巴都快掉下來了。

曲母激動地握住丈夫的手，又說道：「我就知道，我相公很有才華，如今終於有人認可你了。相公，你以後可要好好跟著莊主做。」

張槐連連點頭，差點痛哭出來。只是顧忌在孩子面前，最終還是忍下了。只說道：「娘子，莊主那般看中我，我定當竭盡全力，報答知遇恩情。」

曲母點了點頭。

這時，青蒿又問道：「特殊津貼是何物？如今咱們所有人都在為吃飯發愁，獨獨咱們爹卻有月錢了？這可能嗎？爹不會是在發夢吧？」

曲老爺子也問道：「技術部主任又是何職務？也算是莊頭嗎？」

剛好香兒此時走進院來，同他們解釋道：「技術部主任，就是農學博士的主管。莊主說，如今沒有合適的人，讓父親先自己單獨做。等到往後有了合適的人手，再派給父親帶著，一起負責育種。莊主還說了，你們若是誰想跟著父親一起做也可以。」

「這……原來都是真的？」草藥三兄弟頓時傻了眼。

到了此時，就連曲老爺子也忍不住對女婿刮目相看，又忍不住問香兒。「這些話都是妳從莊主那裡聽來的？」

香兒點頭說道：「可不是？莊主說，父親是難得的農業人才，說不定以後能培育出適合種在田裡的稻子呢。莊主還說，像父親這種人才必須優待，就決定給父親發月錢了。父親算是第一批有特殊津貼的人才。如今莊上艱難，咱們一窮二白，什麼都沒有。因而暫時還不給大家發月錢。等往後豬養大了，糧食種出來了，每個人都會發月錢的。」

他們都是罪奴，能吃飽飯，不餓死已是萬幸。沒想到，主家居然還想給他們發月錢？

一時間，曲老爺子也不知道該說什麼好了。

只能說，陳寧寧不愧是天家血脈，果然什麼都敢想。她的眼界也非尋常人可比。

但如今莊上耳目眾多，人多嘴雜，並不十分齊心。這還都吃不飽飯，便有人想要生事了。長此以往還得了？

第十六章

曲老爺子一咬牙，決定還是及早處理掉隱患。

他連忙交代家人，這些事情不許往外說，以免節外生枝。同時，他也準備去找莊主談談，莊上的未來前途。

陳寧寧如今雖說手裡有五百兩，打算全部投到莊上來。這錢看起來多，可要繼續供莊上這麼多人吃喝，是維持不了多久。為今之計，少不得要開源節流。至於小主子想給大夥發月錢這事，還是儘量往後面拖吧。就連女婿的特殊津貼，他也想回絕。

老爺子把這事跟家人說，大家當然都同意了。得到伯樂的張槐，更加不在意這筆錢。

只可惜，等老爺子跑去跟陳寧寧一提這事，卻被陳寧寧一口回絕了，反而略帶嚴肅地告訴他。「我也知道如今咱們莊上能省則省，可咱們也不可能太虧待自己人。特別在人才方面，這筆開銷絕不能省。我也不單單是為你女婿開特殊津貼，但凡有稀有才能的人才都有這筆津貼。像袁洪哲這樣的，咱們也要培養起來，以後也會有特殊津貼。曲爺爺大可不必對此事太過掛心，至於莊上收入，我會想辦法的。」

她義正詞嚴，曲老爺子根本說不過她，最後反而被客客氣氣請走了。

曲老爺子沒辦法。回去之後，少不得又狠狠敲打女婿一番，叫他無論如何也要做出成績來，萬萬不能辜負莊主對他的期待。

此時的張槐早已跟之前判若兩人，果斷點頭答應。

在他看來，莊主眼界自然非尋常人可比，又對他有提攜之恩。張槐幾乎沒怎麼猶豫，便決定把自己這些年，最大的培育成果上交給莊主。

而且，這事除了香兒、青蒿、寧信，根本不許有旁人在場。

等他一臉神秘地帶著幾人來到後山，走到那株紅色野草前面，香兒和青蒿都是一臉尷尬。

他們躲在後頭嘀咕。

「爹剛上工第一日，就弄出這種事情來，該不會被當場解職吧？」

「這草能有什麼用？又不是糧食。」

陳寧信一看，覺得那株小草實在稀奇，整塊地上就只有獨一株。就好像是它不讓別的草生長似的，彷彿滿山雜草之中的王者。

還是陳寧寧有幾分見識，上前仔細看了看，又問道：「這很像是牛筋草？只是紅色的株苗我卻不曾見過。」

這如果當真是牛筋草的話，是有些清熱解毒、涼血消暑的作用。對一些小兒病，也另有奇效。

年少時，外婆也曾經拿這種牛筋草，給陳寧寧熬涼茶喝。

只是這牛筋草十分霸道，倚仗著根系發達，會跟別的植物爭搶水分和土壤養分。因而但凡長了牛筋草的土地，四周將會寸草不生。所以牛筋草，也被稱為「雜草之王」。眼前這株血紅色牛筋草，看著遠比普通牛筋草還要霸道。

至於它到底算是什麼，陳寧寧就認不出了。

張槐聽了她的話，心中便是一喜，又暗道：莊主果然是他的知音人！

他又介紹道：「這草叫作血牛筋，是我太爺爺在藥典中加進去的。這種藥草十分矜貴，有解百毒、強身健體之奇效。只可惜，它生長條件十分苛刻。我也是到了這莊上，偶然間在山裡發現種子，費了九牛二虎之力，這才勉強培養出一株來。原本上次香兒中毒，被岳父強行摘了要去救。不想香兒卻被莊主救下，這株血牛筋僥倖得以保存下來。我又想盡辦法把它種回，誰承想竟然活了，實在萬幸萬幸。而且只要超過五年，這血牛筋的藥效也會翻倍。如今這五年之期也快到了。」

這紅色野草，居然是牛筋草變異加強版，又被賦予了這麼多神奇功效。

陳寧寧雖然將信將疑，卻還是笑咪咪地說道：「這麼說來，這草實在難得。張叔為了培育它，付出了不少心血，往後還要加倍小心照顧才是。」

張槐卻說道：「如今我想把這株血牛筋獻給莊主。這草作用很多，一時半會兒，尚不能完全分辨。只要小心保存起來，將來必會有大用途。關鍵時候，說不定還能救人活命呢！」

「這怕是不妥吧？您培養這麼多年，不如留著自己用吧。」陳寧寧連忙拒絕了。以張槐對這株草的重視程度，怕是要將它當傳家寶，一代一代傳下去。她又何必奪人心頭之好呢？

張槐連忙說道：「槐如今就想將這株仙草獻給莊主，以謝莊主的知遇之恩。」

這麼一說，陳寧寧反倒不好隨口拒絕了。只是在她看來，這株紅色小草跟外婆拿來泡涼茶喝的牛筋草，並沒什麼差別，頂多算是加強版。

陳寧寧忽然又想到，外婆院子裡那口神仙泉。泉水既然能夠促進植物生長，也不知道對血牛筋會有什麼用？

於是，她忙又開口問道：「張叔，您那裡還有血牛筋的草籽嗎？」

「自然是有的，只是血牛筋生長極其苛刻，並不那麼好培育。」張槐連忙說道。

陳寧寧卻一臉笑意地說道：「那也無妨，張叔給我幾顆草籽，讓我種種可好？我平日很喜歡種植呢。」

若是別人跟他要，張槐絕對捨不得拿出來。但陳寧寧一開口，他卻二話不說，直接分了一半草種給她。

等到陳寧寧拿著草種，回到家中，左思右想，便覺得這血牛筋草實在太霸道，一株就能霸佔大片土地。說不定種下去，把他們家一園子菜都給弄死了。再多種幾株，互相互相之間再一廝殺，恐怕整個院子都要被毀了。

陳寧寧思來想去，乾脆去買了幾個小花盆來。然後又特意從外婆家小院子裡，挖了泉水長期澆灌的土出來，裝進花盆裡，開始嘗試種這種血牛筋。

後續，也一直用神仙泉澆灌它。偶爾，陳寧寧還會把花盆搬進外婆家的小院裡放著。本來，她也只是抱著試試看的心態，也沒對這株草抱有多大期待。

卻不想，居然還真種出來了。

等到陳寧寧帶著香兒，抱著小花盆裡的幼苗去給張槐察看。張槐簡直無法相信自己的雙眼。

「我耗費了五年光陰，養活了一株獨苗，莊主一下就種出三盆苗來？人和人果然不一樣，莊主在種植方面，實在有大才！」

陳寧寧眼見著他快瘋了，連忙上前安撫道：「張叔，話可不能這麼說。我種這血牛筋之所以成活，跟盆裡的土有莫大關係。之前在我家院裡種青菜，我就特意處理過土。這次覺得山上土壤實在不好，就乾脆拿了院裡的土種血牛筋。或許那些血牛筋也偏愛這種土，所以才成活了。張叔如果不信，我找人多挖些土來給你試試。」

這麼一說，張槐倒有些信了。但從此之後，他對陳寧寧越發信服。

因此陳寧寧再給他不同的土和水，讓他來育種，他也不會拒絕。

半山莊子那邊慢慢進入正軌，可陳母卻沒來由的受了不少氣。

陳母一向都最願意支持陳寧寧。如今家裡多了個婆子吳媽幫手，她在家鬆快許多，又看著閨女帶著山上那群人一天到晚忙碌，一點點把糧食種上，圈裡也養上了豬崽。

她感到欣慰驕傲的同時，卻不免有些小遺憾。陳母總覺得她女兒千好萬好的，理應找個溫柔體貼又忠厚善良的男子，陪伴她共度此生才是。

同時，她也知道，自從文家那邊無理取鬧，解除婚約後，女兒對婚事就不大上心了。說白了，都是文秀才誤了她家寧寧。可作為一個女子，總不能一直沒個婆家吧？就算他們陳家願意，別人還未必願意呢。

村裡的姑娘大多早婚，若一直拖下去，女兒定會被人指指點點的。

因而陳母當著女兒的面倒也不會說什麼。可私底下，她卻為女兒的親事操碎了心。不然，她也不會熱情接待那些媒婆和登門拜訪的婆婆、媳婦了。

陳寧寧帶著陳寧信去莊上之前，陳寧信總能千方百計打聽出那些男子的種種缺陷。那些缺陷就連陳母自己聽了都接受不了，自然也不會往女兒面前送，更別提定下婚事了。

自從買下半山莊子後，兄弟二人都過去莊上幫忙，一天到晚也不在家。

陳母本以為，這下家裡清靜了。她可以慢慢來，給女兒挑選一門合心的好親事。可誰承想，那些媒人們一聽說，陳家姑娘買了半山莊子，陳寧遠又帶回來不少「罪奴」。頓時，也都不再登門提親了。

初時，陳母並沒有多在意。她心裡一直有種盲目的自信，覺得她女兒萬般好，肯定能把那半山莊子經營好。不說做成天下第一莊，讓那莊上掙錢維持不成問題。

只可惜她這麼想，別人可未必跟她想的一樣。也不知道是誰在村裡起的頭，慢慢地傳言就變了風向。

如今那些長舌婦人不再誇陳寧寧有多好、多孝順了，而是都在說：「那陳家姑娘人品長相的確沒得挑，對她父母也孝順，人也好，也會過日子。只可惜，那姑娘腦子不大好使，花錢也沒個分寸。」

「就是，聰明人誰會買山上那破莊子呀？這些年，那莊上的人全靠方家接濟度日。如今陳家不只買下莊子，還拉來不少家奴，那地方又種不出糧食來。陳家有多少家底，能養活那麼許多張嘴？」

「也不知，那姑娘怎麼就那般想不開。她在家裡，有了那五百兩，還愁嫁不出去？那陳相公也是，這般縱容那姑娘，完全不知好歹。依我看，他們家就是被那五百兩銀子給燒的。」

非要折騰出是非來。可就算有五百兩，那莊子恐怕也維持不了多久。到時候，他們再想賣了那莊子，也是燙手山芋，無人再敢接手了。」

「對了，聽說妳娘家姪子曾經想說給陳家姑娘，如何了？」

「快別開玩笑，我娘家可沒那麼多錢，跟著陳家一起胡鬧。他家姑娘能把天挖個窟窿出來，咱們普通人家可消受不起。」

陳母偶然間聽了這些話，氣得渾身顫抖，終是沒能忍住，上前破口罵道：「我陳家既然願意買莊子置地，自然就能養得起。與妳們這些閒人何干？我姑娘那手種菜的好本事，又豈是妳們這些長舌婦能比的？一天到晚，就會湊在一處講人家是非。也不知道回家去，好好把屋子收拾乾淨了，在院子裡種點菜，貼補家用。這倒好，人家還沒笑話妳們過得邋遢，妳們倒有臉笑話起別人來。還說妳那娘家姪兒，長得瘦臉猴似的，大概一年都沒洗過一次腳。就這樣的人還想聘我陳家女孩，我們陳家可看不上這樣的髒貨。」

陳母此時火力大開，渾身氣勢十分嚇人。竟不管不顧，把所有上她家提親的男子通通都編排了一遍。直罵得這些長舌婦人顏面掃地，說不上話來。還有人連忙抱著洗衣盆，灰溜溜地跑走了。

陳母這邊也算大獲全勝。她冷哼一聲，挺直著腰桿子，帶著吳媽回到家中。一路昂著頭，徑直走進房裡，關上門來，她才忍不住落下淚來。

陳父被她嚇了一跳，連忙上前問道：「夫人，妳怎麼了？怎麼突然就哭了？」

陳母淚眼婆娑地說道：「我只恨這些婆娘好生欺負人。我閨女到底怎麼了？不就買個小莊子，我家花的錢，又關那些婆娘什麼事？她們就到處編排人家是非，把咱們寧寧的名聲都給壞了。就好像我閨女上趕著她那臭腳丫子的娘家姪子似的，也不看看配不配！」

陳父連忙為妻子遞上布巾，又勸道：「妳同那些婆子一般見識做什麼？家裡發生這麼多事，妳還沒習慣嗎？那些人稟性愚鈍，不明事理，大多聽風就是雨。咱們家風光了，他們便靠上來，沒話找話，誇兩句。咱們家落魄了，他們便要踩一腳。踩不上，他們便要湊在一起，硬說些是非來。妳若總聽那一套說辭，豈不是中計了？惹得自己反倒心裡氣悶。還不如關起門來，咱們好好過日子就完了。」

聽了這話，陳母越發哭得厲害，又說道：「你當我愛理睬她們？我願意放下臉皮，同那些長舌婦吵架？我也是沒辦法，如今大好的後生聽了她們閒言碎語，就不來跟寧寧提親了。我這麼好的閨女，將來可怎麼辦？村中誰家丫頭這麼大還沒訂親？說起來，這不得怪你當初眼瞎，非要看中那文秀才！」

陳父聽了這話，忍不住嘆了口氣，又繼續勸道：「我看妳當真是被那些閒言碎語影響了眼界。官府也沒有明文規定，女孩必須在十四、五歲定下婆家。更何況，之前那些來提親的，多半是為那五百兩，如今沒了五百兩，他們就不願意來，可見都是一些目光短淺的小人。寧寧若嫁給他們，又哪能有好日子過？寧寧一直不願意理會那些人，也正是看穿了這點。妳閨女都能想得明白，妳這當娘的，又何必為了那些人傷心難過？總不能隨便挑一個歪瓜裂棗，把女兒嫁過去吧？就算妳願意，我還不答應呢！」

陳母委屈地說道：「我也知道那些人不好，可來了一、二十個上門提親的，總歸能有一個品行端正的好人吧？誰又想到他們都是勢利眼呢？」說罷，又哭得滿臉是淚。

陳父只得溫聲安慰一番。「妳也莫要難過，我如今有個打算，不妨說來妳聽聽？」

陳母擦著淚，示意他快說。

陳父嘆了口氣，說道：「之前那些人就算了吧。往後若咱們家再起來，妳也莫要去搭理那些人。如今寧寧一心撲在莊上，妳讓她這時候成親，反而是誤了她。倒不如再養她幾年。到時候，若這莊子做起來，不如咱們給寧寧招個上門女婿。」

陳母難以置信地看向他，顫聲問道：「招贅？這可能嗎？」

陳父撫著鬍子說道：「有啥不可能？我一早看出來了，咱們寧寧與別家姑娘不同。這幾日，寧遠又跟我說了，他這妹子實在了不得。叫咱們千萬別束住她的手腳，讓寧寧放開手去做自己想做的事。咱們心疼寧寧，如今就別給她添亂了。與其隨便找個夫家，不如想辦法招個上門女婿。到時候，他隨寧寧與咱們同住在一處，還不是由著咱家擺布？這樣豈不是也沒耽誤寧寧？反而也能讓她過得舒心？」

「這……」好像也不錯。陳母越想越是這麼個理，一時間竟也不哭了。

陳父又解釋道：「我也是見過曲家人，才有的想法。妳看，曲家便是曲娘子當家做主，她跟張相公也十分恩愛。若寧寧也能如此，豈不是很好？」

陳母越發動念起來，於是點頭說道：「罷了，那幫勢利小人看不上我閨女。我還看不上他們哩！等我閨女把那莊子做起來，他們再來求，看我還搭理他們？等幾年，想辦法給我閨女挑個老實本分的上門女婿，氣死他們！」

陳父聽了這話，一時有些哭笑不得。但好在，他的夫人總算不哭了。

後來，陳母便索性誰也不再搭理，就關上門過自己的日子。

就算有相熟的客人登門找她，陳母也只是虛與應付，甚至有些冷淡。

日子一久，便沒有人去陳家找不自在了。

反倒是那文婆子，如今瘋瘋癲癲，聽說陳家又出事了，陳寧寧壞了名聲。她便想辦法，胡亂湊了些禮物，親自跑去陳家，想把兩家的親事重新再續上。

只可惜陳母硬氣，根本就沒見她，直接便讓吳媽把人打發走了。

文婆子鬧了一肚子氣，回家便跟她兒子埋怨道：「那陳家好生過分，如今咱們上趕著給她做臉面。偏偏他家卻不知好歹，不懂得借坡下驢。如此行事，怨不得他閨女嫁不出去！」

此時的文秀才根本不耐煩聽他娘的話，直接甩上門，便開始悶頭抄書。

事到如今，這對母子越發無話可說了。

可那文婆子心裡卻犯起委屈來。分明是她被人算計了，且不是有意的。可兒子卻徹底同她離了心，就連話都不願意同她說了。

文婆子難過得大哭一場。如今的她，早就沒了之前那股蠻橫之氣，人也變得溫和許多，可村裡的人仍是不願意搭理她。

他們再提起她，無非會說，那個腦袋不好的婆子嗎？原本她兒子有著大好前程，都被她攪壞了。

還有那壞心眼的婦人會故意問她。「城裡的兒媳相得怎麼樣了？綢緞莊的大小姐跟妳兒子挺相配吧？」

文婆子常被這些閒言碎語氣得滿臉通紅，可如今她身體不好，家裡值錢的東西早就賣光了。她也不好再同那些人打架，只得默默忍了下來。不過她心裡憋著一股氣，如今竟瘦成了一條柴，模樣也難看得厲害。

文婆子這邊境況很糟，馬俊生那邊也不算多好。

自從徐丁卯被抓，馬俊生害怕受到牽連，便躲在家中，埋頭苦讀。

等到風聲好不容易過了，又聽說陳寧寧花了幾百兩銀子，買了一個不能種糧食的破莊子。馬俊生頓時覺得十分解氣。
那陳寧寧就算有幾分美色，卻也是個沒腦子的草包。那陳寧遠就算再有才華，也是個糊塗蛋。不然，怎麼也不阻止他妹子如此行事。
馬俊生一時心情大好，便又跑出來呼朋引伴、上躥下跳的，把陳家這事當作笑話，說與別人聽。
原本陳寧寧在潞城也算小有名聲，甚至有些富裕商戶想過聘她做兒媳婦。經馬俊生這麼一宣傳，陳寧寧的好名聲便毀了大半。
那些原本中意陳寧寧的人家，也紛紛另聘了別家姑娘。
馬俊生還暗自得意，心想：陳寧遠，你不願意把妹子嫁給我，如今沒人願意娶你妹子。等你妹子拖成老姑娘，還不是得給我做妾？
果然，書中自有黃金屋。只要好好讀書，往後他自會高官厚祿，嬌妻美妾。
只可惜，事情並未如他期待的那般發展。很快，徐丁卯的案子判了下來。徐丁卯認了誣衊同窗之罪，如今已經下了大獄。至於陳寧遠那邊，一朝洗冤得雪，又被恢復了秀才功名，甚至還賠償了銀子。
馬俊生聽見又生了一肚子悶氣。
想必將來，他和陳寧遠定會在考場上爭鋒。只是比起陳寧遠那種有天賦的才子，馬俊生這種滑頭，差得可不是一星半點。如今他也只能靠些投機取巧的手段，力圖壓過陳寧遠一頭了。

然而，想是這樣想，但馬俊生先前做出的事，早就將他自己的路斷了。

第十七章

另一邊，九王終日繁忙，等到好不容易空下來，他隨口問來安。

「那陳寧寧如今怎樣了？」

來安連忙回道：「陳姑娘如今在種地。」

九王皺眉說道：「她不是一直在自家院裡種地，貼補家中花銷嗎？如今她父親重回書苑當先生，陳寧遠也恢復了秀才三甲的身分，每月都有銀錢祿米，她又何苦再做這苦差？」

來安連忙回道：「不是這樣，陳姑娘買了一處據說種不出稻米的莊子來，如今她正帶著一莊子人，日日種地、養豬呢。」

九王聽了這話，微微攥緊了手中的龍形玉珮，又沈聲說道：「她倒是空閒。也不怕到頭來，竹籃打水一場空。把那一千兩銀子都花完了，看誰還會去接她的爛攤子。」說完，他便垂下眸子，開始喝茶。

不想，來安又繼續彙報。「之前主子吩咐要安排人手到陳姑娘身邊，這回總算有了機會，我們便弄了人到她莊上去。據那人回報，陳姑娘管理莊子倒是好手段。她親自去看了田中土質，說種稻子也無用，便帶著人直接種下黍米。後來當真讓她給種活了，黍米居然長得比稻子好。後來，她又上山採了草藥，給豬崽餵下，那些豬崽也都活下來了。如今那莊上的人對陳姑娘可是信服得緊。之後陳姑娘又找人育種，說是想弄出適合旱地種植的糧食來。陳姑娘說，想把她的莊子做成『天下第一莊』。」

九王面色一沈，把卡在喉嚨裡的茶水直接吞進肚裡，又把茶碗扣在桌上，才皺眉罵道：「小姑娘到底眼皮子淺，一天到晚只會白日作夢。她又不知道天下第一莊到底是個什麼樣，就敢大放闕詞？就算她種得出黍米來，能讓莊上的人吃飽飯。就她那山地土質，與別人的沃土差了十萬八千里。還想做天下第一莊？簡直是癡人說夢！」

主子這是生氣了，還是在諷刺？來安一時摸不清九王的情緒，一時也不好接話。

卻聽九王接著又說道：「陳家受了這麼多冤屈，又被王生平坑了不少錢，你吩咐下去，讓王家賠給他家。」

剛剛還說陳姑娘癡心妄想，主子又想送錢給她花？

來安自幼便跟在九王身邊，為人精怪乖覺，依稀感到九王對陳寧寧有所不同，便硬著頭皮問道：「王家財產早已充作軍費，王爺上次還說要給兵士加俸祿呢。如今可要拿出來一些，先賠給陳家？」

九王雙眉緊鎖，一臉不悅地罵道：「王生平手下不是有一群狗腿蛀蟲嗎？當日，他們既然敢跟著王生平為虎作倀，作威作福，欺壓良民，如今自然要付出代價來。不然，難道要等到人死了，再去閻王殿申冤受審嗎？」

來安聽到這話便明白了，連忙領命道：「我這就去辦。」

說罷本要離開，可還沒等他挪動腳步，九王又問道：「這都過了多久，那些人還沒種出藥草來？我看那群老學究，倒不如一個小姑娘會種菜。」

藥跟菜一樣嗎？來安一時無言，只得硬著頭皮說道：「還請爺再寬限他們一些時日。」

九王抬眼，直言道：「我給他們時間，那誰給我兄長時間？安排人手盯死他們，一日種不出仙草來，就不許他們回家。」

來安嚇得直接匍匐在地，嘴裡連連稱是。

九王卻沒有理會他，反而徑直走到窗前，看著青山綠水，也不知他在想什麼。過了好一會兒，他說道：「叫你的人盯死陳寧寧，看看她到底有多會種菜？」

「是。」來安連忙點頭應下，只是他心中卻叫苦連天。

那莊上雖說都是些罪奴，可卻藏龍臥虎。如今前任指揮使曲風前就在莊裡坐鎮，所有人都在他管控之下。他們的人雖然成功混入莊子，卻根本無法靠近陳姑娘身邊。這些消息，已經是他想盡辦法挖來的。

只是現如今九王正惱著，來安也不敢多言。

卻不想，九王突然轉過身問道：「你還有何事未報？不得隱藏。」

來安見九王的眼神，立刻驚得一身冷汗，連忙低頭說道：「曲風前，如今就在那莊上當莊頭。」

九王劍眉微挑，又問道：「還有誰？」

來安只得繼續說道：「陳姑娘的長兄陳寧遠，如今跟著閻懷柳學習。」

抬頭見主子面色無異，他咬著牙繼續說道：「前工部侍郎袁大人的小公子袁洪哲，被陳姑娘委以重任，負責擬建莊上養豬場以及養魚池；前御馬監李大人一家，頗得陳姑娘看重，如今正負責養豬；張太醫之子張槐，尤其得了陳姑娘青眼，如今負責育種。此外……」

林林總總報了一堆人名，他也沒見主子面上有半點不耐之色，便繼續說下去。

直到來安說得口乾舌燥，好不容易彙報完了，九王才挑起嘴角，淡淡說道：「也不知道她是福運臨頭，還是厄運纏身。碰上這群人，這莊子怕是不好收拾。」

來安連忙又說道：「不如叫我們的人，想辦法支援陳姑娘？」

九王冷哼一聲。「大可不必，若她管不好這莊子，不如回去當她的閨閣小姐。」

來安連忙應是。

九王不再理會他，拿起馬鞭往外走去。

來安連忙起身相送，卻見九王正把那塊龍形玉珮裹進帕子裡，收到懷中。

這塊玉珮定是極好的，否則主子也不會這般珍視。

他正想著，九王又突然開口道：「安排神醫去給大長公主問脈。」

來安忙道：「大長公主那是心病，常年吃藥，也不曾好轉。如今咱們貿然找人過去問脈，非但公主不會記下咱們的好，只怕還會惹了別人的眼。」

九王只是淡淡地說道：「給她帶句話，養好了身子，說不定就能見到她思念之人了。」

來安聽得一頭霧水，卻還是按照九王的吩咐去做了。

九王不再理會他，很快吩咐下人，牽出自己的良駒烏騅馬，翻身上馬，便跑了出去。

剛好這時，一身白衣的殷向文來到莊上，見狀便問來安。「你主子又在鬧什麼？這兩日，他似乎心煩得很。」

來安苦著臉說道：「還不是太子爺的病情又加重了，我們主子昨晚都沒吃飯。如今，又讓咱們逼著底下人種藥草呢。其實山上那些人也一直在催著，只是這種東西，實在需要緣分。殷爺還是多勸勸我家主子才好，別再急出個好歹來。」

殷向文搖了搖頭，又說道：「我哪裡能勸得住？你主子跟個小閻王似的，終日繃著臉，沒個高興的時候。不如，你中午熬些綠豆湯給他吃，先去去火氣再說吧。他這脾氣，除了太子爺誰還能勸得了？若是這次太子爺能好轉便罷。若是當真出了什麼事，恐怕所有人都得跟著遭殃。」

說著，殷向文滿臉憂心忡忡，那張俊臉，再也無法開懷。

來安聽了這話，心頭越發苦澀。忽然又想起，主子嘴上不說，實際上卻對那陳家小姐分外看重，倒不如用她的事情分分主子的注意力。

自那以後，來安便時常向九王彙報陳寧寧的消息。幸好那陳寧寧正巧也是個妙人，總能做出一些稀奇事來，讓他有許多事能說。

等到來安繪聲繪色地講起，張槐那般榆木腦袋的廢柴，被陳寧寧奉為座上賓，甚至還喊他「張叔叔」時，九王便撇嘴說道：「不過是個沒用的奴才，何苦這般抬舉他？」

來安連忙又說道：「後來，那張槐卻對陳姑娘佩服得緊，陳姑娘曾對他說過，如今有很多人都以旱地為生，靠天吃飯，收成也沒多少。那些人連吃飽飯都很艱難。若張槐真能培育出適合旱地的良種來，將來定能留名青史。」

九王聽了這話，眸色微微一震，又沈聲說道：「她竟然還關心別人能不能吃飽飯？果然還是想做天下第一莊。」

來安又忙接話道：「如今張槐對陳寧寧信服得緊，也不鬧著非要回去種草藥了，當真種起糧食種子來。別人若是問他，他便說道，莊主才是大才，她在種植方面的造詣比我強上何止百倍。」

九王若有所思地說道：「這麼說來，她定是在種植上有些長才，說不定也能種植草藥？你再去細細打聽。」

來安連忙點頭應了。

自從陳寧遠沈冤得雪，恢復了秀才身分，便在二牛村，又引起了一陣波瀾。

陳寧遠如今不只還能考科舉，每月還有祿米可拿。

一時間，有些好人家看中陳寧遠的將來，便託了媒人，去陳家說親。

只可惜，陳寧寧的婚事一波三折，陳母早就被傷透了心，便覺得這些人都是勢利眼。因而，連帶著對這事也沒有多大熱情，反而推給丈夫相看了。

陳父從前看重書香門第，曾想過給長子迎娶一個知書達禮的媳婦。可這一年來，他嘗遍世態炎涼，眼界自是與從前大不相同。

如今陳父更希望給長子娶個性格堅毅，勤勞能幹，一心向著兒子，不論任何困境，都能陪伴他走下去的兒媳。現在再看那些來家裡說親的姑娘，對比一下妻子、女兒的品格，或多或少都有些不足之處。陳父思來想去，不能隨便湊合，就把那些人家都給回絕了。

他也曾問陳寧遠的意見。陳寧遠如今仍是一心想要投軍，只不過得先跟隨閻先生學習，平日他忙得很，暫時沒有娶妻生子的想法。

陳父也心疼長子這般辛苦，便不願意逼他，索性按照他的心思去了。

村裡人得知此事之後，紛紛搖頭嘆氣。

一時間倒是不少人在埋怨陳家不知好歹。

「連鄉紳財主家的小姐、城裡布莊上的千金，他都看不上眼？難不成，陳家還想留著陳寧遠，將來去娶公主、郡主？也不看看他家是什麼出身？」

「陳秀才也不怕陳寧遠跟他妹子似的，挑花了眼，再也找不到合適的親事了。」

「話說回來，他家那姑娘怕是要留在家裡熬成老姑婆了。到時候，還不埋怨死她爹媽？」

陳母這時已然聽了丈夫的勸，心胸開朗了不少，也懶得再理這些流言蜚語。否則，少不了又要被氣哭了。

只是不管陳家怎麼想，村裡那些人仍是樂此不疲地盯著陳家人。

從前，陳家高高在上，一門出了兩個秀才，老子是書苑的先生，兒子又是遠近知名的神童。眾人總覺得他家將來定是要出人頭地的，多少還帶著幾分敬畏心。

後來，陳家起起落落，鬧了許多是非。村裡的人連陳家最落魄時也曾見過，反倒覺得，大家也沒什麼兩樣，敬畏心便沒了。

可偏偏陳家為人處世，卻與別人家完全不同。

他們既不會在得勢時，便高人一等，趾高氣揚；也不會在落魄時，就藏頭露尾，羞於見人。似乎不管境遇如何，陳家都會心態平和，踏踏實實地過自己的日子。也不知道從何時起，陳家人臉上總是洋溢著笑意，甚至總是在做一些眾人不敢想的事。

也因如此，村裡的人總是喜歡圍觀陳家，不帶什麼惡意地閒侃。

似乎在隱隱期盼著，看他家將來到底會變成何等模樣？

當然，也有少數人仍在堅持說：「陳家出了個敗家姑娘，要養著幾十張嘴，就算她哥恢復了秀才身分，陳秀才去城裡教書了。他家也好不到哪兒去，總會有被陳寧寧掏空的那一日。」

大多數人卻對此不以為然，心裡想著：陳家會更好也說不定呢！

在眾人的議論中，官府中的人居然親自來到二牛村，敲開了陳家大門，給他們送了不少補償。

說是王生平那事，陳家也是苦主，如今老爺判下來的，要給陳家補償。

到底給了多少銀子，村裡沒人知曉。眾人卻暗中猜測，或許是好大一筆銀子。

於是，陳家如今好像又富了。

有好事者誇讚道：「這陳家也不知怎麼搞的，倒像是迎了財神進門一般。」

還有人笑道：「他家如今倒像財神護體，就算有個敗家姑娘，他家一時半會兒也倒不了。」

這日陳母正好帶著吳媽，上山去探望閨女。被送回來的時候，偏偏就聽見了這些話。

她心思一轉，就算家裡不在乎，也不能再任由這些人胡亂造謠了。不就是編故事嗎？別人會編，她也會編呀！

於是，陳母走到那些婆子面前，一臉正色說道：「聽妳們這麼一說，我倒想起一件事來。我閨女六歲的那一年，家裡帶她去潞城看燈會。也曾遇見過一個仙風道骨，頭髮鬍子花白的老道士。原本我家也沒想給孩子算命。可那老道士一看我那閨女面相，便追著我們一路不肯走，非要看看我閨女。後來，我相公被纏得煩了，才勉強讓他給我閨女相面。那老道士一看便說，我閨女命中帶貴。我們家積善幾世，這才能把她迎回我家。將來，就算遇見災難凶險，也不必著急，只要有我閨女在，定能逢凶化吉，遇難呈祥。如今想來，那老道士的話，倒是都應驗了。原本寧遠和他爹病得好生凶險，我都恨不得賣地了。是我閨女阻止了，還跟堂兄吵了一架。後來，又是我閨女去潞城賣玉。再那之後，妳們也就都知道了。」

陳母說完，便看向一旁的婦人，那婦人正聽得入神，便連忙接話道：「後來，妳家就一日比一日好了，陳秀才的腿養好了，如今跟正常人沒什麼兩樣。寧遠的病也好，如今還被恢復了秀才身分。這樣說來，妳閨女豈不是妳家的福星？」

陳母點頭說道：「可不是？也就是有些人無中生有，總是編排我閨女的是非。妳們猜，我今兒去那莊上看見什麼了？」

眾人齊問。「到底看見了啥？」

陳母又笑道：「他們莊上那地裡黍子已經長得老高了，我閨女說中秋他們就能打出糧食來。而且，他們莊上買的那些小豬崽一直都沒死，都養活了。我閨女又找專人養著，幾十隻豬崽個個肥肥圓圓的，一點毛病都沒有。也不知道誰傳的，她那莊上養不了人，大概是之前那些人不擅長管莊子吧？我閨女可就不一樣了，去過我家的人都看過，我們那院子被我閨女弄得跟小花園一樣。就連青山書苑那徐掌院，都說我閨女會打理院子，還想請我們過去幫他整治園子呢。只是，我相公心疼我女兒，一直沒有應下。這幾日，徐掌院還說，等那莊子弄起來，他也要過去看呢。」

眾人聽了這話，無不震驚。也有那家裡養豬的，連忙上前問陳母。「那豬崽抱回去都養活了？還一連養了幾十隻豬？這可能嗎？」

陳母便說道：「你們不會養，不一定我閨女不會養呀！她也不知道從哪裡找到的人才，那一家子最會養豬了，也不只是豬，他們還會養貓兒、狗兒、兔子，據說，還會教鳥說話呢。反正，不是咱們這些人能比的。」

眾人聽了這話，倒吸一口涼氣。合著那莊上有人幫著打理，陳寧寧果然如此好命嗎？

又有人不安好心地上前問道：「不是說那莊上住的都是一些罪奴嗎？妳也放心讓妳兒子、女兒待在那莊上，幾日都未必下來一回？」

陳母擺了擺手又說道：「說來也巧了，之前我家那三個去山裡玩，偶然間救了一個誤食野草的小閨女，那小閨女正好是曲莊頭的外孫女。如今曲家一直護著我閨女，那小閨女也貼身跟著她。我閨女如今實在沒什麼煩心事。」

眾人越發難以置信，待要再問陳母幾句莊上的事情。陳母又一指吳媽手裡的筐子，接著說道：「我閨女也是孝敬，時時惦記她爹娘，這不是在那山裡採了些草藥，詢問了莊上的大夫，便親手曬了配成藥包，一個是給她爹泡腳用的，一個是給我們沏茶喝的。說都是強身健體用的。唉呀！不說了，我們得趕緊回家去了，得把我閨女套的野雞趕緊收拾了做成湯。等我相公回家還要喝呢。」

說罷，陳母就帶著吳媽，一步三搖地離開了。身後還跟著兩個婆子，拿了不少雞肉、豬肉、野菜之類。

眾人瞪眼看著，一直到人都沒影了，這才面面相覷。

「誰說陳家要被掏空了？我看怎麼不像呢？」

「他家該不會硬撐吧？說不定，又把王家賠的金銀搭在那莊裡？」

「養幾十頭豬？從沒人敢那麼幹，陳家娘子怕是吹牛的吧？」

「陳娘子還真不是那樣的人。或許，他家真的走運了。」

「也或許，陳寧寧當真是個福星，別人種不出的地，硬是被她種成了呢？」

一時間，眾人沒有了言語，再互相看看彼此，忽然覺得老大沒趣，便各自散去了。

另一邊，陳母回到家裡，好生得意了一番。一邊在廚房忙著，一邊對吳媽說道：「我看那些人還敢胡說八道，壞我女兒名聲？如今雖然說，也不想給寧寧找婆家了，卻也見不得她們嚼那爛舌根。其實，我早該這樣說了。」

那吳媽忍不住看了陳母一眼，又垂下頭問道：「夫人，老道士給小姐看過那事，可是真的？」

陳母一臉若有所思地說道：「看燈時，的確遇見一個老道士，只是那道士穿得破破爛爛，一看就不像好人，寧遠他爹生怕他是個拐子，於是找了相熟的差爺，把他帶走了。那老道士被帶走時，還喊著什麼來著？」

吳媽連忙問道：「喊著什麼？夫人可想得起？」

陳母看了她一眼，笑道：「妳倒是當真了，寧寧她爹當初可是不信的。我再想想……好像是說，寧寧被什麼遮擋了，什麼食傷生財，財旺生殺，讓我和他爹好好教導寧寧，別讓她走了歪路。」

吳媽聽了這話，一臉若有所思。

她曾經是尚食司女官，與徐嬤嬤交好，自然也知道一些內幕。

如今聽了陳夫人的話，正好讓她確認了陳寧寧的身分。

鎮遠侯夫人當初因丟了孩子，心中苦悶，自此纏綿病榻，一度病情加重，人也變得瘋瘋癲癲。鎮遠侯為了安撫夫人，便從外院抱回一個女孩，與丟的孩子長相十分相似，便假作那是尋回的侯府嫡女。原以為侯夫人得了那孩子，便能大好起來。

誰承想，侯夫人一見那孩子，便吐了血，直說那不是她孩兒。後來，也有人說，那其實是鎮遠侯抱回來的外室之女，冒充了侯府嫡女的身分。這事到底被侯夫人識破，自此便跟侯爺決裂。而後身體本就孱弱的侯夫人過度思念女兒，沒兩年就去了。

大長公主得知女兒的死訊，一度遷怒鎮遠侯府。她又是當今最親厚的姊姊，侯府被打壓得十分艱難。侯爺為表真心，守了許多年，一直沒再成親。

可大長公主卻仍不見侯府的人，那府上後來便一日不如一日了。

如今，大長公主便久居佛寺，長期禮佛。也不知，她還想不想找這外孫女兒。

第十八章

與此同時，陳寧寧在山上過得好不自在。所有的一切都按照她的安排，有條不紊地進行著。

莊子劃分成好幾個部門，養殖部小豬成活之後，農莊工程部在袁洪哲的帶領下繼續擴建農莊。

在此期間，袁洪哲深受陳寧寧的影響，經常來跟她討論一些想法。

陳寧寧倒是什麼都敢說，提出許多驚天的想法出來。就比如說，她說若山上的水不夠，其實可以把山下那條河的水引上來。這就涉及到虹吸現象和水車了。

一開始袁洪哲自然弄不懂，虹吸現象到底是何物？

因此陳寧寧少不得又想辦法給他演示一番。

袁洪哲難以置信地看著陳寧寧把竹竿連接在一起，在兩個桶裡引水，然後興奮得滿頭都是汗。

轉過天，他帶來了自己的表哥吳哲源。

吳哲源是一個瘦巴巴的青年，原本生得一身讓姑娘嫉妒的雪膚，可這些日子，被他爹強制拉到田裡種地，因而曬得又紅又腫，甚至還有些破皮了。這樣一來，自然好看不到哪去，樣子甚至有點嚇人。

吳哲源對此很苦惱，只得用袖子遮著臉，有些羞於見人。

陳寧寧一看，便忍不住搬來一個小花盆，對他說道：「這蘆薈你搬回去，剖開取出那肉，敷在臉上便會有所緩解。」

吳哲源聽了這話，嚇了一跳，這才放下袖子來，又乾巴巴地看了陳寧寧一眼，也不開口說話。

最後還是袁洪哲替他說道：「這是我表哥，心細手巧，特別喜歡做一些稀奇古怪的玩意。上次莊主跟我說的水車，他喜歡得緊，也想跟著一起做。所以我便帶他來，問問莊主，能不能讓他也進工程部。我表哥這些日子一直被舅舅逼著種地，這才壞了容貌。」

陳寧寧又看了吳哲源幾眼，便對袁洪哲說道：「你要用的人，自然由你挑。不過，你表哥若真在造物方面有出眾的才能，我或許會單獨給他建立部門也說不定。」

袁洪哲聽了這話，連忙說道：「那可太好了，莊主就等著吧。說不定，咱們真能把山下的水引上來。」

陳寧寧笑道：「那我就等著了。」

又說了幾句，袁洪哲便打算帶著吳哲源回去了，可吳哲源磨磨蹭蹭挪著腳走到門口，卻不肯走了。一咬牙，他又轉過身問道：「那盆花我真能帶走嗎？」

陳寧寧笑著回道：「這有什麼不可以？方才便要送你，你不說話，我還以為你不想要呢。」說著，陳寧寧又把蘆薈搬到了他的面前。

吳哲源再問道：「塗了這肉，我臉上的傷當真能好？」

陳寧寧回答道：「只能緩解你臉上的傷，真想好的話，就找頂草帽遮光吧？你本來就皮嫩，不做任何防護這般曝曬，自然要受傷了。」

吳哲源頓時覺得很委屈。「又不是我想這樣的。」

袁洪哲又幫他辯解道：「是我舅舅，覺得他長相不夠陽剛，硬逼著他把面皮曬黑，這才曬傷了。」

陳寧寧聽了這話，頓時差點笑出來。

這還真是什麼樣的人都有！

不管怎麼說，陳寧寧這邊的人才是越來越多了。

除了莊上一些日常事物，陳寧寧還是最喜歡種菜。因而有大半時間，她都和香兒、青蒿一起，同張槐一起在田裡忙。

果然，用了陳寧寧提供的土壤和泉水，張槐也能在花盆裡種植血牛筋了。

從前他珍惜到不行的寶貝仙草，如今隨手就種成了十幾盆。而且，這些草長得非常完美。看那長勢，完全不輸他花五年時間培育出的那根獨苗。

張槐初時激動得徹夜難免，後來他被陳寧寧打擊得習慣了，看著這些仙草，倒也不覺得珍貴，反倒開始盡全力鑽研那些真正能在旱地裡長出的糧豆種子。他按照陳寧寧的方法，在一塊土地上做了不少小塊小塊的實驗田。

大概是陳寧寧在他心底埋下了一顆火種的緣故，張槐當真覺得，或許有朝一日，他們真的可以培育出讓所有人都能吃飽飯的種子，為眾人造福。

每每想起這些，張槐便有些熱血沸騰，甚至有點強迫症。他曾有一度，恨不得每日不睡覺，待在田裡把這些種子弄好。

陳寧寧知道後，便經常開導他。告訴他種子的類型很多，華夏農人已經種植了幾千年。這才有了如今的稻子、粟米，各種豆子，各種蔬菜。又經過很多人的努力，才有了如今的佳餚。

如今，他們只有這幾個人，要想培育出最好的種子，自然不可能一蹴而就。說不定要耗費一生的時間。因此他們如今最主要的就是休息好，保護好身體。

陳寧寧又笑咪咪地問：「也可能一生都沒有找到，張叔你還願意跟我一起繼續找嗎？」

張槐自然點頭道：「那也要找！」

就這樣，他才慢慢調整好心情。

陳寧寧本來就是個比香兒大不了幾歲的年輕女孩，說這事時她嚴肅又從容，很值得信任。可她一到田裡，跟著香兒一起弄種子時，卻又是另一副模樣。

她經常能發現一些有趣的事情，想出一些笑話，說給眾人聽。再加上，香兒也願意配合她。這樣一來，他們的工作環境也就越發輕鬆自在了。

直到某一日，陳寧寧半是認真地問張槐。「叔，如今咱們的血牛筋都種了這麼多，先拿一些來熬涼茶如何？咱們也來去去暑氣。」

張槐聽了這話，當場就把陳寧寧之前用普通牛筋草製成的涼茶給噴出去了。

好嘛，小莊主在這裡等著他呢！她是不是早就惦記上他的血牛筋了？這血牛筋雖說長得跟牛筋草差不多，屬性也差不多，可它是仙草、是靈丹妙藥，為什麼小莊主就不信呢？總想拿來泡茶！多浪費啊！

張槐急得眼睛都濕了，差點落下淚來。

陳寧寧見狀連忙改口說道：「呵，叔，我其實是開玩笑的。我就想著這麼多血牛筋，種都種了，也沒見它有什麼大用。繼續種它又費土、費水、費人工，倒不如先收起來入了庫，就由叔來全權處理，您看如何？」

張槐臉色這才緩了下來。

陳寧寧抹去額頭上的冷汗，沒再說話。只是她卻不免想著，若是這血牛筋，當真有那麼好，更應該熬成涼茶給大家喝，也好強身健體。在她看來，這才不浪費。

只可惜，她又不敢當著張槐的面這麼做。於是，便趁著曬草藥時，悄悄收了一些血牛筋帶回家中，準備熬成涼茶。

還跟她母親說：「張叔說了，這草十分珍貴，有解毒健體之妙用。當著他面，也不敢隨便說，我便帶回來一些，咱們熬成涼茶，給您和爹補補。」

陳母聽了這話，便笑道：「妳這孩子，有什麼好東西就知道給我們拿回來。既然這草這麼珍貴，倒不如聽了張先生的話，好好保存起來。」

陳寧寧便說道：「您是不知道，這草種得可多了，再需要也還能接著種，一點都不麻煩。也就是張叔太在乎它了。您和我爹也不用管其他，想喝管夠。」

陳母越發開心起來，又說道：「妳這又是何必，萬一這草能賣錢呢？妳倒不如換了銀子，妳莊上還要用呢。」

陳寧寧想想也是這個理，便說道：「那我找人去城裡打聽一下，看看能不能賣出去。十有八九不可能吧，張叔說得太嚴重了。這其實就是牛筋草。」

兩人正說著，只聽吳媽在外面說道：「夫人、小姐，有位軍爺來咱們家拜訪。」

陳寧寧隨母親走到院裡，繞過影壁，就著敞開的遠門一看，頓時愣住了。只見來人眉如遠山，目似星月，鼻如瓊瑤，面如冠玉。乍一看竟比女子生得還要俊俏幾分。只可惜此人眉宇間帶著不加掩飾的凌厲煞氣。更像是一把尚未出鞘的寶劍，一旦拔劍，便會取人性命。

陳寧寧自穿越以來，就見過這麼一個長相完全在她審美上的帥哥，自然印象深刻。

陳母上前，甚至還來不及問「這位軍爺你想找誰」，便聽她女兒開口說道：「小軍爺，許久不見，您今日來我家，是找家父還是家兄？」

陳母頓時一愣，回過頭來看女兒。映入眼簾的，是影壁上陳寧寧細心栽培的各色小菜，蔥綠的、薑黃的、醬紫的摻雜相間，就像是一幅畫。偏偏小姑娘此時穿著一身粉嫩裙裝，站在院子正中，又好像早已融入那幅畫中。就像一朵綻放的花兒似的。

此時，小姑娘微微垂著頭，雙手合十，疊放在身前，一副乖巧有禮的模樣。她那雙月牙眼，正微微彎起，臉上帶著一抹明媚燦爛的微笑。

陳母第一次發現，她閨女竟生得這般美麗。美麗到她下意識地想把女兒藏起來，甚至想要把院門關上。卻在看向院外的青年將官時，又呆住了。陳母活到這麼大，也不曾見過這般相貌出眾的男子。這麼看來，此人倒是與她女兒般配極了。

一時間，陳母又為這個想法感到慌張。卻聽那青年將官說道：「我並不是來拜會令尊和今兄的，而是聽聞陳姑娘擅長種植。今日來此，是想請姑娘幫忙看一些種子。」說罷，他一躬身，微微行了一個禮。

陳寧寧招呼了一聲，又連忙笑著跟母親介紹。「娘，這位軍爺，就是當日在潞城，幫我和寧信解圍的恩人。」

陳母這才明白過來，連忙說道：「既是恩人，還請院中說話。」

說著，母女倆便引著客人進到院中。

九王厲琰早就聽徐掌院誇讚過陳家的小園子，原本他還不以為然，今日一見，單單這影壁就十分新鮮。上面種了不少蔬菜，整面影壁就像一幅畫，襯得整個院落都顯得生機勃勃。

跟著陳家母女到了院中，才發現滿園子都是一簇簇一團團的綠。偏偏主人家安排得很好，所有植物雖不曾精心修剪過，卻排布得井然有序。甚至會利用一些花盆高矮，把這些植物分出層次來。

不得不說，這就是一個美觀大氣的院子。

走近一看，院裡的植物果然都是一些蔬菜，甚至還有架子上的葡萄藤，正吊著碧綠的果實。當真是十分有趣。厲琰見狀，忍不住暗嘆，這陳寧寧實在心思靈巧，在耕種上果然有幾分手段。只盼著她，在種藥材方面，也像這般靈巧。

幾人很快來到竹亭，厲琰一眼便看到了那個大水缸。

陳寧寧又設計了竹筒小水車，放在水上面。

如今看來，整個缸上就像一個湖面，背靠遠山，山上有流水，流水下來，經過水車回到湖中，湖上種滿了「荷葉」。偶爾還有一些漂亮的小鯉魚，躍水面而出，在「荷葉」間嬉戲。也難怪徐掌院喜歡得緊。

不得不說，陳寧寧這心思實在巧妙。就連厲琰也不曾見過。

正在這時，陳母已經讓人端了茶和新鮮果子過來。

厲琰坐在主位，端起茶一喝，只覺得那味道實在好生特別。有一瞬間，他甚至懷疑陳家人故意拿了什麼湯藥水給他喝。可抬頭一看，陳母和陳寧寧也都在喝那種茶。

他嚥下茶水，忍不住開口問道：「這是何物？味道好生奇怪。」

陳母一看，原來婆子拿錯茶了，把女兒泡的血牛筋涼茶拿了過來。她生怕給女兒惹麻煩，於是便連忙說道：「這是我女兒在山上種的藥草，找大夫特意學來的茶方子。有清熱解暑，強身健體，預防時疫的功用。如今我們家裡便在喝這種茶呢。這次恩人來，便也請恩人品嘗一二。」

厲琰心道，原來陳寧寧當真會種草藥。這麼說來，事請交給她來辦，或許真能有轉機呢。只是他向來很能沈得住氣，並不把所託之事直接說出口，反而低頭繼續細品這涼茶。

陳母說的那些功用，他是不太相信的。只覺得陳母言辭太過誇大。至於這涼茶的味道，仍不大好喝，舌尖略覺得有些苦澀。

然而只是一碗茶下肚，他脊背便已經濕了，又覺得通身上下的氣孔都被打開來。厲琰暗自調整內息，卻發現血液流動加快，身上也變得舒爽了許多。他這才發現，這茶的確有些妙用。

這時，陳寧寧見他茶杯空了，又連忙給他斟上一杯，這才開口問道：「軍爺不如把那些種子給我看看。」

厲琰此時已然相信陳寧寧的本領，便拿出一個紙包，遞上前去。

陳寧寧打開紙包，看著那些種子，覺得十分眼熟。細看了一下，她發現大都是些山裡長的野草、野果的種子，於是漫不經心地撥弄著，實在不知道，這小軍爺要種一些山間野草做什麼？

只是等所有種子都看完了，才在最底下找到幾個芝麻粒大小，紅通通，就像浸過血的小草籽。若是放在從前，陳寧寧或許直接就把這些小草籽給忽略掉了。

可前些日子，張叔又收了一回穗子，恨不得把每個紅色小草籽都取出來，一粒一粒地數來數去。就連陳寧寧跟他要，他也是一粒一粒數著給，多一顆都不願意拿出來。

張槐實在太緊張、也太寶貴這些紅色草籽了。以至於陳寧寧想不重視都不行。如今自然一眼就認出這草籽，也猜到小軍爺的來意。

陳寧寧雖然心裡很中意對面小軍爺的姿色。可這都坐在談判桌上，又豈能被美色所誤？因而，她很淡定地看了茶碗中血牛筋的紅葉子一眼，又若無其事地問道：「這都是一些山裡長的草種，寧寧不才曾經見過一些，不知軍爺要它何用？」

厲琰一聽這話，面色雖然未變，唇角卻微微向上挑起。他隨和地看向陳寧寧，並不回答，反而開口詢問道：「不知姑娘要種出這草來，有幾分把握？」

那雙眸子瞬間便有些溫柔似水。陳寧寧被看得不禁心跳加速。

只是陳寧寧向來會些面上功夫，又憨笑著解釋道：「我雖擅長種植，卻也不好說大話，要試試才知道。只是山間一些稀有的草藥，對土壤水源都有要求。我們弄不清楚，或許幾年才能摸出規律，種出一顆那樣的草出來。所以我才問軍爺，要它何用？」

小姑娘雖然笑臉嫣然，言語間滿團都是和氣。只可惜她那雙眸子實在太過清澈通透了，就彷彿把別人的心事看穿一般。這種感覺讓厲琰十分不喜。

他心想，這才多久不見，那日驚嚇過度，全身毛都立起來的動物幼崽，就搖身一變，變成了膽大包天的小山大王了？這小山大王難道不懂，過剛易折，山外有山的道理？

厲琰剛想拉下臉來，壓一壓她的脾氣，卻見那小姑娘突然抬起杏核眼看向他，滿臉都是不加掩飾的憧憬和信賴。倒像是他曾經一手養大的貓兒，上一刻還想伸出小爪子抓人，下一刻便識時務地老實服軟了。

一時間，厲琰倒也不惱她了，反而索性跟她說了實話。「家兄年少時曾誤食了一種藥，導致身體日漸衰弱。這些年，我遍請名醫，好不容易查到二牛山上有一種藥草能救家兄性命。但如今已經找了大半年，仍是沒有任何音訊。因緣巧合之下，拿到了這些草種，或許這當中便有那種草。」

陳寧寧聽了這話，鬆了口氣，又問道：「不知，軍爺要的那藥草叫什麼名字？」

厲琰便說道：「不知名字，倒是有一張圖。」說罷，便把圖拿出來遞給陳寧寧。

陳寧寧展開一看，微微抿了一下唇角，又看了她母親一眼。好在母親這時正低頭喝茶，也並不想看這圖。

陳寧寧便把圖紙折好，還給小軍爺，又起身行了一禮，開口說道：「當日，軍爺幫了我和寧信一大忙，也算是我陳家的救命恩人。如今既然要種那草，寧寧自然想辦法幫你，軍爺請稍等片刻。」

說完，她便轉身去後院了。

一時間，厲琰也不知道陳寧寧要搞什麼鬼，也只能待在竹亭裡等她。

剛好這時，缸裡有條自在小魚，一躍飛出水面，在空中翻了個身，舒展著身體，姿態十分美。厲琰竟有些看呆了。只覺得陳寧寧就像這條小野魚。

另一邊，陳母雖然全程旁聽了兩人的對話，卻完全一頭霧水，尷尬地坐在一旁。

好在不大會兒的工夫，陳寧寧便抱著一個小花盆回來，開口說道：「想必小軍爺想要的就是這株藥草，也算趕巧了，我那山莊上有一位叔叔很會種藥草，他花了五年功夫培育了這株。如今這藥草就送給小軍爺去救兄長吧。也算報答當日之大恩了。」

厲琰幾步上前，瞪圓了眼睛，難以置信地看著那盆通體血紅的草。

果然，跟他那圖上畫的簡直一模一樣！

此時，他根本沒辦法仔細聽陳寧寧的話語，只是小心翼翼地伸出手指去觸摸那血紅色的草葉。生怕這只是一場夢。又過了一會兒，他才如夢初醒一般問道：「姑娘，當真要把這盆草藥送給我？」

「嗯。」陳寧寧一臉大氣地點了點頭。

厲琰又連忙說道：「我願以五百兩黃金酬謝姑娘。」

陳寧寧直接回絕。「大可不必，不過是一株草，留在我家裡也沒什麼大用。小軍爺帶走，救你兄長去吧！」

事態緊急，厲琰也不再跟她囉嗦，又行了一大禮，抱過那花盆，便匆匆向院外走去。他走得實在太過匆忙，就好像有人在後頭追他一般，甚至連告辭都忘了。

待他走後，陳母才呆呆地看向自己閨女，又看向自己茶碗裡的沫子，顫聲問道：「寧寧，五百兩黃金一株，那是血牛筋？」

陳寧寧只得安撫她道：「娘，就是血牛筋，您就可勁地喝完了。以後咱們家管夠，說不定喝了，當真對身體大有好處呢。」

陳母小心翼翼捧起茶碗說道：「我不喝，我可喝不下這玩意。五百兩黃金呀！」

陳寧寧只得勸道：「平常人又不會買它，咱們這邊隨時都能種。娘您還是不要想那麼多了。再說了，都做成涼茶了，您不喝的話，這些大概五十兩黃金，可就要放爛了。那多可惜？」

陳母一激靈，連忙捧起茶碗，說道：「我喝就是，總歸不能讓它爛了。可有一點，妳還是聽張槐的話，以後不要胡亂動它。萬一別人也要花五百兩金子買它呢？」

「哪來那麼多冤大頭，非要買它？」

陳母想了想，又問道：「寧寧說還了他恩情，不要他錢，這也是應該。可妳為何要作出只有這一盆草的樣子，妳在山上不是養了十來盆嗎？」

陳寧寧不禁笑道：「人家小軍爺那麼看重這血牛筋，咱們直接甩出十盆到他臉上，那他還要不要面子了？」

第十九章

「這話好像也有道理，的確該給他留下些顏面。」陳母下意識地點了點頭，卻又覺得很奇怪，說不出哪裡不對勁。

陳寧寧又道：「娘呀，這事千萬別往外說，省得那些宵小又動了歪心思。」

陳母揮去疑惑，連忙道：「放心，這事娘明白。回頭就跟妳爹、妳兄弟都說清楚。只是，這小軍爺實在很怪，白來咱們家一場，也不通報姓名，抱著花盆便走了。」

陳寧寧笑道：「管他姓什麼，從今以後，反正我陳家就不再欠他的了。人活一世，人情債最難還。如今還了他，往後再若有事，那就是清清楚楚，也省得被絆了腳呢。」

說這話時，陳寧寧眼底一點情緒都沒有。就好像剛剛看著人家小軍爺兩眼發亮，滿面紅光的，不是這個小丫頭似的。

一時間，陳母有些糊塗了。她方才還以為，女兒對那位小軍爺生了幾分心思。如今卻發現，好像是她想多了。不過，閨女沒看中小軍爺才好。將來他們陳家還要招個容易擺布的上門女婿呢。那小軍爺一看就不太好惹。

這樣一想，陳母心裡就痛快了，便把這事直接丟開手，又去忙其他事了。

陳寧寧又問了一句。「吳媽呢？怎麼方才一直沒見她？」

陳母隨口便說道：「她身子好像不大舒服，可能回房休息了。」

陳寧寧又說道：「實在不行，讓張叔幫她看看，其實食療法挺好的。」

陳母聽了這話，肚皮都要笑破了，又指著陳寧寧，說道：「妳這丫頭，明知道他們都不信張槐的醫術，偏偏還要起這頭。」

陳寧寧聽了這話，想到大家生怕給張槐看病的模樣，也忍不住笑了。

兩人說話間，吳媽此時正滿頭冷汗地躲在房中，半天不敢出門。她早就知道，陳寧寧的身分非同一般，卻沒想到九王爺那個閻王居然也登陳家大門了。

方才有客來，吳媽打開院門的一瞬間，膝蓋發軟，差點直接跪了。還是來安，一手托她起來，笑咪咪地看向她。

吳媽顫著嘴唇，半天說不出話來。

卻聽來安說道：「吳嬤嬤，我們軍爺有事來訪，妳還不趕緊幫忙通報一聲。」

吳媽這才勉強冷靜下來，轉身通報給主家。之後，她便被來安直接帶走了，又狠狠敲打一番。來安特別強調不許她洩漏此事，否則就要砍了她的腦袋。

「我們九爺什麼脾氣，嬤嬤自然也是知道的。若是有人要壞了他的事，定會讓那人吃不了兜著走。」

吳媽跪在地上，瑟瑟發抖，直說道：「老奴就算有十個膽子，也不敢誤了九爺的事，還請總管萬萬在九爺面前，幫老奴美言幾句。」

來安這才哼笑道：「妳倒是個乖覺的。只是，往後妳家姑娘有什麼事，妳可要跟我們通通氣。」

這是要她在陳家當暗棋？

吳媽本也不想答應。無奈來安又拿出她家人威脅了一番，吳媽到底還是屈服了。

其實，本來她就曾有過想藉陳寧寧的身分，再翻身的想法。冷靜想想，如今轉投了九爺，似乎越發有了保證。要是做成，大概好處也是少不了她的。

只是吳媽到底受了幾分驚嚇，果然病了一場。陳家人少不得找來村上的大夫給她看病。曲老爺子很快又派下婆子來陳家照顧，不在話下。

吳媽本以為，自己就要被再打發回莊上去了。誰承想陳母覺得跟她投緣，也不想壞了她的飯碗，還是決定把她留在身邊養病。

吳媽對此既是感動，又是愧疚，心裡矛盾極了。

另一邊，陳寧遠原本一直留在半山莊子裡，跟隨閻老先生讀書。聽陳寧信說，那小軍爺去了他們家一趟，帶走了陳寧寧養的一盆血牛筋。他這才忍不住急急忙忙下山來，又找妹妹詳細詢問了狀況。

陳寧寧並不瞞他，把那天發生的事情，原原本本都說了。

陳寧遠也覺得這事十分奇怪，又問道：「這麼說，他絞盡腦汁想尋的藥草，正好被妳種出來了？」

陳寧寧清了清喉嚨，又說道：「是張叔種出來的，後來我們又一起調整了土和水，那草就長得比較容易了。」

陳寧遠哼笑了一聲，又說道：「落葵早就同我說了，就因為妳種了血牛筋，張叔才對妳信服得很。如今在自己哥哥面前，妳這小丫頭還不肯承認？」

陳寧寧聽了，笑嘻嘻地說道：「罷了，這草就算是我種的吧，反正也沒那麼要緊。給他也就給他了，還他一個人情，這事也算了結了。」

陳寧遠搖了搖頭，又問道：「當真沒有那麼重要？若此事跟九王有關呢？妳又要如何？」

陳寧寧一愣，這便是她最不想看到的事了。她並不想跟原著中人物有所關聯，特別是未來的大反派九王爺。

只是事到如今，她也不想隱瞞兄長，便微微垂著雙眸，又說道：「這些日子，人人都說咱們家轉運了。我卻不這麼想。若是有人在背後，推了咱們陳家一把？這於咱家便是再造之恩，這恩是報還是不報？他們又有什麼企圖？我之前便很發愁此事，總覺得背後有個人，正在謀劃什麼。正好那日，他親自趕來要了這盆血牛筋。當時我便鬆了口氣，又想著，這簡直就是瞌睡了有人上趕著來送枕頭。」

她見兄長面帶疑惑，又接著解釋道：「這株草不管價值幾何，於他也是救命之物。如今我們送予他，權當還了這些日子的恩。不管王生平的賠償，父親恢復職位，哥哥你的秀才功名，是否有他在背後出手相助。反正一命換一命，從此兩不相關，咱們再也不欠他的。大哥，你也大可不必非要去投殷家軍了吧。」

陳寧遠聽了這話，面上一驚，卻很快又平和下來。他瞪著眼睛，看著妹妹，說道：「原來我以為妳不懂，原來寧寧什麼都明白。大哥之前真是小看妳了。」

怪不得，閻先生只見過陳寧寧幾面，就對她推崇備至。原來，他妹子竟是個難得的伶俐人。只是平時，她並不喜歡讓自己顯得那麼聰明罷了。不得不說，這種低調的處事方式也是極好的。

陳寧寧這時又正色說道：「我早知大哥有青雲之志，如今欠下的恩情已經還清，大哥千萬莫要因為那些舊事絆住了手腳。所謂良禽擇木而棲，兄長萬萬思量清楚，再決定自己的路才好。」

這些日子，陳寧寧反覆考慮過。

原著中，陳寧遠是六王最重要的幕僚。可以說，六王之所以能幹掉九王，除了因為女主的金手指，其餘都是陳寧遠的功勞。他們在對抗九王時，陳寧遠的智謀起了至關重要的作用。

而六王登基後，自然沒有虧待過陳寧遠。陳寧遠也因此成為一代權臣。原本，陳寧寧注定是六王妃的死對頭。她也一度曾想過，不讓陳寧遠走上那條路。可這段時間相處下來，陳寧寧早就把陳寧遠當親哥看待了。

她便想著，若走到六王身邊這條才是陳寧遠最該走的路，她又何必阻止兄長的遠大前程？大不了，她這輩子就躲在半山莊子裡，也樂得逍遙自在。說不定，找到機會還能翻雲覆雨、做出一番事業。

女主總不能跑到潞城來，死拉活拽，跟她打架吧？因而，陳寧寧才有了這樣一番言論。

不想，陳寧遠卻笑著搖頭道：「近來曾聽先生說起朝堂舊事，再加上那株血牛筋。我便想到一件事，若那血牛筋當真能治癒太子殿下的頑疾，妳覺得會如何？」

聽了這話，陳寧寧直接把茶水噴了出來。

陳寧遠又笑道：「為兄如今就看好殷家軍，等到學成，定要去投軍，建功立業。」

說罷，他便打算起身離開。

陳寧寧抱著頭，小聲咕噥道：「早知如此，我真該送他十盆、八盆藥草。」

只要太子殿下活著，那瘋子九王不就成了套上籠頭的馬嗎？還有啥好怕的？

陳寧遠聽著妹子小聲嘟囔，忍不住笑出聲來。沒辦法，他家妹子就是這般伶俐可愛。

九王那邊一拿到血牛筋，回到營中，立刻安排可靠的心腹，快馬加鞭，把仙草護送回京，交到了董神醫手中。

董神醫抱著那盆血紅色的仙草，忍不住仰天長嘆。「想不到，當今世上竟真還有這一株藥草。虧得九王爺能尋到了它，太子的頑疾終歸是有救了。」

他常年待在太子身邊，早已寫下了不少治療方案。如今仙草已到，董神醫便小心翼翼把它連根挖出。也不假他人之手，自己細細處理好，就連一片葉子、一條根鬚都不放過。

待處理好藥草，他將其均勻分成十來份，按批次煮藥湯，給太子服下。

此時太子久病臥床，已然油盡燈枯。董神醫只能先取少量藥汁，緩緩給他餵下。

不出片刻工夫，太子便一口黑血噴了出來，整個人陷入昏迷。貼身伺候的太監頓時跪了一地，生怕太子有個不測。

就連董神醫也被嚇了一跳，小心地過去，探了太子的鼻息，感到一切如常。他這才深吸口氣冷靜下來，心道：這仙草藥性竟是如此霸道。這是以毒攻毒，助太子把毒血排出體外。

董神醫連忙施以銀針之術，協助太子接著後續醫治。

第二日，太子果然清醒過來，他覺得身子有些輕盈，像是有些迴光返照之兆。太子細問之下，才知是弟弟及時尋了藥草送來，讓他服下的緣故。

只可惜，他如今纏綿病榻已有數年，早已心灰意冷。如今不過是空頂個太子之名，朝中上下，哪個不等著給他置辦喪事呢？

太子不認為這藥草有用，只覺自己死期將至，不禁嘆道：「到了此時，也就小九一心想要我活。我若死了，那孩子定然又會大哭一場。只可惜一世兄弟，終歸不能再見他一面了。」

心腹太監連忙跪倒勸道：「主子，就算為了九爺，您也要保住自己。既然得了那株草，便說明主子洪福齊天，此次定能轉危為安。」

原本太子早已沒了求生意志，可聽了太監的話，想到這一手養大的幼弟，他又忍不住嘆道：「罷了，少不得再試這一次，至少也別辜負了那孩子對我的一番心意。」

他又接連喝了幾日血色藥汁，每次必有黑血嘔出，伴隨著痙攣腹痛，大小便失禁，不時有惡臭污物排出。太子被這藥草折騰得苦不堪言，半點尊嚴都無。

對此，他也曾懊惱地質問董神醫。

「先生，這當真是治病良藥嗎？倒像是孤的催命符，不如不吃了吧！」

董神醫和一眾心腹又在一旁苦勸道：「九爺尋這株草實在不易，就算看在九爺面上，殿下也需得再堅持幾日。」
被這麼一勸，太子雖然難堪，終究還是堅持下來。
一直折騰到第十日，太子再喝那下那血紅的藥汁，居然沒了異狀。只是仍舊伴隨著輕微的腹瀉。太子覺得自己身體已然被掏空，卻也變得神清氣爽起來。他甚至能扶著貼身太監站起身來，顫巍巍地行走幾步路了。
太子這才明白，那使人尷尬萬分的藥草果然是仙丹靈藥，當真有起死回生的療效。
董神醫又給他診脈，回道：「殿下體內餘毒沈積，今已盡數排淨。只是體虛得厲害，必須好生調養，日後定能恢復如常。」
得到如此消息，東宮上下無不欣喜若狂。有心腹立刻就想飛鴿傳書，給九爺送信。還有人想要跑去上報給皇上，都被太子及時攔了下來。
只見他一臉病容地坐在床榻之上，任由紗帳擋住他的臉，他隱身於帳後，輕聲說道：「此事先不用稟告父王了，至於小九那邊……」
心腹連忙說道：「九爺若是知道殿下醒了，定會即刻返京。」
太子卻又下令。「叫小九先按捺下來，先留在潞城，切莫輕舉妄動。」
「這……」
太子嘆了口氣，又說道：「如今滿朝文武都在等我死，自然不會有人對我下手。我這裡最是安全不過，小九又遠在潞城，正好可以避開紛爭。就讓老二、老三、老五、老六、老七、老八爭個你死我活，咱們坐收漁翁之利。」

心腹又道：「只是這樣一來，實在有損殿下威名？」

太子卻擺手說道：「威名？我已然死過一次，要那威名何用？倒不如我跟小九裡應外合，倒要看看最後鹿死誰手。」

底下心腹聽了太子有此一策，無不震驚。他病了這麼久，躺了這麼久，這些人早已忘了，能調教出九王那樣的殿下，當初又是何等滿腹經綸。

太子又問：「前幾日，我病得迷糊了，隱約聽到小九想派人去探望大長公主？」

董神醫連忙回道：「九爺還想讓帶句話過去，說是請長公主養好了身子，說不定就能見到她所思念之人了。」

太子想了想，又問道：「小九可還傳來其他消息嗎？」

「這，九爺只想讓殿下養好病。」

其實，從前東宮也有各方勢力安排下來的棋子和不忠的奴才。可惜，九王雖然年少，可手段實在讓人心驚膽顫。但凡有不老實的奴才，直接就被九王給處理了。

他在離開京城前，又懲治了一批奴才，甚至牽連到了一些官員。

此事也驚動了皇上。皇上把九王叫去，申斥一番。

偏偏九王脾氣硬得很，直接怒道：「如今太子殿下久病在床更該靜養。若有宵小敢在這種時候動他分毫。不管是誰，他日我回京來，定要屠他滿門，將他碎屍萬段！」

皇上聽了這話，氣得半死，連忙喝令廷尉把九王拖下去打了板子。

可也因此坐實了九王殘暴無腦的名聲。這些年九王到底是被太子養廢了，變成了一隻暴躁狂犬。如今太子病重，這才想辦法把他調離京城，多半是要保他一命。

想到太子已然沒有幾日可活，又有什麼可爭的？這些年也不過是被皇上當成擋箭牌罷了。

各方勢力權衡利弊之後，果然不再往東宮塞人。他們也怕太子薨了，九王回京。若當真發現一些蛛絲馬跡，定會如瘋狗一樣死咬著他們不放。

後來，雖說九王離開了京城，可整個東宮卻都被他掌握在手裡，護得死死的。

哪個奴才也不敢自找不自在，都對太子殿下忠心耿耿。

太子聽了這話，並不惱，反而笑道：「罷了，把我如今大好的消息，趕緊給小九送過去，也省得他等得心焦。」

密使領命而去。

太子又對董神醫說道：「董先生，你親自去給大長公主問脈，看她如今貴體如何？若還有一線生機，再說小九那句話。」

眾人得令，紛紛離去。

太子又在貼身太監的伺候下，緩緩地躺回乾淨鬆軟的床上。

這些時日，連他自己都覺得會死，卻沒想到還能有這番機遇。

小九那孩子又一次把他救了回來。想起小九不大點的時候，滿臉委屈巴巴，跟一頭小獸似的蠻橫，偏偏又生得那般玉雪可愛。

太子不禁感嘆，不知什麼時候，他一手養大的孩子，突然就變強了，強大到足以保護他了。

為了這株藥草，那孩子怕是吃了許多苦，受了不少委屈吧？

當初，發現相伴多年的太子妃，投毒暗害於他，太子本已心灰意冷。也曾想過，既然所有人都想讓他去死，他死了又有何妨？

偏偏十三歲的小九衝到他面前，把他救了下來，同時也下狠手，處理了太子妃。後來，小九又為了保護他，徹底壞了名聲。卻也一次次把他從鬼門關前拉回來。

到了如今，那孩子都十七了。上京竟沒有一個名門淑女，想嫁他作王妃。那些朝臣也絕口不提小九的婚事，背地裡都喊他瘋狗王爺。就連父王，彷彿也忘記了小九這個兒子。

太子在生死間徘徊時，想到孤身一人的小九，總是不得安心。於是，便又不想死去了。就這樣一直撐了下來。他想，若是他死了，小九要怎麼辦？

沒想到苦苦掙扎著，竟然當真有了轉機。如今他既然託了小九的福，僥倖活了下來，那麼屬於他的東西，他自然全部都要取回來。暗害他的人，必須嘗其惡果。

除此之外，他還想給小九也找個知冷知熱，發自內心會疼惜他的妻子。

不然，那孩子一輩子都這樣渾渾噩噩地活著，就像一把開了刃、染了血的刀子。豈不是太可憐了？

那董神醫坐著馬車，一路來到靈隱寺，上了帖子。這才被年輕僧人，一路帶到後山之上，大長公主的居所。

又經人通報，這才得以見到了大長公主。卻不想，慶國最尊貴的公主此時卻一身灰色僧袍，端坐於蒲團之上，撥弄著念珠，口中喃喃誦經。

說明來意之後，一心想給丈夫女兒積功德的大長公主，也無意為難他。到底讓他請了脈。

董神醫細細診治，便發現大長公主早已萬念俱灰，了無生機，身體也虧損得厲害。況且，她早年多次上戰場，身體也受了不少暗傷。如今備受折磨，卻沒有用藥緩解疼痛。這般苦修熬著，董神醫都覺得實在太慘了。

若這樣下去，恐怕公主也就幾個月的壽命了。病到這種程度，已然藥石罔顧。不過一線生機……若是再有一株仙草，公主說不定還能有救。只是九爺尋了多年，也只找到那麼一株，如今又去哪裡再尋它呢？

董神醫終是想起了太子的交代，咬牙說道：「公主殿下，九王爺有句話要在下轉達。」

大長公主淡淡地看向他，此時她臉色灰白，已然有了頹敗之色。眼角眉梢早已細紋叢生，唯有那雙杏眼星眸，還隱隱透露出她年輕時是何等絕代風華。只可惜，如今她卻像兩眼枯井，再也漾不起半點波瀾。她似乎對董神醫的話，一點都不感興趣，也沒有答覆。

董神醫吞了吞口水，又說道：「九王爺說，讓您養好了身子，說不定就能見到您所思念之人。」

聽了這話，原本如枯木一般的大長公主，突然站起身來，上前直接提起了董神醫的領子，啞著嗓子低吼道：「那小兒是不是找到了什麼線索？」

此時大長公主那雙眼亮得驚人，通身氣勢也十分駭人。

董神醫嚇得半天說不出話來，大長公主一甩手，便把他推了出去。

董神醫連忙跪在地上，瑟瑟發抖。

大長公主冷笑道：「不妨回去告訴你主子，若當真有了線索，便來跟我談條件。若是想誆騙我老人家，明日就讓他兄長在夢裡歸西。」

董神醫連忙退了出去，只是到了佛堂外面，仍能聽見裡面那砸東西的聲響，以及老嬤嬤的苦勸聲。「主子，萬一九王爺那邊當真有了消息，豈不是件天大的好事？妳可要養好身子，這才能見到您的寶貝外孫。」

過了一會兒，才聽大長公主嘶啞著嗓子說道：「我哪裡還有什麼寶貝？我此生所珍視之人如今都已經不在了，獨留我一人，不過是懲罰罷了。」

劉嬤嬤又連忙說道：「妳這話說的。小主子肯定很快就回來了。奴才還記得，咱們小主子生得雪團一般，十分玉雪可愛，那眉毛、鼻子、眼睛，都跟您一模一樣。她初見您時，便只願意同您親近。奴才們想去抱她，小主子就哭鬧不休。非得您親自去抱，小主子才會展顏一笑。她那麼親近您，若是知道您如今這樣不珍惜自己身子。將來若是見了面，指不定要哭成什麼樣呢！」

說罷，她又跪在大長公主身邊，連忙說道：「主子，就當是為了見小主子，招來太醫，進些藥吧。」

大長公主半晌沒有言語，只是撥弄著手中的念珠。又過了好一會兒，才喃喃自語道：「那孩子當真還活著？」

劉嬤嬤又說道：「九王雖然被叫作瘋狗，可他卻不敢隨便誆騙您。如今既然他傳來消息，定是找到了線索。」

大長公主點頭道：「罷了，妳叫胡太醫來看我。」

「是。」

另一邊，董神醫坐著馬車，回到東宮，這才發現脊背都濕了。他連忙把此事回報給了太子，同時也說出大長公主的病情。

「大長公主痼疾已深，若想治癒，恐怕還須得仙草救治。只可惜仙草難得，若無仙草，大長公主就算全力醫治，恐怕也只能拖上兩、三年。」

太子便讓密使，把這些消息也都給九王傳過去。

第二十章

兩個密使一前一後，相差一日離開京城，也是先後腳來到潞城。

原本厲琰這些日子一直提心吊膽。生怕洩漏消息，受到別人狙擊。或是那株仙草送到後，實際上卻根本就沒有效用。這般焦躁的煎熬之下，他索性便親力親為，帶領士兵一起訓練，轉移注意力。

如此下來，直折騰得全軍苦不堪言，卻又無人敢抗議。

九王給他們的待遇一向是最好的，軍餉也都是按月發，從無拖欠。況且，九王爺金尊玉貴，都能堅持訓練。他們這些泥胎土狗，哪能再叫苦？

就在眾人都被整怕的時候，第一個密使總算到達軍營，帶來了好消息。

厲琰知道太子如今已經痊癒，心中那塊大石終於落了地。他甚至想要直接返京看望兄長。

卻又被密使攔了下來，告知了太子的安排。

厲琰一貫知道他兄長心懷天下，滿腹經綸。這般安排，倒也是最合適不過的。只是，他仍忍不住嘆道：「只可惜不能親自回去看他。罷了，就按兄長安排行事。」

放鬆下來，他不經意間又想起了山上那時而霸道撒野，時而又乖巧可愛，一心喜歡種菜的山貓兒。這次虧得陳寧寧願意獻出仙草，這才能及時救下兄長性命。

陳寧寧不肯要五百兩黃金，非說算是報了他的恩。可那又算什麼恩情？

厲琰知道自己從一開始，便沒安好心，只想要把那傻姑娘當成一枚棋子。就連她生死、她的身分都不曾看在眼裡，只想利用她來抓住大長公主的把柄。

如今，厲琰心裡卻產生了猶豫。

陳寧寧不管怎麼說都救了兄長的性命，也算於他有恩。往後，他還能像擺布棋子一般，任意擺布那傻姑娘嗎？

就在這時，第二位密使也到了。他對厲琰彙報了董神醫試探大長公主之事。還帶來了大長公主那邊的回應，以及她如今的身體狀況——恐怕也就兩、三年的性命了。除非還能找到另一株仙草。

厲琰忍不住回憶起，年少時關於大長公主那些記憶。

如今英國公的殷家軍駐紮在潞城，守護的是大慶南邊國界。守在北邊國界的，便是大長公主的霍家軍。

當初霍小將軍身中埋伏，失蹤後，便是大長公主披盔戴甲，替夫上了戰場，最終擊退梁國，守住慶國萬里江山。

後來，霍小將軍雖然救了回來，卻也身受重傷。

拖了兩、三年，霍小將軍到底還是去了。大長公主萬念俱灰，本來只想留在京中，撫養獨生女兒長大成人，再為她尋一門滿意的親事。

只可惜，北方戰亂又起，朝中無良將可用。

大長公主不得不再次披盔戴甲，重上戰場。她在軍事方面有著不世之才華，屢次擊退敵軍，甚至為慶國帶來了大筆歲貢。也因此大長公主深得陛下器重，可她卻從不貪戀權勢。一旦北疆穩定，她定要回到京城養育女兒明珠郡主。

可憐明珠郡主在戰場上出生，天生身體孱弱，差點養不活。就連皇上、皇后也對明珠郡主偏愛有加，甚至一度把郡主留在宮中教養。只可惜，明珠郡主沒有母親在身邊，又被有心人教唆，明珠郡主看了一些風花雪月的話本子，不知不覺移了性情。

因緣巧合下，她在白馬寺偶遇了面如冠玉的鎮遠侯世子魏曦。自此一見魏郎誤終身，郡主便常與那魏曦私會，互訴鍾情。

等到大長公主班師回京，已然晚了。她女兒哭哭啼啼，非魏郎不嫁。甚至幾次尋死膩活。大長公主乃巾幗英雄，自然看出魏曦不值得託付，分明是使了陰招，才讓她女兒入了套。

可惜，事已至此，全都晚了。若不許婚，女兒的名節便全毀了。大長公主實在沒辦法，只得吃下這啞巴虧，親自求了陛下，給她女兒賜婚。皇上向來疼愛明珠郡主，為了讓魏曦在身分上配得起郡主，便下旨讓他襲了爵位，當了鎮遠侯。

也是從那時起，鎮遠侯府才慢慢起來。

可惜魏曦此人，一無軍功，二無實力，性格還十分孤傲清高。魏家人也沒有半分自知之明。他們大多只在表面上尊重郡主，背地裡卻笑她軟弱無能，就是個傻子，常年臥病在床，連掌家都不會。

魏曦本來與郡主也是情投意合，卻因為經常聽同袍背地嘲笑他吃郡主軟飯。日子一久，便慢慢跟郡主離了心。

可明珠郡主卻依然對魏曦一片癡情，甚至不顧自己身體，掙命一般，給魏曦生了個孩子，便是侯府嫡女。她卻不知，魏曦早已在外面私自養了妾室，也已經給他生了個同齡女兒。

再後來，郡主看穿了魏曦的為人，到底冷了心、認了命，一心只想好好把女兒養大。偏偏她女兒在四歲時被人拐走，自此遍找都沒有音訊。明珠郡主思女成狂，害了重病，幾乎到了下不來床的程度。

此時，大長公主再次班師回朝。魏家這才驚覺，一旦郡主出了事，大長公主定然不會輕易饒了他們。平日看在郡主的面上，大長公主或許並不會對魏家如何。一旦郡主去了，以大長公主的脾氣和秉性，恐怕魏家一個都好不了。

更何況，大長公主這些年為慶國立下汗馬功勞。陛下也對大長公主尊重有加，大長公主若是求到他那裡。拿一個早已破敗的鎮遠侯府祭天，又能如何？

然而魏家人此時再想去討好郡主已經晚了，郡主想孩子想得接近瘋狂。魏家於是又出了個昏招，讓魏曦直接把外室的女兒抱回府上，頂替了嫡女，就對郡主說孩子找回來了。

郡主雖然半瘋，可母女天性還在。就算魏家一口咬定那便是嫡女，她也不認。明珠郡主哭喊著「這才不是我女兒」，自此病得越發重了，已然到了藥石罔效的地步。也有人說，是魏曦那名妾室不安分，暗中使人動了手腳，把嫡女抱走了，又把自己女兒換了過去。

事情到底怎樣，沒有人能說清楚。

可憐明珠郡主找不著女兒，悲憤交加下還是去了。

郡主死後，大長公主也的確瘋狂報復了魏家，一度甚至把魏家置於死地。魏曦無奈之下，親手處置了妾室，甚至發誓不再娶親，此生都為郡主守身。這也沒能讓大長公主有任何動搖。直到她親眼看見那頂替了嫡女的可憐女孩，被下人丟在一旁，摔得滿臉是血，哭得十分傷心。

稚子無辜，她的親外孫女不知淪落到何方，也是沒人管，哭得這般可憐嗎？

大長公主到底動了惻隱之心，沒對魏家趕盡殺絕，只是帶走了明珠郡主的棺木，又逼著魏曦寫下休書。自此她便入了靈隱寺，帶髮修行。

大長公主自知殺孽太重，便終日誦經。想以此種方式，為丈夫女兒修個來生。

另一邊，逃過劫難的魏家人，只覺得大長公主是看中魏婉柔，這才放過了魏家。自此魏家便開始悉心教養起魏婉柔來，把她當作魏家的保命符。

那鎮遠侯魏曦也十分奇怪。明珠郡主在世時，他並未真心善待。反倒是郡主不在了，他又開始悔不當初。直說，此生再也沒有明珠郡主那般真心待他的女子了。

自此以後，魏曦也不知道是懼怕大長公主的報復，還是對明珠有愧。十年都未曾娶妻，也不大在意鎮遠侯府裡的事，反而躲在別院讀書，人倒像是徹底廢了一般。

再說那魏婉柔，倒還當真有幾分好運。據傳，她生得和明珠郡主有幾分相似，特別是氣質十分相像。

年少的魏婉柔，曾親自去靈隱寺常跪跟大長公主請罪。也因此，僥倖得了公主召見，兩人到底說了什麼，旁人自然不得而知。只是自那以後，便有傳言流出，魏婉柔得了公主的青眼，鎮遠侯府從此便太平了。

自那之後，魏婉柔在魏府的地位更是水漲船高，甚至還被魏老夫人留在身邊教養。魏婉柔也是個乖覺的，自此每逢初一，都會將一些自己親手做的禮物，親自送到大長公主那邊，以表心意。

公主也不曾拒絕過禮物，只是也沒再同她見面。

剛好鎮遠侯並沒有其他子嗣，魏婉柔慢慢就成了鎮遠侯府最尊貴的女孩。

說起來，魏婉柔也頗有幾分心機。

前年時，不知怎麼的，她在靈隱寺偶遇了大善禪師。禪師觀她面相，當場便說，此女是天命之人，將來貴不可言。此話一出，幾位皇子聞風而動，都對魏婉柔起了幾分心思。

九王爺離開京城之前，也曾因緣巧合見了魏婉柔一面。

魏婉柔有巴掌大的臉，帶著霧氣的杏眼，病弱蒼白的面皮，柳條似的細腰肢。多走幾步路，她都會累得呼哧帶喘。看似微風一吹，她就會倒下。這般病西施般的樣貌，是九王生平最不喜的。

他倒覺得大長公主之所以不跟魏婉柔一般見識，是可憐這女子生了一副短命相。據說明珠郡主先天身體孱弱，底氣不足，所以才生得弱不禁風。也不知道魏家怎麼想的。在他看來，這魏婉柔根本是硬生生被餓出來的。

至於說她命格貴重，怕是大善禪師一時眼拙，看錯了。

厲琰突然又想起，另一個杏眼星眸的小姑娘。

那姑娘初見時也是蒼白瘦弱，可她的雙眼中卻帶著光，就如同垂死掙扎的山貓兒一般。

只要有一線生機，她都不會放棄。再見之時，雖說仍是沒有養胖多少，可小姑娘臉色紅潤，看上去十分健康。她渾身上下都帶著蓬勃朝氣。

厲琰在京中時，常被人喚作瘋狗。他一旦生氣，就連那群兄弟都忍不住心生懼怕。唯獨那山貓兒似的姑娘，半點都不怕他，反倒還敢跟他鬥智鬥勇。

想到那樣一雙顧盼生輝的杏眼，厲琰突然忍不住笑了起來。

那冒牌貨魏婉柔靠著挨餓，或許在體態上能夠神似明珠郡主。但陳寧寧這正牌貨，卻在氣場上，像極了大長公主。或許，此時她身居低位，這才如此低調。若是有朝一日，迫不得已上了戰場，這小山貓定然也會讓自己活下去，哪怕是要殺出一條血路來。

所以說，假的真不了，土雞娃就算再怎麼折騰，也變不成鳳凰崽。

想到離開京城前，六王兄還在謀劃，想要把天命之女娶回府裡，厲琰突然便忍不住笑出聲來。

六王一向喜歡做些面子上的事。如今在朝堂之上，被稱為「賢王」。只是不知這賢王若是娶了一個落魄侯府的庶女為正妃，這名聲是否能繼續維持下去。

厲琰連忙又寫了一封密信，讓密使給兄長帶了回去。

他又忍不住暗自分析起朝堂形勢。如今，大長公主雖然在靈隱寺念佛。可她在朝中威望極高，又是父皇真心信賴之人。六王要娶魏婉柔，怕是也在打大長公主的主意。

如今大長公主只有兩、三年的壽命。若是從前厲琰定會覺得，她若死了，反倒能省下許多麻煩。可再一想起，山上種地的那隻小山貓。厲琰突然又覺得，讓大長公主繼續活著，對他們似乎也沒多大影響。

那隻山貓兒那樣依賴家人，若是知道她還有個外婆在，定會心生歡喜吧？只是要想救下大長公主的性命，少不得要再培育出一株仙草來。

陳寧寧既然能種出一株，如今再讓她種一株，應該也不是難事？

想到這裡，厲琰便叫了心腹，一同騎馬奔向二牛村而來。

與此同時，陳家仍是一切如常。

陳父忽然聽聞女兒種的血牛筋，價值五百兩黃金，便忍不住感嘆。「或許，當真如那雜毛老道士所說，咱們寧寧是個有福之人。如今連這種藥草都能種出來。將來就算想招贅，也會更容易。」

陳母正喝著紅色涼茶，聽了這話，手腕一抖，又連忙用雙手護住茶杯。這才心虛地問道：「相公，你從哪來聽來的這些話？」

陳父便笑道：「寧寧福星轉世這事，不知怎的，在我們書苑裡傳開了。若不是我攔著，恐怕又有媒人要跑來咱們家裡提親了。娘子還不得被他們給煩死。」

陳母頓時便急了。「這幫人吃飽撐著，莫非專門盯著咱們家寧寧不成？」

陳父聳了聳肩，又嘆息著說道：「誰叫咱們家的閨女這般的出色。可不是有人一直盯著嗎？」

「那你是如何跟那些教書先生說的？」陳母又問。

「就說，咱家不打算嫁女兒，再過幾年，打算給寧寧招贅。」陳父老實地說道。

陳母挑眉再問：「那些先生沒有嘲笑你？」

陳父搖頭道：「這有什麼好嘲笑的？我說如今有了莊子，正好招個上門女婿，幫寧寧一起打理。書苑那些人都是一心科舉的，大多四體不勤，五穀不分。哪個會願意做農活？後來，便沒人找我說親了。倒是徐掌院那邊，如今待我極好。還勸我說，咱們家寧寧不一般，將來定能有大機緣。叫我千萬別隨便把寧寧嫁出去，即便招女婿，也要仔細挑。我就說吧，但凡見過咱閨女的人，都會喜愛她。」

陳母又嘆道：「反正那些人不來打擾咱們，便是再好不過了。好好喝你的涼茶吧，這可是你女兒親手做給你的。只這麼一壺，怎麼也值十兩黃金吧？也就是寧寧，對你這當爹的大方得很，還說這茶對你的老傷肯定有些好處。」

陳父既感動，又發愁，最後只能搖頭說道：「這丫頭還真是胡鬧。她就沒找人去城裡打聽，問問這藥草到底怎麼賣？」

陳母連忙說道：「那日也不知道遠兒跟寧寧嘀嘀咕咕說了些什麼。那兩兄妹回頭便說，這草牽扯太大，不能輕易曝露於人前，不如咱家先留著。你女兒便說，正好留下給你補身子用。」

「我哪需用它補身子？簡直胡鬧。妳讓寧寧收好了，不要再弄涼茶了。」

夫妻倆正說話，突然聽見吳媽在院子裡喊道：「老爺、夫人，上次那位軍爺又來拜訪咱們家了。」

上回陳父不在，自然沒見過厲琰。此時一聽這人來了，連忙迎到院外來。

乍一看厲琰那張臉，陳父不免有些震驚。他從未見過這般俊美卻又儀表不凡的男子。自家陳寧遠按理說也是遠近聞名的美男子。可到了這位軍爺面前，卻不免顯得有些遜色。這位小軍爺雖然男生女相，不過他通身上下都帶著引而不發的剛強之氣。

陳父連忙施了一禮，又說道：「承蒙恩人上次相助，陳某實在感激。」

厲琰連忙說道：「先生大可不必如此多禮。這次承蒙陳姑娘相助，厲某才能找到那株救命草藥。如今再次冒昧打擾，實在是有要事相商，不知能否再見陳姑娘一面？」

陳父見眼前這青年軍官十分守禮，生怕唐突的模樣，便點頭道：「小女還在山莊上。軍爺不妨隨我先到內堂稍作歇息，我這就打發人去叫她回來。」

如此這般，兩人來到客廳。

陳父向來交往的都是文人墨客，所談內容多是些書籍學問。如今又添了種植花草的愛好。可跟這位年輕軍爺坐在一處，陳秀才卻不知說些什麼好。

偏偏那位軍爺也是不愛言語的。無奈之下，陳父只好讓他多喝點女兒做的涼茶。

天知道這壺茶十兩金，看著小軍爺那般喝，陳父心裡都在淌血。更愁的是，這小軍爺大概是口渴了。也沒跟他客氣，直接灌了三碗茶下肚。

陳父早已笑不出來，連忙也灌下兩碗涼茶。

眼看著茶壺空了，正想著要不讓婆子泡些上好茶葉端上來，卻見那小軍爺正一臉意猶未盡，又開口說道：「陳姑娘烹茶實在好手藝，上次喝了這涼茶，實在難忘得緊。沒想到今日還能有幸喝到。」

這是點名還要喝他的千金涼茶？

一時間，陳父欲哭無淚，心裡有苦說不出。

就在陳父猶豫著，讓下人把明日的涼茶，煮了端來時，陳寧寧終於趕回來了。

之前，陳寧寧已經跟兄長分析過，英國公是太子親舅舅。太子病重時，便把一手帶大的九王託付給舅舅，送到殷家軍裡歷練。也算是為九王留條後路。

當日，他們在潞城遇見的一黑一白兩位小軍爺，皆是天生貴氣，儀表不凡。

陳寧寧絞盡腦汁，也沒想出書中對殷家軍的詳細描寫。就算寫了一些，也是九王秉性殘暴，在上京大開殺戒，誅人九族。除此之外，連九王相貌都沒有描寫過。陳寧寧自然也無法推測。

倒是陳寧遠覺得，那兩名小將不是殷家軍的嫡系，便是與九王有關。也正因為如此，王生平才會這麼快便入獄，陳家也順利得到了補償。只是陳寧遠思來想去，也沒想出他們為什麼那麼幫襯陳家？到底有何圖謀？

陳寧寧倒有個大膽的猜測，或許，這一切都與那塊玉珮有關。

只是她記得原著中，原主費盡心思陷害了丈夫，總算回到侯府認親。但那些血脈相連的親人，卻對她十分冷漠，更像是有仇一般。到最後，原主被送到莊上，再無人問津。如此想來，原主的存在對於鎮遠侯府，並沒有那麼重要。再說九王那一系，也未必看得上鎮遠侯。

細細思來，陳寧寧那個身分，確實可有可無。至於那些人的圖謀，她也猜不著。反正不可能是貪圖美色。在這方面，陳寧寧倒有幾分自知之明。最關鍵的是，九王爺一生只愛太子一人。

若真如長兄分析，五百兩黃金的血牛筋，當真送到太子手上，便能改變全書脈絡。這樣別說一株血牛筋，她心甘情願把所有血牛筋，無償上交給殷家軍。

陳寧寧原本已想好了此事。可惜，那位小軍爺再也沒有消息。

她又想，血牛筋也不過是變異牛筋草，或許並沒有那麼大的效用。反正她現在也不回侯府認親，也算是遠離了劇情，於是她便把這事拋在腦後，繼續在莊上忙自己的事了。直到今日，收到家人來信，她才匆匆下山來。

見到小軍爺那一瞬間，陳寧寧不自覺地露出了一抹笑。「軍爺這次來，莫非還有事情吩咐？」

厲琰一看，這姑娘果然很像小山貓。她不伸爪子時，樣貌倒是可愛得緊。等什麼時候她不順心了，便會一躍而起，痛痛快快大鬧一場。到時候，又會變得生龍活虎，朝氣十足。

厲琰看著陳家小姑娘那張白裡透紅的面皮，那雙坦蕩從容的杏眼，小巧鼻頭上的薄汗，以及明豔的唇角。一時間，他突然覺得自己滿意極了這副長相。這才是大長公主外孫女該有的樣子。

就連厲琰自己都沒發現，此時他的嘴角也多了一絲笑意。

「前幾日，太過匆忙，不曾自報家門，厲琰實在感謝姑娘的救命之恩。」說著，他便鄭重行了一禮。

陳寧寧聽到這名字，心臟瞬間便開始劇烈跳動，幾乎要從嗓子眼跳出來。也幸好她混跡生意場上多年，早已練成了一副喜怒不形於色的鐵面，不然非暴露了不可。

這算什麼？說曹操曹操到？

陳寧遠不過是猜測這位軍爺多少也與九王有關，是九王心腹也說不定。哪裡又想到，這人便是九王本尊呢？唯一值得慶幸的是，此時的太子沒死，九王也不是殺人如麻的瘋狗暴君。

陳寧寧故作鎮定，笑吟吟地回禮道：「厲軍爺實在客氣，我們才要感謝厲軍爺呢。只是不知令兄服用那株藥草，如今如何了，可痊癒了嗎？」

厲琰突然發現小山貓似乎變乖許多，面上也越發討喜了。

想到兄長痊癒，他也是心情愉快，一時沒想太多，只含蓄地說道：「到底有些效果。厲某這次冒昧前來，正是為了此事。敢問姑娘還能種出這種藥草嗎？需要多久才能種出來？」

陳寧寧聽了這話，臉上的笑容越發燦爛了。又忙說道：「上次知道軍爺用血牛筋，我便趕忙回到山上，又找張叔叔討要，帶了一些回家來。原本還曾想過給軍爺送去，只可惜我們不知您的姓名，也不知道您的住處，唯有繼續等著。正好軍爺又來了，不妨隨我到後院先去看看。」

厲琰心中暗嘆，果然在種菜上面，陳寧寧從來不會讓人失望。只是她如今這番表現，怕是第一盆藥草是白送他，算是報恩了。這回，兩人也該好好談買賣了。

怨不得小山貓笑得這般可愛，恐怕她那山莊維持不易，這幾個月只出不進，一千兩銀子應該早就花得差不多了。難道早就等著他這隻肥羊送金子過來？

厲琰並不反感，他覺得小山貓把什麼算計都寫在面上，反而有一股爽利的氣質，讓人痛快得很。

——未完，待續，請看文創風1006《寧富天下》2

2021年10月出版

扶瑤直上

文創風 1003～1004

既然從現代回到古代，那可不能浪費腦中的知識！
沒有手機、看不到電視、上不了網都無所謂，
智慧深植於骨子裡，她要勇往直前，翻轉世人對女子的印象……

俏皮文風描繪達人／若涵

要說有什麼比「穿越」這件事更令人匪夷所思的，
那肯定是她原本就是個道地的古代人，
只是靈魂不知怎麼的跑到現代，
還害別人在丞相府默默代替她活了十六年吧……
不過夏瑤向來想得開，就算一睜眼即是洞房花燭夜，
她也能「從容就義」、「視死如歸」……
等等，這位新郎官長得會不會太帥了一點啊 ?!
行行行，既然老天賜了個讓人看了就流口水的丈夫，
那她就「勉為其難」地待在這副身體裡不走，
努力宣揚新時代女性自立自強的思想，
當個「驚世駭俗」的超猛人妻！

為流浪貓狗加油 和貓寶貝 狗寶貝
廝守終生(一定要終生喔！)的幸福機會

對人來說，貓寶貝狗寶貝只是生活的一部分，
但妳（你）對牠們來說，卻是生活的全部，領養前請一定要考慮清楚——

▲ 找上門的乖寶寶 學妹

性　　別：女生
品　　種：米克斯
年　　紀：無法確定
個　　性：乖巧親人、愛撒嬌
健康狀況：貓愛滋，有打過兩次預防針，正在治療呼吸道感染症狀
目前住所：高雄市

本期資料來源：高醫動物保護社

『學妹』的故事：

某天晚上，原本只是去市場內的一間湯包店幫學妹拿晚餐，轉身要離開時，一隻親人的貓咪直接擋在路中央，驚得我們趕緊下車查看情形，然而這隻貓咪卻馬上走過來，發出呼嚕嚕的聲音，完全不怕人的樣子，似乎不知道牠上一刻是經歷了多麼危險的狀況。

之後，貓咪便黏了上來，一副不讓我們離開的小媳婦模樣，我們遂決定先帶回去幫牠除蚤、作治療，並取名為「學妹」，希望能為牠找個家，遠離流浪生涯，不過很可惜檢查後發現有貓愛滋，甚至因缺少牙齒而無法判斷年紀。

儘管身體上有缺陷，飲食上也只能把飼料泡軟給牠吃，但是安靜、不吵鬧的學妹很喜歡撒嬌，只要有人靠近就立即上前討摸摸，完全不因前半生的艱困而失去純真良善的天性。

真心尋找能接納牠的好主人，不論您是新手還是老手，只要願意伸出援手，學妹就有被關注的機會。有意者請上FB私訊高醫動物保護社，二十四小時不打烊等著您！

認養資格：

1. 認養人須能接受沒有牙齒、有貓愛滋的學妹，願意照顧牠一輩子。
2. 須同意簽認養寵物切結書。
3. 須同意送養人日後之追蹤探訪，每個月持續追蹤狀況滿半年後，改每年追蹤一次，對待學妹不離不棄。

來信請說明：

a. 個人基本資料：姓名、性別、年齡、家庭狀況、職業與經濟來源等。
b. 想認養學妹的理由。
c. 過去養寵物的經驗，及簡介一下您的飼養環境。
d. 若未來有結婚、懷孕、出國或搬家等計劃，將如何安置學妹？

Family Day 2021

感謝支持！

文創風 1000號突破!!!

全館結帳滿1000現折100元

11/15（08：30）~11/24（23：59）止

新書價75折

文創風1010-1011 盧小酒《孤女當自強》全二冊

文創風1012-1013 明月祭酒《小富婆養成記》全二冊

好物回饋就是狂

75折：文創風958-1009

7折：文創風904-957

6折：文創風805-903

（此區加蓋 正）

每本**100**元：文創風695-804

每本**50**元：文創風001-694、花蝶/采花/橘子說全系列

（典心、樓雨晴除外）

單本**15**元，3本以上均一價每本**10**元：PUPPY419-530

每本**10**元，買**2**送**1**：PUPPY001-418/小情書全系列

靠著重生優勢，要扭轉命運對她來說根本小菜一碟！
可是、可是她從沒想過，
命運既然能再給她機會，也能給別人機會啊！
唉，上一世活得辛苦，這一世怎麼也得披荊斬棘呢……

文創風 1010-1011　全二冊

11 / 16 上市！

《孤女當自強》

雲裳本是天之驕女，父母亡故後，獨力撐起影石族的興榮。
誰知族內長老欺她年幼，想奪取族長之位，
孤立無援的她，誤信奸人，最後慘遭背叛，更連累族人。
含恨自盡前，雲裳多希望這些年的苦難都只是一場惡夢——
沒想到，上天真給了她一次重來的機會！
這一世雲裳先下手為強，把圖謀不軌的人收拾得服服貼貼。
她唯一沒把握的，就是她爹娘早早為她定好的夫婿人選，顧閆。
眼下她是影石城呼風喚雨的少族長，而他只是身分低微的屠夫，
怎麼看兩個人都不相配，
然而只有她知道，將來顧閆可是權傾朝野，一人之下。
不管怎樣，她都要牢牢抓住顧閆的心，並助他一臂之力！
可人算不如天算，拔了這根刺，卻又冒出另一根，
更離奇的是，原來，重活一世的人不只是她一個人！
事情發展逐漸脫離雲裳所知道的軌跡，一發不可收拾——

文創風破千限定

新書75折，全館結帳滿千現折 100 元，滿兩千再折 200 元，以此類推

她生平無大志，唯有一個小小的願望——當個小富婆！
正所謂靠山山倒，這天底下最可靠的朋友，就只有孔方兄啊！
不過她不貪，賺的錢夠她一家滋潤地過日子就好，
那種成天忙得團團轉的富豪生活她可不想要，麻煩死了～～

11／23 上市！

文創風 1012-1013　全二冊

《小富婆養成記》

她實在不明白，怎麼一覺醒來，就從飯店主廚變成窮得要命的村姑蘇秋？
這個家真是窮得不剩啥耶，爹娘亡故，只留下四個孩子，偏不巧她是最大的那個！
自己一個單身未婚的女子，突然間有三個幼齡弟妹要養，分明是天要亡她吧？
何況她沒錢，她沒錢啊！可既然占了人家長姊的身體，她自然要扛起教養責任，
而且，這三個小傢伙可愛死了，軟萌地喊幾聲「大姊」，她就毫無招架之力了，
養吧養吧，反正一張嘴是吃，四張嘴也是吃，她別的不行，吃這事還難得倒她？
……唉，還真是難！巧婦難為無米之炊，家裡窮得端不出好料投餵他們啊！
幸虧鄰居劉嬸夫婦是爹娘生前的好友，二話不說出錢出力解了她的燃眉之急，
擁有一身好廚藝的她靠著這點錢，賣起獨一無二的美味鳳梨糕，
幸運地，一位京城來的官家少爺就愛這一味，還重金聘她下廚燒菜好填飽胃，
沒想到這貴人不僅喜歡她煮的菜，還喜歡她，竟說想納她為妾，讓她吃香喝辣，
可是怎麼辦，她喜歡的是沈默寡言又老愛默默幫忙她的帥鄰居莊青啊，
雖然他只是個獵戶，但架不住她愛呀！況且，論吃香喝辣的本事，誰能比她強？

文創風 1005

寧富天下 1

國家圖書館出版品預行編目資料

寧富天下 / 鶴鳴著. --
初版. -- 臺北市 : 狗屋出版社有限公司, 2021.11
冊 ; 公分. --（文創風 ; 1005-1007）
ISBN 978-986-509-263-4（第1冊 : 平裝）. --

857.7 110016637

著作者	鶴鳴
編輯	林俐君
校對	吳帛奕
發行所	狗屋出版社有限公司
地址	台北市104中山區龍江路71巷15號1樓
電話	02-2776-5889～0
發行字號	局版台業字845號
法律顧問	蕭雄淋律師
總經銷	知遠文化事業有限公司
電話	02-2664-8800
初版	2021年11月
國際書碼	ISBN-13　978-986-509-263-4

本著作物由北京晉江原創網絡科技有限公司授權出版

定價260元

狗屋劃撥帳號：19001626

網址：love.doghouse.com.tw　E-mail：love@doghouse.com.tw